I0748566

ЖИЗНЬ И УДИВИТЕЛЬНЫЕ ПРИКЛЮЧЕНИЯ РОБИНЗОНА КРУЗО

Даниэль Дефо

ЖИЗНЬ И УДИВИТЕЛЬНЫЕ ПРИКЛЮЧЕНИЯ РОБИНЗОНА КРУЗО

Даниэль Дефо

Перевод с английского М. А. Шишмаревой.

Иллюстрации Жана Гранвиля.

История жизни Робинзона на необитаемом острове—повествование о созидательном труде человека, его мужестве, поле, творческих исканиях. Это гимн труду не только как источнику жизни, но и причине, не позволившей Робинзону опуститься и одичать. И в этом — непреходящее глубоко воспитательное значение книги.

Сайт издательства: www.miller-books.com

ISBN: 978-1-7641097-0-3

ЖИЗНЬ И УДИВИТЕЛЬНЫЕ ПРИКЛЮЧЕНИЯ РОБИНЗОНА КРУЗО

моряка из Йорка, прожившего двадцать восемь лет в полном одиночестве на необитаемом острове у берегов Америки близ устьев реки Ориноко, куда он был выброшен кораблекрушением, во время которого весь экипаж корабля кроме него погиб; с изложением его неожиданного освобождения пиратами, написанные им самим

Я родился в 1632 году в городе Йорке в зажиточной семье иностранного происхождения. Мой отец был родом из Бремена и основался сначала в Гулле. Нажив торговлей хорошее состояние, он оставил дела и переселился в Йорк. Здесь он женился на моей матери, родные которой назывались Робинзонами — старинная фамилия в тех местах. По ним и меня назвали Робинзоном. Фамилия отца была Крейцнер, но, по обычаю англичан коверкать иностранные слова, нас стали называть Крузо. Теперь мы и сами так произносим и пишем нашу фамилию; так же всегда звали меня и мои знакомые.

У меня было два старших брата. Один служил во Фландрии, в английском пехотном полку, — том самом, которым когда то командовал знаменитый полковник Локгарт; он дослужился до чина подполковника и был убит в сражении с испанцами под Дюнкирхеном. Что сталось со вторым моим братом — не знаю, как не знали мои отец и мать, что сталось со мной.

Так как в семье я был третьим, то меня не готовили ни к какому ремеслу, и голова моя с юных лет была набита всякими бреднями. Отец мой, который был уж очень стар, дал мне довольно сносное образование в том объеме, в каком можно его получить, воспитываясь дома и посещая городскую школу. Он прочил меня в юристы, но я мечтал о морских путешествиях и не хотел слушать ни о чем другом. Эта страсть моя к морю так далеко меня завела, что я пошел против воли — более того: против прямого запрещения отца и пренебрег мольбами матери и советами друзей; казалось, было что то роковое в ртом природном влечении, толкавшем меня к горестной жизни, которая досталась мне в удел.

Отец мой, человек степенный и умный, догадывался о моей затее и предостерегал меня серьезно и основательно. Однажды утром он позвал меня в свою комнату, к которой был прикован подагрой, и стал горячо меня укорять. Он спросил, какие другие причины, кроме бродяжнических наклонностей, могут быть у меня для того, чтобы покинуть отчий дом и родную страну, где мне легко выйти в люди, где я могу прилежанием и трудом увеличить свое состояние и жить в довольстве и с приятностью. Покидают отчизну в погоне за приключениями, сказал он. или те, кому нечего терять, или честолюбцы, жаждущие создать себе высшее положение; пускаясь в предприятия, выходящие из рамок обыденной жизни, они стремятся поправить дела и покрыть славой свое имя; но подобные вещи или мне не по силам или унизительны для меня; мое место — середина, то есть то, что можно назвать высшею ступенью скромного существования, которое, как он убедился на многолетнем опыте, является для нас лучшим в мире, наиболее подходящим для человеческого счастья, избавленным как от нужды и лишений, физического труда и страданий, выпадающих на долю низших классов, так и от роскоши, честолюбия, чванства и зависти высших классов. Насколько приятна такая жизнь, сказал он, я могу судить уже по тому, что все, поставленные в иные условия, завидуют ему: даже короли нередко жалуются на горькую участь людей, рожденных для великих дел, и жалеют, что судьба не поставила их между двумя крайностями — ничтожеством и величием, да и мудрец высказывается в пользу середины, как меры истинного счастья, когда молит небо не посылать ему ни бедности, ни богатства.

Стоит мне только понаблюдать, сказал отец, и я увижу, что все жизненные невзгоды распределены между высшими и низшими классами и что меньше всего их выпадает на долю людей среднего состояния, не подверженных стольким превратностям судьбы, как знать и простонародье; даже от недугов, телесных и душевных, они застрахованы больше, чем те, у кого болезни вызываются пороками, роскошью и всякого рода излишествами, с одной стороны, тяжелым трудом, нуждой, плохим и недостаточным питанием — с другой, являясь, таким образом, естественным последствием образа жизни. Среднее состояние — наиболее благоприятное для расцвета всех добродетелей, для всех радостей бытия; изобилие и мир — слуги его; ему сопутствуют и благословляют его умеренность, воздержанность, здоровье, спокойствие духа, общительность, всевозможные приятные развлечения, всевозможные удовольствия. Человек среднего состояния проходит свой жизненный путь тихо и гладко, не обременяя себя ни физическим, ни умственным непосильным трудом, не продаваясь в рабство из за куска хлеба, не мучаясь поисками выхода из запутанных положений, лишающих тело сна, а душу покоя, не снедаемый завистью, не сгорая втайне огнем честолюбия. Окруженный довольством, легко и незаметно скользит он к могиле, рассудительно вкушая сладости жизни без примеси горечи, чувствуя себя счастливым и научаясь каждодневным опытом понимать это все яснее и глубже.

Затем отец настойчиво и очень благожелательно стал упрашивать меня не ребячиться, не бросаться, очертя голову, в омут нужды и страданий, от которых занимаемое мною по моему рождению положение в свете, казалось, должно бы оградить меня. Он говорил, что я не поставлен в необходимость работать из за куска хлеба, что он позаботится обо мне, постарается вывести меня на ту дорогу, которую только что советовал мне избрать, и что если я окажусь неудачником или несчастным, то должен буду пенять лишь на злой рок или на собственную оплошность. Предостерегая меня от шага, который не принесет мне ничего, кроме вреда, он исполняет таким образом свой долг и слагает с себя всякую ответственность; словом, если я останусь дома и устрою свою жизнь согласно его указаниям, он будет мне добрым отцом, но он не приложит руку к моей погибели, поощряя меня к отъезду. В заключение он привел мне в пример моего старшего брата, которого он также настойчиво убеждал не принимать участия в нидерландской войне, но все его уговоры оказались напрасными: увлеченный мечтами, юноша бежал в армию и был убит. И хотя (так закончил отец свою речь) он никогда не перестанет молиться обо мне, но объявляет мне прямо, что, если я не откажусь от своей безумной затеи, на мне не будет благословения божия. Придет время, когда я пожалею, что пренебрег его советом, но тогда, может статься, некому будет помочь мне исправить сделанное зло.

Я видел, как во время последней части этой речи (которая была поистине пророческой, хотя, я думаю, отец мой и сам этого не подозревал) обильные слезы застроились по лицу старика, особенно, когда он заговорил о моем убитом брате; а когда батюшка сказал, что для меня придет время раскаяния, но уже некому будет помочь мне, то от волнения он оборвал свою речь, заявив, что сердце его переполнено и он не может больше вымолвить ни слова.

Я был искренно растроган этой речью (да и кого бы она не тронула?) и твердо решил не думать более об отъезде в чужие края, а основаться на родине, как того желал мой отец. Но увы! — прошло несколько дней, и от моего решения не осталось ничего: словом, через несколько недель после моего разговора с отцом я, во избежание новых отцовских увещаний, порешил бежать из дому тайно. Но я сдержал первый пыл своего нетерпения и действовал не спеша: выбрав время, когда моя мать, как мне показалось, была более обыкновенного в духе, я отвел ее в уголок и сказал ей, что все мои помыслы до такой степени поглощены желанием видеть чужие края, что, если даже я и пристроюсь к какому нибудь делу, у меня все равно не хватит терпения довести его до конца и что пусть лучше отец отпустит меня добровольно, так как иначе я буду вынужден обойтись без его разрешения. Я сказал, что мне восемнадцать лет, а в эти годы поздно учиться ремеслу, поздно готовиться в юристы. И если бы даже, допустим, я поступил писцом к стряпчему, я знаю наперед, что убегу от своего патрона, не дотянув срока искуса, и уйду в море. Я просил мать уговорить батюшку отпустить меня путешествовать в виде опыта; тогда, если такая жизнь мне не понравится. я ворочусь домой и больше уже не уеду; и а давал слово наверстать удвоенным прилежанием потерянное время.

Мои слова сильно разгневали мою матушку. Она сказала, что бесполезно и заговаривать с отцом на эту тему, так как он слишком хорошо понимает, в чем моя польза, и не согласится на мою просьбу. Она удивлялась, как я еще могу думать о подобных вещах после моего разговора с отцом, который убеждал меня так мягко и с такой добротой. Конечно, если я хочу себя погубить, этой беде не пособить, но я могу быть уверен, что ни она, ни отец никогда не дадут своего согласия на мою затею; сама же она нисколько не желает содействовать моей гибели, и я никогда не вправе буду сказать, что моя мать потакала мне, когда отец был против.

Впоследствии я узнал, что хотя матушка и отказалась ходатайствовать за меня перед отцом, однако передала ему наш разговор от слова до слова. Очень озабоченный таким оборотом дела, отец сказал ей со вздохом: «Мальчик мог бы быть счастлив, оставшись на родине, но, если он пустится в чужие края, он будет самым жалким, самым несчастным существом, какое когда либо рождалось на земле. Нет, я не могу на это согласиться».

Только без малого через год после описанного я вырвался на волю. В течение всего этого времени я упорно оставался глух ко веем предложениям пристроиться к какому нибудь делу и часто укорял отца и мать за их решительное предубеждение против того рода жизни, к которому меня влекли мои природные наклонности. Но как то раз, во время пребывания моего в Гулле, куда я заехал случайно, на этот раз без всякой мысли о побеге, один мой приятель, отправлявшийся в Лондон на корабле своего отца, стал уговаривать меня уехать с ним, пуская в ход обычную у моряков приманку, а именно, что мне ничего не будет стоить проезд. И вот, не спросившись ни у отца, ни у матери, даже не уведомив их ни одним словом, а предоставив им узнать об этом как придется, — не испросив ни родительского, ни божьего благословения, не приняв в расчет ни обстоятельств данной минуты, ни последствий, в недобрый — видит бог! — час, 1-го сентября 1651 года, я сел на корабль моего приятеля, отправлявшийся в Лондон. Никогда, я думаю, злоключения молодых искателей приключений не начинались так рано и не продолжались так долго, как мои. Не успел наш корабль выйти из устья Гумбера, как подул ветер, и началось страшное волнение. До тех пор я никогда не бывал в море и не могу выразить, до чего мне стало плохо и как была потрясена моя душа. Только теперь я серьезно задумался над тем, что я натворил и как справедливо постигла меня небесная кара за то, что я так бессовестно покинул отчий дом и нарушил сыновний долг. Все добрые советы моих родителей, слезы отца, мольбы матери воскресли в моей памяти, и совесть, которая в то время еще не успела у меня окончательно очерстветь, сурово упрекала меня за пренебрежение к родительским увещаниям и за нарушение моих обязанностей к богу и отцу.

Между тем ветер крепчал, и по морю ходили высокие волны, хотя эта буря не имела и подобия того, что я много раз видел потом, ни даже того, что мне пришлось увидеть спустя несколько дней. Но и этого было довольно, чтобы ошеломить такого новичка в морском деле, ничего в нем не смыслившего, каким я был тогда. С каждой новой накатывавшейся на нас волной я ожидал, что она нас поглотит, и всякий раз, когда корабль падал вниз, как мне казалось, в пучину или хлябь морскую, я был уверен, что он уже не поднимется кверху. И в этой муке душевной я твердо решался и неоднократно клялся, что, если господу будет угодно пощадить на этот раз мою жизнь, если нога моя снова ступит на твердую землю, я сейчас же ворочусь домой к отцу и никогда, покуда жив, не сяду больше на корабль; я клялся послушаться отцовского совета и никогда более не подвергать себя таким невзгодам, какие тогда переживал. Теперь только я понял всю верность рассуждений отца насчет золотой середины; для меня ясно стало, как мирно и приятно прожил он свою жизнь, никогда не подвергаясь бурям на море и не страдая от передряг на берегу, и я решил вернуться в родительский дом с покаянием, как истый блудный сын.

Этих трезвых и благоразумных мыслей хватило у меня на все время, покуда продолжалась буря, и даже еще на некоторое время; но на другое утро ветер стал стихать, волнение поулеглось, и я начал понемногу осваиваться с морем. Как бы то ни было, весь этот день я был настроен очень серьезно (впрочем, я еще не совсем оправился от морской болезни); но к концу дня погода прояснилась, ветер прекратился, и наступил тихий, очаровательный вечер; солнце зашло без туч и такое же ясное встало на другой день, и гладь морская при полном или почти полном безветрии, вся облитая сиянием солнца, представляла восхитительную картину, какой я никогда еще не видывал.

Ночью я отлично выспался, и от моей морской болезни не осталось и следа. Я был очень весел и с удивлением смотрел на море, которое еще вчера бушевало и грохотало и могло в такое короткое время затихнуть и принять столь привлекательный вид. И тут то, словно для того, чтобы разрушить мои благие намерения, ко мне подошел мой приятель, сманивший меня ехать с ним, и, хлопнув меня по плечу, сказал: «Ну что, Боб, как ты себя чувствуешь после вчерашнего? Пари держу, что ты испугался, — признайся: ведь испугался вчера, когда задул ветерок?» — «Ветерок? Хорош ветерок!

Я и представить себе не мог такой ужасной бури!» — «Бури! Ах ты чудак! Так, по твоему, это буря? Что ты! Пустяки! Дай нам хорошее судно да побольше простору, гак мы такого шквалика и не заметим. Ну, да ты еще неопытный моряк, Боб. Пойдем ка лучше сварим себе пуншу и забудем обо всем. Взгляни, какой чудесный нынче день!» Чтоб сократить эту грустную часть моей повести, скажу прямо, что дальше пошло как обыкновенно у моряков: сварили пунш, я напился пьян и потопил в грязи этой ночи все мое раскаяние, все похвальные размышления о прошлом моем поведении и все мои благие решения относительно будущего. Словом, как только поверхность моря разгладилась, как только после бури восстановилась тишина, а вместе с бурей улеглись мои взбудораженные чувства, и страх быть поглощенным волнами прошел, так мысли мои потекли по старому руслу, и все мои клятвы, все обещания, которые я давал себе в минуты бедствия, были позабыты. Правда, на меня находило порой просветление, серьезные мысли еще пытались, так сказать, воротиться, но я гнал их прочь, боролся с ними, словно с приступами болезни, и при помощи пьянства и веселой компании скоро восторжествовал над этими припадками, как я их называл; в какие нибудь пять-шесть дней я одержал такую полную победу над своей совестью, какой только может пожелать себе юнец, решившийся не обращать на нее внимания. Но мне предстояло еще одно испытание: провидение, как всегда в таких случаях, хотело отнять у меня последнее оправдание; в самом деле, если на этот раз я не понял, что был спасен им, то следующее испытание было такого рода, что тут уж и самый последний, самый отпетый негодяй из нашего экипажа не мог бы не признать как опасности, так и чудесного избавления от нее.

На шестой день по выходе в море мы пришли на ярмутский рейд. Ветер после шторма был все время противный и слабый, так что мы подвигались тихо. В Ярмуте мы были вынуждены бросить якорь и простояли при противном, а именно юго-западном, ветре семь или восемь дней. В течение этого времени на рейд пришло из Ньюкастля очень много судов. (Ярмутский рейд служит обычным местом стоянки для судов, которые дожидаются здесь попутного ветра, чтобы войти в Темзу).

Мы, впрочем, не простояли бы так долго и вошли бы в реку с приливом, если бы ветер не был так свеж, а дней через пять не задул еще сильнее. Однако, ярмутский рейд считается такой же хорошей стоянкой, как и гавань, а якоря и якорные канаты были у нас крепкие; поэтому наши люди нисколько не тревожились, не ожидая опасности, и делили свой досуг между отдыхом и развлечениями, по обычаю моряков. Но на восьмой день утром ветер еще посвежел, и понадобились все рабочие руки, чтоб убрать стеньги и плотно закрепить все, что нужно, чтобы судно могло безопасно держаться на рейде. К полудню развело большое волнение; корабль стало сильно раскачивать; он несколько раз черпнул бортом, и раза два нам показалось, что нас сорвало с якоря. Тогда капитан скомандовал отдать шварт[1]. Таким образом мы держались на двух якорях против ветра, вытравив канаты до конца.

Тем временем разыгрался жесточайший шторм. Растерянность и ужас читались теперь даже на лицах матросов. Я несколько раз слышал, как сам капитан, проходя мимо меня из своей каюты, бормотал вполголоса: «Господи, смилуйся над нами, иначе все мы погибли, всем нам пришел конец», что не мешало ему, однако, зорко наблюдать за работами по спасению корабля. Первые минуты переполоха оглушили меня: я неподвижно лежал в своей каюте под лестницей, и даже не знаю хорошенько, что я чувствовал. Мне было трудно вернуться к прежнему покаянному настроению после того, как я так явно пренебрег им и так решительно разделался с ним: мне казалось, что ужасы смерти раз навсегда миновали и что эта буря окончится ничем, как и первая» Не когда сам капитан, проходя мимо, как я только что сказал, заявил, что мы все погибнем, я страшно испугался. Я вышел из каюты на палубу: никогда в жизни не приходилось мне видеть такой зловещей картины: по морю ходили валы вышиной с гору, и каждые три, четыре минуты на нас опрокидывалась такая гора. Когда, собравшись с духом, я оглянулся, кругом царил ужас и бедствие. Два тяжело нагруженные судна, стоявшие на якоре неподалеку от нас, чтоб облегчить себя, обрубили все мачты. Кто то из наших матросов крикнул, что корабль, стоявший в полумиле от нас впереди, пошел ко дну. Еще два судна сорвало с якорей и унесло в открытое море на произвол судьбы, ибо ни на том, ни на другом не оставалось ни одной мачты. Мелкие суда держались лучшие других и не так страдали на море; но два-три из них тоже унесло в море, и они промчались борт-о-борт мимо нас, убрав все паруса, кроме одного кормового кливера.

Вечером штурман и боцман приступили к капитану с просьбой позволить им срубить фок-мачту. Капитану очень этого не хотелось, но боцман стал доказывать ему, что, если фок-мачту оставить, судно затонет, и он согласился, а когда снесли фок-мачту, грот-мачта

---

[1] Шварт -— второй якорь.

начала так качаться и так сильно раскачивать судно, что пришлось снести и ее и таким образом очистить палубу.

Можете судить, что должен был испытывать все это время я — совсем новичок в морском деле, незадолго перед тем так испугавшийся небольшого волнения. Но если после стольких лет память меня не обманывает, не смерть была мне страшна тогда: во сто крат сильнее ужасала меня мысль о том, что я изменил своему решению принести повинную отцу и вернулся к своим первоначальным проклятым химерам, и мысли эти в соединении с боязнью бури приводили меня в состояние, которого не передать никакими словами. Но самое худшее было еще впереди. Буря продолжала свирепствовать с такой силой, что, по признанию самих моряков, им никогда не случалось видеть подобной. Судно у нас было крепкое, но от большого количества груза глубоко сидело в воде, и его так качало, что на палубе поминутно слышалось: «Захлестнет, кренит». В некотором отношении для меня было большим преимуществом, что я не вполне понимал значение этих слов, пока не спросил об этом. Однако, буря бушевала все с большей яростью, и я увидел — а это не часто увидишь — как капитан, боцман и еще несколько человек, у которых чувства, вероятно, не так притупились, как у остальных, молились, ежеминутно ожидая, что корабль пойдет ко дну. В довершение ужаса вдруг среди ночи один из людей, спустившись в трюм поглядеть, все ли там в порядке, закричал, что судно дало течь, другой посланный донес, что вода поднялась уже на четыре фута. Тогда раздалась команда; «Всем к помпе!» Когда я услыхал эти слова, у меня замерло сердце, и я упал навзничь на койку, где я сидел. Но матросы растолкали меня, говоря, что если до сих пор я был бесполезен, то теперь могу работать, как и всякий другой. Тогда я встал, подошел к помпе и усердно принялся качать. В это время несколько мелких грузовых судов, будучи не в состоянии выстоять против ветра, снялись с якоря и вышли в море. Заметив их, когда они проходили мимо, капитан приказал выпалить из пушки, чтобы дать знать о нашем бедственном положении. Не понимая значения этого выстрела, я вообразил, что судно наше разбилось или вообще случилось что нибудь ужасное, словом, я так испугался, что упал в обморок. Но так как каждому было в пору заботиться лишь о спасении собственной жизни, то на меня не обратили внимания и не поинтересовались узнать, что приключилось со мной. Другой матрос стал к помпе на мое место, оттолкнув меня ногой и оставив лежать, в полной уверенности, что я упал замертво; прошло не мало времени, пока я очнулся.

Мы продолжали работать, но вода поднималась в трюме все выше. Было очевидно, что корабль затонет, и хотя буря начинала понемногу стихать, однако не было надежды, что он сможет продержаться на воде, покуда мы войдем в гавань, и капитан продолжал палить из пушек, взывая о помощи. Наконец, одно мелкое судно, стоявшее впереди нас, рискнуло спустить шлюпку, чтобы подать нам помощь. С большой опасностью шлюпка приблизилась к нам, но ни мы не могли подойти к ней, ни шлюпка не могла причалить к нашему кораблю, хотя люди гребли изо всех сил, рискуя своей жизнью ради спасения нашей. Наши матросы бросили им канат с буйком, вытравив его на большую длину. После долгих напрасных усилий тем удалось поймать конец каната; мы притянули их под корму и все до одного спустились к ним в шлюпку. Нечего было и думать добраться в ней до их судна; поэтому с общего согласия было решено грести по ветру, стараясь только держать по возможности к берегу. Наш капитан пообещал чужим матросам, что, если лодка их разобьется о берег, он заплатит за нее их хозяину. Таким образом, частью на веслах, частью подгоняемые ветром, мы направились к северу в сторону Винтертон-Несса, постепенно заворачивая к земле.

Не прошло и четверти часа с той минуты, когда мы отчалили от корабля, как он стал погружаться на наших глазах. И тут то впервые я понял, что значит «захлестнет» Должен однако, сознаться, что я почти не имел силы взглянуть на корабль, услышав крики матросов, что он тонет, ибо с момента, когда я сошел или, лучше оказать, когда меня сняли в лодку, во мне словно все умерло частью от страха, частью от мыслей о еще предстоящих мне злоключениях.

Покуда люди усиленно работали веслами, чтобы направить лодку к берегу, мы могли видеть (ибо всякий раз, как лодку подбрасывало волной, нам виден был берег) — мы могли видеть, что там собралась большая толпа: все суетились и бегали, готовясь подать нам помощь, когда мы подойдем ближе. Но мы подвигались очень медленно и добрались до земли, только пройдя Винтертонский маяк, где между Винтертоном и Кромером береговая линия загибается к западу и где поэтому ее выступы немного умеряли силу ветра. Здесь мы пристали и, с великим трудом, но все таки благополучно выбравшись на сушу, пошли пешком в Ярмут. В Ярмуте, благодаря постигшему нас бедствию, к нам отнеслись весьма участливо: город отвел нам хорошие помещения, а частные лица — купцы и судохозяева — снабдили нас деньгами в достаточном количестве, чтобы доехать до Лондона или до Гулля, как мы захотим.

О, почему мне не пришло тогда в голову вернуться в Гулль в родительский дом! Как бы я был счастлив! Наверно, отец мой, как в евангельской притче, заколол бы для меня откормленного теленка, ибо он узнал о моем спасении лишь через много времени после того, как до него дошла весть, что судно, на котором я вышел из Гулля, погибло на ярмутском рейде.

Но моя злая судьба толкала меня все на тот ясе гибельный путь с упорством, которому невозможно было противиться; и хотя в моей душе, неоднократно раздавался трезвый голос рассудка, звавший меня вернуться домой, но у меня не хватило для этого сил. Не знаю, как это назвать, и потому не буду настаивать, что нас побуждает быть орудиями собственной своей гибели, даже когда мы видим ее перед собой и идем к ней с открытыми глазами, тайное веление всесильного рока; но несомненно, что только моя злосчастная судьба, которой я был не в силах избежать, заставила меня пойти наперекор трезвым доводам и внушениям лучшей части моего существа и пренебречь двумя столь наглядными уроками, которые я получил при первой же попытке вступить на новый путь.

Сын нашего судохозяина, мой приятель, помогший мне укрепиться в моем пагубном решении, присмирел теперь больше меня: в первый раз» как он заговорил со мной в Ярмуте (что случилось только через два или три дня, так как нам отвели разные помещения), я заметил, что тон его изменился. Весьма сумрачно настроенный) он спросил меня, покачивая головой, как я себя чувствую. Объяснив своему отцу, кто я такой, он рассказал, что я предпринял эту поездку в виде опыта, в будущем же намереваюсь объездить весь свет. Тогда его отец, обратившись ко мне, сказал серьезным и озабоченным тоном: «Молодой человек! Вам больше никогда не следует пускаться в море; случившееся с нами вы должны принять за явное и несомненное знамение, что вам не суждено быть мореплавателем». — «Почему же сэр? — возразил я. — Разве вы тоже не будете больше плавать?» — «Это другое дело, — отвечал он: — плавать — моя профессия и, следовательно, моя обязанность. Но вы то ведь пустились в море в виде опыта. Так вот небеса и дали вам отведать то, чего вы должны ожидать, если будете упорствовать в своем решении. Быть может, все то, что с нами случилось, случилось из-за вас: быть может, вы были Ионой на нашем корабле… Пожалуйста, — прибавил он, — объясните мне толком, кто вы такой и что побудило вас предпринять это плавание?» Тогда я рассказал ему кое что о себе. Как только я кончил, он разразился страшным гневом. «Что я такое сделал, — говорил он, — чем провинился, что этот жалкий отверженец ступил на палубу моего корабля! Никогда больше, ни за тысячу фунтов не соглашусь я плыть на одном судне с тобой!» Конечно, все это было сказано в сердцах, человеком и без того уже взволнованным мыслью о своей потере, и в своем гневе он зашел дальше, чем следовало. Но у меня был с ним потом спокойный разговор, в котором он серьезно убеждал меня не искушать на свою погибель провидения и воротиться к отцу, говоря, что во всем случившемся я должен видеть перст божий. «Ах, молодой человек! — сказал он в заключение, — если вы не вернетесь домой, то — верьте мне — повсюду, куда бы вы ни поехали, вас будут преследовать несчастия и неудачи, пока над вами не сбудутся слова вашего отца».

Вскоре после того мы расстались, я не нашелся возразить ему и больше его не видел. Куда он уехал из Ярмута — не знаю; у меня же было немного денег, и я отправился в Лондон сухим путем. И в Лондоне и по дороге туда на меня часто находили минуты сомнения и раздумья насчет того, какой род жизни мне избрать и воротиться ли домой, или пуститься в новое плавание.

Что касается возвращения в родительский дом, то стыд заглушал самые веские доводы моего разума: мне представлялось, как надо мной будут смеяться все наши соседи и как мне будет стыдно взглянуть не только на отца и на мать, но и на всех наших знакомых. С тех пор я часто замечал, до чего нелогична и непоследовательна человеческая природа, особенно в молодости; отвергая соображения, которыми следовало бы руководствоваться в подобных случаях, люди стыдятся не греха, а раскаяния, стыдятся не поступков, за которые их можно по справедливости назвать безумцами, а исправления, за которое только и можно почитать их разумными.

В таком состоянии я пребывал довольно долго, не зная, что предпринять и какое избрать поприще жизни. Я не мог побороть нежелания вернуться домой, а пока я откладывал, воспоминание о перенесенных бедствиях мало-помалуизглаживалось, вместе с ним ослабевал и без того слабый голос рассудка, побуждавший меня вернуться к отцу, и кончилось тем, что я отложил всякую мысль о возвращении и стал мечтать о новом путешествии.

Та самая злая сила. которая побудила меня бежать из родительского дома, которая вовлекла меня в нелепую и необдуманную затею составить себе состояние, рыская по свету, и так крепко забила мне в голову эти бредни, что я остался глух ко всем добрым советам, к увещаниям и даже к запрету отца, — эта самая сила, говорю я, какого бы ни была она рода, толкнула меня на самое несчастное предприятие, какое только можно вообразить: я сел на корабль, отправлявшийся к берегам Африки или, как выражаются наши моряки на своем языке, — в Гвинею, и вновь пустился странствовать.

Большим моим несчастьем было то, что во всех этих приключениях я не нанялся простым матросом; хотя мне пришлось бы работать немного больше, чем я привык, но зато я научился бы обязанностям и работе моряка и мог бы со временем сделаться штурманом или помощником капитана, если не самим капитаном. Но уж такая была моя судьба-из всех путей выбрал самый худший. Так поступил я и в этом случае: в кошельке у меня водились деньги, на плечах было приличное платье, и я всегда являлся на судно заправским барином, поэтому я ничего там не делал и ничему не научился.

В Лондоне мне посчастливилось попасть с первых же шагов в хорошую компанию, что не часто случается с такими распущенными, сбившимися с пути юнцами, каким я был тогда, ибо дьявол не зевает и немедленно расставляет им какую нибудь ловушку. Но не так было со мной. Я познакомился с одним капитаном, который незадолго перед тем ходил к берегам Гвинеи, и так как этот рейс был для него очень удачен, то он решил еще раз отправиться туда. Он полюбил мое общество — я мог быть в то время приятным собеседником — и, узнав от меня, что я мечтаю повидать свет, предложил мне ехать с ним, говоря, что мне это ничего не будет стоить, что я буду его сотрапезником и другом. Если же у меня есть возможность набрать с собой товаров, то мне, может быть, повезет, и я получу целиком всю вырученную от торговля прибыль.

Я принял предложение; завязав самые дружеские отношения с этим капитаном, человеком честным и прямодушным, я отправился с ним в путь, захватив с собой небольшой груз, на котором, благодаря полной бескорыстности моего друга капитана, сделал весьма выгодный оборот: по его указаниям я закупил на сорок фунтов стерлингов различных побрякушек и безделушек. Эти сорок фунтов я насбирал с помощью моих родственников, с которыми был в переписке и которые, как я предполагаю, убедили моего отца или, вернее, мать помочь мне хоть небольшой суммой в этом первом моем предприятии.

Это путешествие было, можно сказать, единственным удачным из всех моих похождении, чем я обязан бескорыстию и честности моего друга капитана, под руководством которого я, кроме того, приобрел изрядные сведения в математике и навигации, научился вести корабельный журнал, делать наблюдения и вообще узнал много такого, что необходимо знать моряку. Ему доставляло удовольствие заниматься со мной, а мне — учиться. Одним словом, в это путешествие я сделался моряком и купцом: я выручил за свой товар пять фунтов девять унций золотого песку, за который, по возвращении в Лондон, получил без малого триста фунтов стерлингов. Эта удача преисполнила меня честолюбивыми мечтами, которые впоследствии довершили мою гибель.

Но даже и в это путешествие на мою долю выпало немало невзгод, и главное — я все время прохворал, схватив сильнейшую тропическую лихорадку[1] вследствие чересчур жаркого климата, ибо побережье, где мы больше всего торговали, лежит между пятнадцатым градусом северной широты и экватором.

Итак, я сделался купцом, ведущим торговлю с Гвинеей. Так как, на мое несчастье, мой друг капитан вскоре по прибытии своем на родину умер, то я решил снова съездить, в Гвинею самостоятельно. Я отплыл из Англии на том же самом корабле, командование которым перешло теперь к помощнику умершего капитана. Это было самое злополучное путешествие, какое когда либо предпринимал человек. Правда, я не взял с собой и ста фунтов из нажитого капитала, а остальные двести фунтов отдал на хранение

---

1 Болезнь жаркого климата, которой подвержены преимущественно уроженцы более холодных стран и, следовательно, европейцы. Замечательно одно из проявлений этой болезни: больному море представляется зеленеющим полем, и иногда случается, что, желая пройтись по этому полю, человек прыгает и воду и погибает.

вдове моего покойного друга, которая распорядилась ими весьма добросовестно; но зато меня постигли во время пути страшные беды. Началось с того, что однажды на рассвете наше судно, державшее курс на Канарские острова или, вернее, между Канарскими островами и Африканским материком, было застигнуто врасплох турецким корсаром из Салеха, который погнался за нами на всех парусах. Мы тоже подняли паруса, какие могли выдержать наши реи и мачты, но, видя, что пират нас настигает и неминуемо догонит через несколько часов, мы приготовились к бою (у нас было двенадцать пушек, а у него восемнадцать). Около трех часов пополудни он нас нагнал, но по ошибке, вместо того, чтобы подойти к нам с кормы, как он намеревался, подошел с борта. Мы навели на него восемь пушек и дали по нем залп, после чего он отошел немного подальше, ответив предварительно на наш огонь не только пушечным, но и ружейным залпом из двух сотен ружей, так как нл нем было до двухсот человек. Впрочем, у нас никого не задело: ряды наши остались сомкнутыми. Затем пират приготовился к новому нападению, а мы — к новой обороне. Подойдя к нам на этот раз с другого борта, он взял нас на абордаж: человек шестьдесят ворвалось к нам на палубу, и все первым делом бросились рубить снасти. Мы встретили их ружейной пальбой, копьями и ручными гранатами и дважды очищали от них нашу палубу. Тем не менее, так как корабль наш был приведен в негодность и трое наших людей было убито, а восемь ранено, то в заключение (я сокращаю эту печальную часть моего рассказа) мы принуждены были сдаться, и нас отвезли в качестве пленников в Салех, морской порт, принадлежащий маврам.

Участь моя оказалась менее ужасной, чем я опасался в первый момент. Меня не увели, как остальных наших людей, вглубь страны ко двору султана; капитан разбойничьего корабля удержал меня в качестве невольника, так как я был молод, ловок и подходил для него. Эта разительная перемена судьбы, превратившей меня из купца в жалкого раба, буквально раздавила меня, и тут то мне вспомнились пророческие слова моего отца о том, что придет время, когда некому будет выручить меня из беды и утешить, — слова, которые, думалось мне, так точно сбывались теперь, когда десница божия покарала меня и я погиб безвозвратно. Но увы! то была лишь бледная тень тех тяжелых испытаний, через которые мне предстояло пройти, как покажет продолжение моего рассказа.

Так как мой новый хозяин или точнее, господин взял меня к себе в дом, то я надеялся, что, отправляясь в следующее плавание, он захватит с собой меня. Я был уверен, что рано или поздно его изловит какой нибудь испанский или португальский корабль, и тогда мне будет возвращена свобода. Но надежда моя скоро рассеялась, ибо, выйдя в море, он оставил меня присматривать за его садиком и вообще исполнять по хозяйству черную работу, возлагаемую на рабов; по возвращении же с крейсировки он приказал мне расположиться на судне, в каюте, чтобы присматривать за ним.

С того дня я ни о чем не думал, кроме побега, измышляя способы осуществить мою мечту, но не находил ни одного, который давал бы хоть малейшую надежду на успех. Да и трудно было предположить вероятность успеха в подобном предприятии, ибо мне некому было довериться, не у кого искать помощи — не было ни одного подобного мне невольника. ни одного англичанина, ни одного ирландца или шотландца, — я был совершенно одинок; так что целых два года (хотя течение этого времени я часто тешился мечтами о свободе) у меня не было и тени надежды на осуществление моего плана. Но по прошествии двух лет представился один необыкновенный случай, ожививший в моей душе давнишнюю мою мысль о побеге, и я вновь решил сделать попытку вырваться на волю. Как то мой хозяин сидел дома дольше обыкновенного и не снаряжал свой корабль (по случаю нужды в деньгах, как я слышал). В этот период он постоянно, раз или два в неделю, а в хорошую погоду и чаще, выходил в корабельном катере на взморье ловить рыбу. В каждую такую поездку он брал гребцами меня и молоденького мавра, и мы развлекали его по мере сил. А так как я, кроме того, оказался весьма искусным рыболовом, то иногда он посылал за рыбой меня с мальчиком — Мареско, как они называли его — под присмотром одного взрослого мавра, своего родственника.

И вот как то тихим утром мы вышли на взморье. Когда мы отплыли, поднялся такой густой туман, что мы потеряли берег из вида, хотя до него от нас не было и полуторы мили. Мы стали грести наобум; поработав веслами весь день и всю ночь, мы с наступлением утра увидели кругом открытое море, так как вместо того, чтобы взять к берегу, мы отплыли от него по меньшей мере на шесть миль. В конце концов мы добрались до дому, хотя не без труда и с некоторой опасностью, так как с утра задул довольно свежий ветер; все мы сильно проголодались.

Наученный этим приключением, мой хозяин решил быть осмотрительнее на будущее время и объявил, что больше никогда не выедет на рыбную ловлю без компаса и без запаса провизии. После захвата нашего корабля он оставил себе наш баркас и теперь приказал своему корабельному плотнику, тоже невольнику-англичанину, построить на этом баркасе в средней его части небольшую рубку или каюту, как на барже, позади которой оставить место для одного человека, который будет править рулем и управлять гротом, а впереди — для двоих, чтобы крепить и убирать остальные паруса, из коих кливер приходился над крышей каютки. Каютка была низенькая и очень уютная, настолько просторная, что в ней было можно спать троим и поместить стол и шкапчики для провизии, в которых мой хозяин держал для себя хлеб, рис, кофе и бутылки с теми напитками, какие он предполагал распивать в пути.

Мы часто ходили за рыбой на этом баркасе, и так как я был наиболее искусный рыболов, то хозяин никогда не выезжал без меня. Однажды он собрался в путь (за рыбой или просто прокатиться — уж не могу сказать) с двумя-тремя важными маврами, заготовив для этой поездки провизии больше обыкновенного и еще с вечера отослав ее на баркас. Кроме того, он приказал мне взять у него на судне три ружья с необходимым количеством пороху и зарядов, так как, помимо ловли рыбы, им хотелось еще поохотиться.

Я сделал все, как он велел, и на другой день с утра ждал на баркасе, начисто вымытом и совершенно готовом к приему гостей, с поднятыми вымпелами и флагом. Однако, хозяин пришел один и сказал, что его гости отложили поездку из за какого то неожиданно повернувшегося дела. Затем он приказал нам троим — мне, мальчику и мавру — идти, как всегда, на взморье за рыбой, так как его друзья будут у него ужинать, и потому, как только мы наловим рыбы, я должен принести ее к нему домой. Я повиновался.

Вот тут то у меня блеснула опять моя давнишняя мысль об освобождении. Теперь в моем распоряжении было маленькое судно, и, как только хозяин ушел, я стал готовиться — но не для рыбной ловли, а в дальнюю дорогу, хотя не только не знал, но даже и не думал о том, куда я направлю свой путь: всякая дорога была мне хороша, лишь бы уйти из неволи.

Первым моим ухищрением было внушить мавру, что нам необходимо запастись едой, так как мы не в праве рассчитывать на угощение с хозяйского стола. Он отвечал, что это правда, и притащил на баркас большую корзину с сухарями и три кувшина пресной воды. Я знал, где стоят у хозяина ящик с винами (захваченными, как это показывали ярлычки на бутылках, с какого нибудь английского корабля), и, покуда мавр был на берегу, я переправил их все на баркас и поставил в шкапчик, как будто они были еще раньше приготовлены для хозяина. Кроме того, я принес большой кусок воску, фунтов в пятьдесят весом, да прихватил моток пряжи, топор, пилу и молоток. Все это очень нам пригодилось впоследствии, особенно воск, из которого мы делали свечи. Я пустил в ход еще и другую хитрость, на которую мавр тоже попался по простоте своей души. Его имя было Измаил, а все звали его Моли или Мули. Вот я и сказал ему: «Моли, у нас на баркасе есть хозяйские ружья. Что, кабы ты добыл немножко пороху и зарядов? Может быть, нам удалось бы подстрелить себе на обед штуки две-три алькамы (птица в роде нашего кулика). Хозяин держит порох и дробь на корабле, я знаю». — «Хорошо, я принесу», сказал он и принес большой кожаный мешок с порохом (фунта в полтора весом, если не больше) да другой с дробью фунтов в пять или шесть. Он захватил также и пуль. Все это мы сложили в баркас. Кроме того, в хозяйской каюте нашлось еще немного пороху, который я пересыпал в одну из бывших в ящике больших бутылок, перелив из нее предварительно остатки вина. Запасшись таким образом всем необходимым для дороги, мы вышли из гавани на рыбную ловлю. В сторожевой башне, что стоит у входа в гавань, знали, кто мы такие, и наше судно не привлекло внимания. Отойдя от берега не больше как на милю, мы убрали парус и стали готовиться к ловле. Ветер был северо-северо-восточный, что не отвечало моим планам, потому что, дуй он с юга, я мог бы наверняка доплыть до испанских берегов, по крайней мере до Кадикса; но откуда бы ни дул теперь ветер, одно я твердо решил: убраться подальше от этого ужасного места, а остальное предоставить судьбе.

Поудив некоторое время и ничего не поймав, — я нарочно не вытаскивал удочки, когда у меня рыба клевала, чтобы мавр ничего не видел, — я слазал ему: «Тут, у нас дело не пойдет; хозяин не поблагодарит нас за такой улов. Надо отойти подальше». Не подозревая подвоха с моей стороны, мавр согласился, и так как он был на носу баркаса, — поставил паруса. Я сел на руль, и когда баркас отошел еще миля на три в открытое море, я лег в дрейф как будто затем, чтобы приступить к рыбной ловле. Затем, передав мальчику руль, я подошел к мавру сзади, нагнулся, словно рассматривая что то, и вдруг схватил его за туловище и бросил за борт. Он сейчас же вынырнул, потому что плавал, как пробка, и криками стал умолять, чтобы я взял его на баркас, обещая, что поедет со мной хоть на край света. Он так быстро плыл, что догнал бы меня очень скоро, так как ветра почти не было. Тогда я пошел в каюту, взял там ружье и прицелился в него, говоря, что не желаю ему зла и не сделаю ему ничего дурного, если он оставит меня в покое. «Ты хорошо плаваешь, — продолжал я, — на море тихо, так что тебе ничего не стоит доплыть до берега, и я не трону тебя; но только попробуй подплыть близко к баркасу, и я мигом прострелю тебе череп, потому что я твердо решился вернуть себе свободу». Тогда он поворотил к берегу и, я уверен, доплыл до него без всякого затруднения, так как был отличным пловцом.

Конечно, я мог бы бросить в море мальчика и взять с собою этого мавра, но на последнего нельзя было положиться. Когда он отплыл достаточно далеко, я повернулся к мальчику (его звали Ксури) и сказал ему: «Ксури! Если ты будешь мне верен, я сделаю тебя большим человеком, но если ты не погладишь своего лица в знак того, что не изменишь мне (то-есть не поклянешься бородой Магомета и его отца), я и тебя брошу в море». Мальчик улыбнулся, глядя мне прямо в глаза, и отвечал так чистосердечно, что я не мог не поверить ему. Он поклялся, что будет мне верея и поедет со мной на край света.

Покуда плывущий мавр не скрылся из вида, я держал прямо в открытое море, лавируя против ветра. Я делал это нарочно, чтобы показать, будто мы идем к Гибралтарскому проливу (как, очевидно, и подумал бы каждый здравомыслящий человек). В самом деле: можно ли было предположить, что мы намерены направиться на юг, к тем поистине варварским берегам, где целые полчища негров со своими челноками окружили бы и убили бы нас, где стоило нам ступить на землю, и нас растерзали бы хищные зверя или еще более безжалостные дикие существа в человеческом образе?

Но как только стало смеркаться, я изменил курс и стал править на юг, уклоняясь слегка к востоку, чтобы не слишком удаляться от берегов. Благодаря довольно свежему ветерку а отсутствию волнения на море, мы шли таким хорошим ходом, что на другой день в три часа пополудни, когда впереди в первый раз показалась земля, мы были не менее как на полтораста миль южнее Салеха, далеко за пределами владений марокканского султана, да и всякого другого из тамошних владык; по крайней мере, мы не видели ни одного человека.

Но я набрался такого страху у мавров и так боялся снова попасться им в руки, что, пользуясь благоприятным ветром, целых пять дней плыл, не останавливаясь, не приставая к берегу и не бросая якоря. Через пять дней ветер переменился на южный, и так как, по моим соображениям, если за нами и была погоня, то, не догнав нас до сих пор, наши преследователи должны уже были от нее отказаться, — я решился подойти к берегу и стал на якорь в устье какой то маленькой речки. Какая это была речка и где она протекает, в какой стране, у какого народа и под какой широтой — я не имею понятия. Я не видал людей на берегу, да и не желал увидеть; мне нужно было только запастись пресной водой. Мы вошли в эту бухточку под вечер и решили, когда смеркнется, добраться вплавь до берега и осмотреть местность. Но как только стемнело, мы услыхали с берега такие ужасные звуки — такой неистовый рев, лай и вой неведомых диких зверей, что бедный мальчик чуть не умер со страху и стал упрашивать меня не сходить на берег до наступления дня. «Хорошо, Ксури, — сказал я ему, — но, может быть, днем мы там увидим людей, от которых нам придется, пожалуй, еще хуже, чем от тигров и львов». — «А мы стрельнем в них из ружья, — сказал он со смехом, — они и убегут». (От невольников-англичан Ксури научился говорить на ломаном английском языке.) Я был рад, что мальчик так весел, и, чтобы поддержать в нем эту бодрость духа, дал ему стакан вина из хозяйских запасов. Совет его, в сущности, был недурен, и я последовал ему. Мы бросили якорь и простояли всю ночь притаившись. Я говорю: притаившись, потому что мы ей минуты не спали. Часа через два-три после того, как мы бросили якорь, мы увидали на берегу огромных животных (каких мы и сами не знали): они подходили к самому берегу, бросались в воду, плескались и барахтались, желая, очевидно, освежиться, и при этом так отвратительно визжали, ревели и выли, как я в жизни никогда не слыхал.

Ксури был страшно напуган, да, правду сказать, и я тоже. Но еще больше испугались мы оба, когда услыхали, что одно из этих страшилищ плывет к нашему баркасу; мы не видели его, но по тому, как оно отдувалось и фыркало, могли заключить, что это было свирепое животное чудовищных размеров. Ксури утверждал, что это лев (быть может, так оно и было, — по крайней мере, я не уверен в противном), и кричал, чтобы мы подняли якорь и удалились отсюда. «Нет, Ксури, — отвечал я, — нам незачем подымать якорь; мы только вытравим канат подлиннее и выйдем в море: они не погонятся за нами туда». Но не успел я это сказать, как увидал неизвестного зверя на расстоянии каких нибудь двух весел от баркаса. Признаюсь, я немного оторопел, однако сейчас же схватил в каюте ружье, и как только я выстрелил, животное повернуло назад и поплыло к берегу.

Невозможно описать, что за адский рев и вой поднялись на берегу и дальше, в глубине материка, когда раздался мой выстрел. Это давало мне некоторое основание предположить, что здешние звери никогда не слыхали этого звука. Я окончательно убедился, что нам и думать нечего о высадке в этих местах в течение ночи, но можно ли будет рискнуть высадиться днем — был тоже вопрос: попасть в руки какого нибудь дикаря не лучше, чем попасться в когти льву или тигру; по крайней мере, эта опасность пугала нас нисколько не меньше.

Но так или иначе, здесь или в другом месте, а нам необходимо было сойти на берег, так как у нас не оставалось ни пинты[1] воды. Но опять таки вопрос: где и как высадиться? Ксури объявил, что если я его пущу на берег с кувшином, то он постарается раздобыть пресной воды и принесет ее мне. А когда я спросил его, отчего же идти ему, а не мне, и отчего ему не остаться в лодке, в ответе мальчика было столько глубокого чувства, что он подкупил меня навеки. «Если придут дикие люди, — сказал он, — то они съедят меня, а вы останетесь целы». «Так вот что, Ксури, — сказал я, — отправимся вместе, а если придут дикие люди, мы убьем их, и они не съедят ни тебя, ни меня». Я дал мальчику поесть сухарей и выпить глоток вина из хозяйского запаса, о котором я уже говорил; затем мы подтянулись поближе к земле и, соскочив в воду, направились к берегу в брод, не взяв с собой ничего, кроме оружия да двух кувшинов для воды.

Я не хотел удаляться от берега, чтобы не терять из виду баркаса, опасаясь, как бы вниз по реке к нам не спустились дикари в своих пирогах; но Ксури, заметив низинку на расстоянии приблизительно одной мили от берега, побрел туда с кувшином. Вдруг я увидел, что он бежит назад ко мне. Подумав, не погнались ли за ним дикари или не испугался ли он хищного зверя, я бросился к нему на помощь, но,

---

[1] Пинта — немного более полубутылки.

подбежав ближе, увидел, что через плечо у него висит что-то большое. Оказалось, что он убил какого то зверька в роде нашего зайца, но другого цвета и с более длинными ногами. Мы оба были рады этой удаче, и мясо убитого животного оказалось очень вкусным; но главная радость, с которою бежал ко мне Ксури, была та, что он нашел хорошую пресную воду и не видел диких людей.

Потом оказалось, что нам не нужно было так хлопотать, чтобы достать пресной воды: в той самой речке, где мы стояли, только немного повыше, вода была совершенно пресная, так как прилив заходил в речку не особенно далеко. Итак, наполнив наши кувшины, мы устроили пиршество из убитого зайца и приготовились продолжать путь, не открыв в этой местности никаких следов человека.

Так как я уже побывал однажды в этих местах, то мне было хорошо известно, что Канарские острова и острова Зеленого мыса отстоят недалеко от материка. Но теперь у меня не было с собой приборов для наблюдений, и я не мог, следовательно, определить, на какой широте мы находимся; с другой стороны, я не знал в точности или, во всяком случае, не помнил, на какой широте лежат эти острова; таким образом, мне неизвестно было, где их искать и когда именно следует свернуть в открытое море, чтобы направиться к ним; знай я это, мне было бы нетрудно добраться до какого нибудь из них. Но я надеялся, что, если я буду держать вдоль берега, покамест не дойду до той части страны, где англичане ведут береговую торговлю, то я, по всей вероятности, встречу какое нибудь английское купеческое судно, совершающее свой обычный рейс, которое нас подберет.

По всем моим расчетам мы находились теперь против той береговой полосы, что тянется между владениями марокканского султана и землями негров. Это пустынная, безлюдная область, населенная одними дикими Зверьми: негры, боясь мавров, покинули ее и ушли дальше на юг, а мавры нашли невыгодным селиться здесь по причине бесплодия почвы; вернее же, что тех и других распугали тигры, львы, леопарды и прочие хищники, которые водятся здесь в несметном количестве. Таким образом, для мавров эта область служит только местом охоты, на которую они отправляются целыми армиями, по две, по три тысячи человек. Неудивительно поэтому, что на протяжении чуть ли не ста миль мы видели днем лишь пустынную, безлюдную местность, а ночью не слыхали ничего, кроме воя и рева диких дверей.

Два раза в дневную пору мне показалось, что я вижу вдали пик Тенерифа — высочайшую вершину горы Тенериф, что на Канарских островах. Я даже пробовал сворачивать в море в надежде добраться туда, но оба раза противный ветер и сильное волнение, опасное для моего утлого суденышка, принуждали меня повернуть назад, так что, в конце концов, я решил не отступать более от моего первоначального плана и держаться вдоль берегов.

После того, как мы вышли из устья речки, я еще несколько раз принужден был приставать к берегу для пополнения запасов пресной воды. Однажды ранним утром мы стали на якорь под защитой довольно высокого мыска и ждали полного прилива, который уже начинался, чтобы подойти ближе к берегу. Вдруг Ксури, у которого глаза были, видно, зорче моих, тихонько окликнул меня и на мой вопрос сказал, что нам лучше отойти подальше от берега:

«Вы взгляните, какой страшный зверь лежит вон там на пригорке и крепко спит». Я взглянул, куда он показывал, и действительно увидел страшилище. Это был огромный лев, лежавший на скате берега в тени нависшего холма. «Послушай, Ксури, — оказал я, — ступай на берег и убей этого зверя». Мальчик испуганно взглянул на меня и проговорил: «Мне — убить его! Да он меня в один раз заглотает» (проглотит целиком — хотел он сказать). Я ничего ему не возразил, велел только не шевелиться} взяв самое большое ружье, почти равнявшееся мушкету по калибру, я зарядил его двумя кусками свинца и порядочным количеством пороху; в другое я вкатил две большие пули, а в третье (у нас было три ружья) — пять пуль поменьше. Взяв первое ружье и хорошенько» прицелившись зверю в голову, я выстрелил; но он лежал в такой позе (прикрыв морду лапой), что заряд попал ему в ногу и перебил кость выше колена. Зверь с рычанием вскочил, но, почувствовав боль в перебитой ноге, сейчас же свалился; потом опять поднялся на трех лапах и испустил такой ужасный рев, какого я в жизнь свою не слыхал. Я был немного удивлен тем, что не попал ему в голову; однако, не медля ни минуты, взял второе ружье и выстрелил зверю вдогонку, так как он заковылял было прочь от берега; на этот раз заряд попал прямо в цель. Я с удовольствием увидел, как лев упал и, едва издавая какие то слабые звуки, стал корчиться в борьбе со смертью. Тут Ксури набрался храбрости и стал проситься на берег. «Ладно, ступай», сказал я. Мальчик спрыгнул в воду и поплыл к берегу, работая одной рукой и держа в другой ружье. Подойдя вплотную к распростертому зверю, он приставил дуло ружья к его уху и еще раз выстрелил, прикончив его таким образом.

Дичь была знатная, но несъедобная, и я очень жалел, что мы истратили даром три заряда. Но Ксури объявил, что он поживится кое чем от убитого льва, и, когда мы вернулись на баркас, попросил у меня топор. «Зачем тебе топор?» спросил я. «Отрубить ему голову», отвечал он. Однако, головы отрубить он не мог, а отрубил только лапу, которую и притащил с собой. Она была чудовищных размеров.

Тут мне пришло в голову, что, может быть, нам пригодится шкура льва, и решил попытаться снять ее. Мы отправились с Ксури на работу, но я не знал, как за нее приняться. Ксури оказался гораздо ловчее меня. Эта работа заняла у нас целый день. Наконец, шкура была снята; мы растянули ее на крыше нашей каютки; дня через два солнце просушило ее, и впоследствии она служила мне постелью.

После этой остановки мы еще дней десять-двенадцать продолжали держать курс на юг, стараясь как можно экономнее расходовать наш запас провизии, начинавший быстро истощаться, и сходя на берег только за пресной водой. Я хотел дойти до устья Гамбии или Сенегала, или вообще до какой нибудь стоянки, невдалеке от Зеленого мыса, так как надеялся встретить здесь какое нибудь европейское судно: я знал, что, если я его не встречу, мне останется только или пуститься на поиски островов, или погибнуть здесь среди негров. Мне было известно, что все европейские суда, куда бы они ни направлялись — к берегам ли Гвинеи, в Бразилию или в Ост-Индию, — проходят мимо Зеленого мыса или островов того же названия: словом, я поставил всю свою судьбу на эту карту, понимая, что либо я встречу европейское судно, либо погибну.

Итак, еще дней десять я продолжал осуществлять свое намерение. Тут я стал замечать, что побережье обитаемо: в двух-трех местах мы видели на берегу людей, которые, в свою очередь, смотрели на нас. Мы могли также различить, что они были черные как смоль и голые. Один раз я хотел было сойти к ним на берег, но Ксури, мой мудрый советчик, сказал:

«Не ходи, не ходи». Тем не менее я стал держать ближе к берегу, чтобы можно было вступить с ними в разговор. Они должно быть поняли мое намерение и долго бежали вдоль берега за нашим баркасом. Я заметил, что они были невооружены, кроме одного, державшего в руке длинную тонкую палку. Ксури сказал мне, что это колье и что дикари мечут копья очень далеко и замечательно метко; поэтому я держался в некотором отдалении от них и объяснялся с ними знаками по мере моего уменья, стараясь, главным образом, дать им понять, что мы нуждаемся в пище. Они, в свою очередь, стали делать мне знаки, чтобы я остановил свою лодку и что они принесут нам съестного. Как только я спустил парус и лег в дрейф, два чернокожих побежали куда то в глубь страны и через полчаса или того меньше принесли два куска вяленого мяса и немного зерна какого то местного злака. Мы не знали, что это было за мясо и что за зерно, однако изъявили полную готовность принять и то и другое. Но тут возник новый вопрос: как получить все это? Мы не решались сойти на берег, боясь дикарей, а они в свою очередь боялись нас нисколько не меньше. Наконец, они придумали выход из этого затруднения. одинаково безопасный для обеих сторон: сложив на берегу зерно и мясо, они отошли подальше и стояли неподвижно, пока мы не переправили все это на баркас; а затем воротились на прежнее место.

Мы благодарили их знаками, потому что больше нам было нечем отблагодарить. Но в этот самый момент нам представился случай оказать им большую услугу. Не успели мы отойти от берега, как вдруг из гор выбежали два огромных зверя и бросились прямо к морю. Один из них, как нам казалось, гнался за Другим: был ли это самец, преследовавший самку, играли ли они между собою, или грызлись, — мы не могли разобрать, как не могли бы сказать и того, было ли это обычное явление в тех местах, или исключительный случай; я думаю, впрочем, что последнее было вернее, так каля, во первых, хищные звери редко показываются днем, а во вторых, мы заметили, что бывшие на берегу люди, особенно женщины, страшно перепугались. Только человек, державший копье, или дротик, остался на месте; остальные пустились бежать. Но звери летели прямо к морю и не покушались напасть на негров. Они бросились в воду и стали плавать, словно купанье было единственною целью их появления. Вдруг один из них подплыл довольно близко к баркасу. Я этого не ожидал; тем не менее, зарядив поскорее ружье и приказав Ксури зарядить оба другие, я приготовился встретить врага как только он приблизился к нам на расстояние ружейного выстрела, я спустил курок, и пуля попала ему прямо в голову в тот же миг он погрузился в воду, потом вынырнул и поплыл назад к берегу, то исчезая под водой, то снова появляясь на поверхности. Он, видимо, боролся со смертью, захлебываясь водой и исходя кровью из смертельной раны. и, не доплыв немного до берега, околел.

Невозможно передать, до чего были поражены бедные дикари, когда услышали треск и увидали огонь ружейного выстрела: некоторые из них чуть не умерли со страху и попадали на землю, точно мертвые. Но, видя, что зверь пошел ко дну и что я делаю им знаки подойти ближе, они ободрились и вошли в воду, чтобы вытащить убитого зверя. Я нашел его по кровавым пятнам на воде и, закинув на него веревку, перебросил конец ее неграм, а те притянули его к берегу. Животное оказалось леопардом редкой породы с пятнистой шкурой необычайной красоты. Негры, стоя над ним, воздевали вверх руки в знак изумления: они не могли понять, чем я его убил.

Другой зверь, испуганный огнем и треском моего выстрела, выскочил на берег и убежал назад в горы; за дальностью расстояния я не мог разобрать, что это был за зверь. Между тем, я заметил, что неграм очень хочется поесть мяса убитого леопарда, и решит устроить так, как будто бы они получили его в дар от меня. Я показал им знаками, что они могут взять его себе. Они очень благодарили меня и, не теряя времени, принялись за работу. Хотя ножей у них не было, однако, действуя заостренными кусочками дерева, они сняли шкуру с мертвого зверя так быстро и ловко, как мы не сделали бы этого и ножом. Они предложили мне мясо; но от мяса я отказался, сделав им знак, что отдаю его им, а попросил только шкуру, которую они мне и отдали очень охотно. Кроме того, они принесли для меня новый запас провизии, гораздо больше прежнего. и я его взял, хоть и не знал, какие это были припасы. Затем я знаками попросил у них воды: протянув один из наших кувшинов, я опрокинул его кверху дном чтобы показать, что он пуст и что его надо наполнить Они сейчас же прокричали что то своим. Немного погодя, появились две женщины с большим сосудом воды из обожженной (должно быть на солнце) глины и оставили его на берегу, как и провизию. Я отправил Ксури со всеми нашими кувшинами, и он наполнил водой все три. Женщины были совершенно голые, как и мужчины.

Запасшись таким образом водой, кореньями и зерном, я расстался с гостеприимными неграми и в течение еще одиннадцати дней продолжал путь в прежнем направлении, не приближаясь к берегу. Наконец, милях в пятнадцати впереди я увидел узкую полосу земля, далеко выступавшую в море. Погода была тихая, и я свернул в открытое море, чтоб обогнуть эту косу. В тот момент, когда мы поровнялись с ее оконечностью, я ясно различил милях в шести от берега со стороны океана другую полосу земли и заключил вполне основательно, что узкая коса — Зеленый мыс, а полоса земли — острова того же названия. Но они были очень далеко, и, не решаясь направиться к ним, я не знал, что мне делать. Я понимал, что если меня застигнет свежий ветер, то я, пожалуй, не доплыву ни до острова, ни до мыса.

Ломая голову над разрешением этого вопроса, я присел на минуту в каюте, предоставив Ксури править рулем, как вдруг услышал его крик: «Хозяин! Хозяин! Парус! Корабль!» Наивный юноша перепугался до смерти, вообразив. что это должен быть непременно один из кораблей его хозяина, посланный за нами в погоню; но я знал, как далеко ушли мы от мавров, и был уверен, что нам не может угрожать опасность с этой стороны. Я выскочил из каюты и сейчас же не только увидел корабль, но даже различил, что это был португальский корабль, направлявшийся, по моему, к берегам Гвинеи за неграми. Но, присмотревшись внимательнее, я убедился, что судно идет в другом направлении и не думает сворачивать к земле. Тогда я поднял все паруса и повернул в открытое море, решившись сделать все возможное, чтобы вступить с ним в сношение.

Я, впрочем, скоро убедился, что, даже идя полным ходом, мы не успеем подойти к нему близко и что оно пройдет мимо, прежде чем можно будет дать ему сигнал; но в тот момент, когда я начинал уже отчаиваться, нас должно быть увидели с корабля в подзорную трубу и предположили, что это лодка с какого нибудь погибшего европейского судна. Корабль убавил паруса, чтобы дать нам возможность подойти. Это меня ободрило. У нас на баркасе был кормовой флаг с корабля нашего бывшего хозяина, и я стал махать этим флагом в рнак того, что мы терпим бедствие, и, кроме того, выстрелил из ружья. Они увидели флаг и дым от выстрела (самого выстрела они не слыхали); корабль лег в дрейф, ожидая нашего приближения, и спустя три часа мы причалили к нему.

Меня спросили, кто я, по португальски, по испански и по французики, но ни одного из этих языков я не знал. Наконец, один матрос, шотландец, заговорил со мной по английски, и я объяснил ему, что я — англичанин и убежал от мавров из Салеха, где меня держали в неволе. Тогда меня и моего спутника пригласили на корабль и приняли весьма любезно со всем нашим добром.

Легко себе представить, какой невыразимой радостью наполнило меня сознание свободы после того бедственного и почти, безнадежного положения, в котором я находился. Я немедленно предложил все мое имущество капитану в вознаграждение за мое избавление, но он великодушно отказался, говоря, что ничего с меня не возьмет и что все мои вещи будут возвращены мне в целости, как только мы придем в Бразилию. «Я спас вам жизнь, — прибавил он, — потому что и сам радовался бы, если б был в вашем положении. А это всегда может случиться. Кроме того, ведь мы завезем вас в Бразилию, а от вашей родины это очень далеко, и вы умрете там с голоду, если я отниму у вас ваше имущество. Для чего же тогда мне было вас спасать? Нет, нет, *сеньор инглезе* (то-есть англичанин), я довезу вас даром до Бразилии, а ваши вещи дадут вам возможность пожить там и оплатить ваш проезд на родину».

Капитан оказался великодушным не только на словах, но и исполнил свое обещание в точности. Он распорядился, чтобы никто из матросов не смел прикасаться к моему имуществу, затем составил подробную опись всего моего имущества и взял все это под свой присмотр, а опись передал мне, чтобы потом, по прибытии в Бразилию, я мог получить по ней каждую вещь, вплоть до трех глиняных ковшиков.

Что касается моего баркаса, то капитан, видя, что он очень хорош, сказал, что охотно купит его у меня для своего корабля, и спросил, сколько я хочу получить за него. На это я ответил, что он поступил со мной так великодушно во всех отношениях, что я ни в коем случае не стану назначать цены за свою лодку, а всецело предоставлю это ему. Тогда он сказал, что выдаст мне письменное обязательство уплатить за нее восемьдесят пиастров в Бразилии, но что если по приезде туда кто нибудь предложит мне больше, то и он даст мне больше. Кроме того, он предложил мне шестьдесят золотых за Ксури. Мне очень не хотелось брать эти деньги, и не потому, чтобы я боялся отдать мальчика капитану, а потому что мне было жалко продавать свободу бедняги, который так преданно помогал мне самому добыть ее. Я изложил капитану все эти соображения, и он признал их справедливость, но советовал не отказываться от сделки, говоря, что он выдаст мальчику обязательство отпустить его на волю через десять лет, если он примет христианство. Это меняло дело. А так как к тому же сам Ксури выразил желание перейти к капитану, то я и уступил его.

Наш переезд до Бразилии совершился вполне благополучно, и после двадцатидвухдневного плавания мы вошли в бухту Тодос лос Сантос, или Всех Святых. Итак, я еще раз избавился от самого бедственного положения, в какое только может попасть человек, и теперь мне оставалось решить, что делать с собой.

Я никогда не забуду великодушного отношения ко мне капитана португальского корабля. Он ничего не взял с меня за проезд, аккуратнейшим образом возвратил мне все мои вещи и дал мне сорок дукатов за львиную шкуру и двадцать за шкуру леопарда и вообще купил все, что мне хотелось продать, в том числе ящик с винами, два ружья и остаток воску (часть которого пошла у нас на свечи). Одним словом, я выручил двести двадцать золотых и с этим капиталом сошел на берег Бразилии.

Вскоре капитан ввел меня в дом одного своего знакомого, такого же доброго и честного человека, как он сам. Это был владелец *ingenio*, то есть сахарной плантации и сахаристо завода. Я прожил у него довольно долгое время и, благодаря этому, познакомился с культурой сахарного тростника и с сахарным производством. Видя, как хорошо живется плантаторам и как быстро они богатеют, я решил хлопотать о разрешении поселиться здесь окончательно и самому заняться этим делом. В то же время я старался придумать какой нибудь способ вытребовать из Лондона хранившиеся у меня там деньги. Когда мне удалось получить бразильское подданство, я на все мои наличные деньги купит участок невозделанной земли и стал составлять план моей будущей плантации и усадьбы, сообразуясь с размерами той денежной суммы, которую я рассчитывал получить из Лондона.

Был у меня сосед, португалец из Лиссабона, по происхождению англичанин, по фамилии Уэлз. Он находился приблизительно в таких же условиях, как и я. Я называю его соседом, потому что его плантация прилегала к моей. Мы были с ним в самых приятельских отношениях. У меня, как и у него. оборотный капитал был весьма невелик; и первые два года мы оба еле-еле могли прокормиться с наших плантаций. Но по мере того, как земля возделывалась, мы богатели, так что на третий год часть земли была у нас засажена табаком, и мы разделали по большому участку под сахарный тростник к будущему году. Но мы оба нуждались в рабочих руках, и тут мне стало ясно, как нерасчетливо я поступил, расставшись с мальчиком Ксури.

Но увы! благоразумием я никогда не отличался, и неудивительно, что я так плохо рассчитал и в этот раз. Теперь мне не оставалось ничего более, как продолжать в том же духе. Я навязал себе на шею дело, не имевшее ничего общего с моими природными наклонностями, прямо противоположное той жизни, о какой я мечтал, ради которой я покинул родительский дом и пренебрег отцовскими советами. Более того, я сам пришел к той золотой середине, к той высшей ступени скромного существования, которую советовал мне избрать мой отец и которой я мог бы достичь с таким же успехом, оставаясь на родине и не утомляя себя скитаниями по белу свету. Как часто теперь говорил я себе, что мог бы делать то же самое и в Англии, живя между друзьями, не забираясь за пять тысяч миль от родины, к чужеземцам и дикарям, в дикую страну, куда до меня никогда не дойдет даже весточка из тех частей земного шара, где меня немного знают!

Вот каким горьким размышлениям о своей судьбе предавался я в Бразилии. Кроме моего соседа-плантатора, с которым я изредка виделся, мне не с кем было перекинуться словом; все работы мне приходилось исполнять собственными руками, и я, бывало, постоянно твердил, что живу точно на необитаемом острове, и жаловался, что кругом нет ни одной души человеческой. Как справедливо покарала меня судьба, когда впоследствии и в самом деле забросила меня на необитаемый остров, и как полезно было бы каждому из нас, сравнивая свое настоящее положение с другим, еще худшим, помнить, что провидение во всякую минуту может совершить обмен и показать нам на опыте, как мы былей счастливы прежде! Да, повторяю, судьба наказала меня по заслугам, когда обрекла на ту действительно одинокую жизнь на безотрадном острове, с которой я так несправедливо сравнивал свое тогдашнее житье, которое, если б у меня хватило терпения продолжать начатое дело, вероятно, привело бы меня к богатству и счастью…

Мои планы относительно сахарной плантации приняли уже некоторую определенность к тому времени, когда мой благодетель капитан, подобравший меня в море, должен был отплыть обратно на родину (его судно простояло в Бразилии около трех месяцев, пока он забирал новый груз на обратный путь). И вот, когда я рассказал ему, что у меня остался в Лондоне небольшой капитал, он дал мне следующий дружеский и чистосердечный совет:

«Сеньор инглеэе, — сказал он (он всегда меня так величал), — дайте мне формальную доверенность и напишите в Лондон тому лицу, у которого хранятся ваши деньги. Напишите, чтобы для вас там закупили товаров (таких, которые находят сбыт в здешних краях) и переслали бы их в Лиссабон по адресу, который я вам укажу; а я, если бог даст, вернусь я доставлю вам их в целости. Но так как дела человеческие подвержены всяким превратностям и бедам, то на вашем месте я взял бы на первый раз только сто фунтов стерлингов, то есть половину вашего капитала. Рискните сначала только этим. Если эти деньги вернутся к вам с прибылью, вы можете таким же образом пустить в оборот и остальной капитал, а если пропадут, так у вас, по крайней мере, останется хоть что нибудь в запасе».

Совет был так хорош и так дружествен, что лучшего, казалось мне, нельзя и придумать, и мне остается только последовать ему. Поэтому у я, не колеблясь, выдал капитану доверенность, как он того желал, и приготовил письмо к вдове английского капитана, которой когда то отдал на сохранение совой деньги.

Я подробно описал ей все мои приключения: рассказал, как я попал в неволю, как убежал, как встретил в море португальский корабль и как человечно обошелся со мной капитан. В заключение я описал ей настоящее мое положение и дал необходимые указания насчет закупки для меня товаров. Мой друг капитан тотчас по прибытии своем в Лиссабон через английских купцов переслал в Лондон одному тамошнему купцу заказ на товары. присоединив к нему подробнейшее описание моих похождений. Лондонский купец немедленно передал оба письма вдове английского капитана, и она не только выдала ему требуемую сумму, но еще послала от себя португальскому капитану довольно кругленькую сумму в виде подарка за его гуманное и участливое отношение ко мне.

Закупив на все мои сто фунтов английских товаров, по указаниям моего приятеля капитана, лондонский купец переслал их ему в Лиссабон, а тот благополучно доставил их мне в Бразилию. В числе других вещей он уже по собственному почину (ибо я был настолько новичком в моем деле, что мне это даже не пришло в голову) привез мне всевозможных земледельческих орудий, а также всякой хозяйственной утвари. Все это были вещи, необходимые для работ на плантации, и все они очень мне пригодились.

Когда прибыл мой груз, я был вне себя от радости и считал свою будущность отныне обеспеченной. Мой добрый опекун капитан, кроме всего прочего, привез мне работника, которого нанял с обязательством прослужить мне шесть лет. Для этой цели он истратил собственные пять фунтов стерлингов, полученные в подарок от моей приятельницы, вдовы английского капитана. Он наотрез отказался от всякого возмещения, и я уговорил его только принять небольшой тюк табаку, как плод моего собственного хозяйства.

И это было не все. Так как весь груз моих товаров состоял из английских мануфактурных изделий — полотен, байки, сукон, вообще таких вещей, которые особенно ценились и требовались в этой стране, то я имел возможность распродать его с большой прибылью; словом, когда все было распродано, мой капитал учетверился. Благодаря этому, я далеко опередил моего бедного соседа по разработке плантации, ибо первым моим делом после распродажи товаров было купить невольника-негра и нанять еще одного работника-европейца кроме того, которого привез мне капитан из Лиссабона.

Но дурное употребление материальных благ часто является вернейшим путем к величайшим невзгодам. Так было и со мной. В следующем году я продолжал возделывать свою плантацию с большим успехом и собрал пятьдесят тюков табаку сверх того количества, которое я уступил соседям в обмен на предметы первой необходимости. Все эти пятьдесят тюков, весом по сотне слишком фунтов каждый, лежали у меня просушенные, совсем готовые к приходу судов из Лиссабона. Итак, дело мое разрасталось; но по мере того, как я богател, голова моя наполнялась планами и проектами, совершенно несбыточными при тех средствах, какими я располагал: короче, это были того рода проекты, которые нередко разоряют самых лучших дельцов.

...Останься я на том поприще, которое я сам же избрал, я, вероятно, дождался бы тех радостей жизни, о которых так убедительно говорил мне отец, как о неизменных спутниках тихого, уединенного существования и среднего общественного положения. Но мне была уготовлена иная участь: мне по прежнему суждено было самому быть виновником всех моих несчастий. И точно для того, чтобы усугубить мою вяну и подбавить горечи в размышления над моей участью, размышления, на которые в моем печальном будущем мне было отпущено слишком много досуга, все мои неудачи вызывались исключительно моей страстью к скитаниям, которой я предавался с безрассудным упорством, тогда как передо мной открывалась светлая перспектива полезной и счастливой жизни, стоило мне только продолжать начатое, воспользоваться теми житейскими благами, которые так щедро расточало мне провидение, и исполнять свой долг.

Как уже было со мною однажды, когда я убежал из родительского дома, так и теперь я не мог удовлетвориться настоящим. Я отказался от надежды достигнуть благосостояния, быть может, богатства, работая на своей плантации, — все оттого, что меня обуревало желание обогатиться скорее, чем допускали обстоятельства. Таким образом, я вверг себя в глубочайшую пучину бедствий, в какую, вероятно, не попадал еще ни один человек и из которой едва ли можно выйти живым и здоровым.

Перехожу теперь к подробностям этой части моих похождений. Прожив в Бразилии почти четыре года и значительно увеличивши свое благосостояние, я, само собою разумеется, не только изучил местный язык, но и завязал большие знакомства с моими соседями-плантаторами, а равно и с купцами из Сан-Сальвадора, ближайшего к нам портового города. Встречаясь с ними, я часто рассказывал им о двух моих поездках к берегам Гвинеи, о том, как ведется торговля с тамошними неграми и как легко там за безделицу — за какие нибудь бусы, ножи, ножницы, топоры, стекляшки и тому подобные мелочи — приобрести не только золотого песку и слоновую кость, но даже в большом количестве негров-невольников для работы в Бразилии.

Мои рассказы они слушали очень внимательно, в особенности, когда речь заходила о покупке негров. В то время, надо заметить, торговля невольниками была весьма ограничена, и для нее требовалось так называемое *assiento*, то-есть разрешение от испанского или португальского короля; поэтому негры-невольники были редки и чрезвычайно дороги.

Как то раз нас собралась большая компания: я и несколько человек моих знакомых плантаторов и купцов, и мы оживленно беседовали на эту тему. На следующее утро трое из моих собеседников явились ко мне и объявили, что, пораздумав хорошенько над тем, что я им рассказал накануне, они пришли ко мне с секретным предложением. Затем, взяв с меня слово, что все, что я от них услышу, останется между нами, они сказали мне, что у всех у них есть, как и у меня, плантации, и что ни в чем они так не нуждаются, как в рабочих руках. Поэтому они хотят снарядить корабль в Гвинею за неграми. Но так как торговля невольниками обставлена затруднениями и им невозможно будет открыто продавать негров по возвращении в Бразилию, то они думают ограничиться одним рейсом, привезти негров тайно, а затем поделить их между собой для своих плантаций. Вопрос был в том, соглашусь ли я поступить к ним на судно в качестве судового приказчика, то-есть взять на себя закупку негров в Гвинее. Они предложили мне одинаковое с другими количество негров, при чем мне не нужно было вкладывать в это предприятие ни гроша.

Нельзя отрицать заманчивости этого предложения, если бы оно было сделано человеку, не имеющему собственной плантации, за которой нужен был присмотр, в которую вложен значительный капитал и которая со временем обещала приносить большой доход. Но для меня, владельца такой плантации, которому следовало только еще года три-четыре продолжать начатое, вытребовав из

Англии остальную часть своих денег — вместе с этим маленьким добавочным капиталом мое состояние достигло бы трех, четырех тысяч фунтов стерлингов и продолжало бы возрастать — для меня помышлять о подобном путешествия было величайшим безрассудством.

Но мне на роду было написано стать виновником собственной гибели. Как прежде я был не в силах побороть своих бродяжнических наклонностей, и добрые советы отца пропали втуне, так и теперь я не мог устоять против сделанного мне предложения. Словом, я отвечал плантаторам, что с радостью поеду в Гвинею, если в мое отсутствие они возьмут на себя присмотр за моим имуществом и распорядятся им по моим указаниям в случае, если я не вернусь. Они торжественно обещали мне это, скрепив наш договор письменным обязательством; я же, с своей стороны, сделал формальное завещание на случай моей смерти: свою плантацию и движимое имущество я отказывал португальскому капитану, который спас мне жизнь, но с оговоркой, чтобы он взял себе только половину моей движимости, а остальное отослал в Англию.

Словом, я принял все меры для сохранения моей движимости и поддержания порядка на моей плантации. Прояви я хоть малую часть столь мудрой предусмотрительности в вопросе о собственной выгоде, составь я столь же ясное суждение о том, что я должен и чего не должен делать, я, наверное, никогда бы не бросил столь удачно начатого и многообещающего предприятия, не пренебрег бы столь благоприятными видами на успех и не пустился бы в море, с которым неразлучны опасности и риск, не говоря уже о том, что у меня были особые причины ожидать от предстоящего путешествия всяких бед.

Но меня торопили, и я скорее слепо повиновался внушениям моей фантазии, чем голосу рассудка. Итак, корабль был снаряжен, нагружен подходящим товаром, и все устроено по взаимному соглашению участников экспедиции. В недобрый час, 1-го сентября 1659 года, я взошел на корабль. Это был тот самый день, в который восемь лет тому назад я убежал от отца и матери в Гулль, — тот день, когда я восстал против родительской власти и так глупо распорядился своею судьбой.

Наше судно было вместимостью около ста двадцати тонн: на нем было шесть пушек и четырнадцать человек экипажа, не считая капитана, юнги и меня. Тяжелого груза у нас не было, и весь он состоял из разных мелких вещиц, какие обыкновенно употребляются для меновой торговли с неграми: из ножниц, ножей, топоров, зеркалец, стекляшек, раковин, бус и тому подобной дешевки.

Как уже сказано, я сел на корабль 1-го сентября, и в тот же день мы снялись с якоря. Сначала мы направились к северу вдоль берегов Бразилии, рассчитывая свернуть к африканскому материку, когда дойдем до десятого или двенадцатого градуса северной широты, таков в те времена был обыкновенный курс судов. Все время, покуда мы держались наших берегов, до самого мыса Св. Августина, стояла прекрасная погода, было только чересчур жарко. От мыса Св. Августина мы повернули в открытое море и вскоре потеряли из виду землю. Мы держали курс приблизительно на остров Фернандо де Норонха, то-есть на северо-восток. Остров Фернандо остался у нас по правой руке. После двенадцатидневного плавания мы пересекли экватор и находились, по последним наблюдениям, под 7° 22' северной широты, когда на нас неожиданно налетел жестокий шквал. Это был настоящий ураган. Он начался с юго-востока, потом пошел в обратную сторону и, наконец, задул с северо-востока с такою ужасающей силой, что в течение двенадцати дней мы могли только носиться по ветру и, отдавшись на волю судьбы плыть, куда нас гнала ярость стихий. Нечего и говорить, что все эти двенадцать дней я ежечасно ожидал смерти, да и никто на корабле не чаял остаться в живых.

Но наши беды не ограничились страхом бури: один из наших матросов умер от тропической лихорадки, а двоих — матроса и юнгу — омыло с палубы. На двенадцатый день шторм стал стихать, и капитан произвел по возможности точное вычисление. Оказалось, что мы находимся приблизительно под одиннадцатым градусом северной широты, но что нас отнесло на двадцать два градуса к западу от мыса Св. Августина Мы были теперь недалеко от берегов

Гвианы или северной части Бразилии, за рекой Амазонкой, и ближе к реке Ориноко, более известной в тех краях под именем Великой Реки. Капитан спросил моего совета, куда нам взять курс. В виду того, что судно дало течь и едва ли годилось для дальнего плавания, он полагал, что лучше всего повернуть к берегам Бразилии.

Но я решительно восстал против этого. В конце концов, рассмотрев карты берегов Америки, мы пришли к заключению, что до самых Караибских островов не встретим ни одной населенной страны, где можно было бы найти помощь. Поэтому мы решили держать курс на Барбадос, до которого, по нашим расчетам, можно было добраться в две недели, так как нам пришлось бы немного уклониться от прямого пути, чтоб не попасть в течение Мексиканского залива. О том же, чтобы идти к берегам Африки, не могло быть и речи: наше судно нуждалось в починке, а экипаж — в пополнении.

В виду вышеизложенного, мы изменили курс и стали держать на запад-северо-запад. Мы рассчитывали дойти до какого нибудь из островов, принадлежащих Англии, и получить там помощь. Но судьба судила иначе. Когда мы достигли 12° 18' северной широты, нас захватил второй шторм. Так же стремительно, как и в первый раз, мы понеслись на запад и очутились далеко от торговых путей, так что, если бы даже мы не погибли от ярости волн, у нас все равно почти не было надежды вернуться на родину, и мы, вероятнее всего, были бы съедены дикарями.

Однажды ранним утром, когда мы бедствовали таким образом — ветер все еще не сдавал — один из матросов крикнул: «Земля!», но не успели мы выскочить из каюты в надежде узнать, где мы находимся, как судно село на мель. В тот же миг от внезапной остановки вода хлынула на палубу с такой силой, что мы уже считали себя погибшими: стремглав бросились мы вниз в закрытые помещения, где и укрылись от брызг и пены.

Тому, кто не бывал в подобном положении, трудно дать представление, до какого отчаяния мы дошли. Мы не знали, где мы находимся, к какой земле нас прибило, остров это или материк, обитаемая земля или нет. А так как буря продолжала бушевать, хоть и с меньшей силой, мы не надеялись даже, что наше судно продержится несколько минут, не разбившись в щепки; разве только каким нибудь чудом ветер вдруг переменится. Словом, мы сидели, глядя друг на друга и ежеминутно ожидая смерти, и каждый готовился к переходу в иной мир, ибо в здешнем мире нам уже нечего было делать. Единственным нашим утешением было то, что, вопреки всем ожиданиям, судно было все еще цело, и капитан оказал, что ветер начинает стихать.

Но хотя нам показалось, что ветер немного стих, все же корабль так основательно сел на мель, что нечего было и думать сдвинуть его с места, и в этом отчаянном положении нам оставалось только позаботиться о спасении нашей жизни какой угодно ценой. У нас было две шлюпки; одна висела за кормой, но во время шторма ее разбило о руль, а потом сорвало и потопило или унесло в море. На нее нам нечего было рассчитывать. Оставалась другая шлюпка, но как спустить ее на воду? — это был большой вопрос. А между тем нельзя было мешкать: корабль мог каждую минуту расколоться надвое; некоторые даже говорили, что он уже дал трещину.

В этот критический момент помощник капитана подошел к шлюпке и с помощью остальных людей экипажа перебросил ее через борт; мы все, одиннадцать человек, вошли в шлюпку, отчалили и, поручив себя милосердию божию, отдались на волю бушующих волн; хотя шторм значительно поулегся, все таки на берег набегали страшные валы, и море могло быть по справедливости названо *den vild Zee* (дикое море), — как выражаются голландцы.

Наше положение было поистине плачевно: мы ясно видели, что шлюпка не выдержит такого волнения и что мы неизбежно потонем. идти на парусе мы не могли: у нас его не было, да и все равно он был бы нам бесполезен. Мы гребли к берегу с камнем на сердце, как люди, идущие на казнь: мы все отлично знали, что как только шлюпка подойдет ближе к земле, ее разнесет прибоем на тысячу кусков. И, подгоняемые ветром и течением, предавши душу свою милосердию божию, мы налегли на весла, собственноручно приближая момент нашей гибели.

Какой был перед нами берег — скалистый или песчаный, крутой или отлогий, — мы не знали. Единственной для нас надеждой на спасение была слабая возможность попасть в какую нибудь бухточку или залив, или в устье реки, где волнение было слабее и где мы могли бы укрыться под берегом с наветренной стороны. Но впереди не было видно ничего похожего на залив, и чем ближе подходили мы к берегу, тем страшнее казалась земля, — страшнее самого моря.

Когда мы отошли или, вернее, нас отнесло, по моему расчету, мили на четыре от того места, где застрял наш корабль, вдруг огромный вал, величиной с гору, набежал с кормы на нашу шлюпку, как бы собираясь похоронить нас в морской пучине. В один миг опрокинул он нашу шлюпку. Мы не успели крикнуть: «боже!», как очутились под водой, далеко и от шлюпки, и друг от друга.

Ничем не выразить смятения, овладевшего мною, когда я погрузился в воду. Я очень хорошо плаваю, но я не мог сразу вынырнуть на поверхность и чуть не эадохся. Лишь когда подхватившая меня волна, пронеся меня изрядное расстояние по направлению к берегу, разбилась и отхлынула назад, оставив меня почти на суше полумертвым от воды, которой я нахлебался, я перевел немного дух и опомнился. У меня хватило настолько самообладания, что, увидев себя ближе к земле, чем я ожидал, я поднялся на ноги и опрометью пустился бежать в надежде достичь земля прежде, чем нахлынет и подхватит меня другая волна, но скоро увидел, что мне от нее не уйти; море шло горой и догоняло, как разъяренный враг, бороться с которым у меня не было ни силы, ни средств. Мне оставалось только, задержав дыхание, вынырнуть на гребень волны и плыть к берегу, насколько хватит сил. Главной моей заботой было справиться по возможности с новой волной так, чтобы, поднеся меня еще ближе к берегу, она не увлекла меня за собой в своем обратном движении к морю.

Набежавшая волна похоронила меня футов на двадцать, на тридцать под водой. Я чувствовал, как меня подхватило и с неимоверной силой и быстротой долго несло к берегу. Я задержал дыхание и поплыл по течению, изо всех сил помогая ему. Я уже почти задыхался, как вдруг почувствовал, что поднимаюсь кверху; вскоре, к великому моему облегчению, мои руки и голова оказались над водой, и хотя я мог продержаться на поверхности не больше двух секунд, однако успел перевести дух, и это придало мне силы и мужества. Меня снова захлестнуло, но на этот раз я пробыл под водой не так долго. Когда волна разбилась и пошла назад, я не дал ей увлечь себя обратно и скоро почувствовал под ногами дно. Я простоял несколько секунд, чтобы отдышаться, и, собрав остаток сил, снова опрометью пустился бежать к берегу.

Но и теперь я еще не ушел от ярости моря: еще два раза оно меня изгоняло, два раза меня подхватывало волной и несло все дальше и дальше, так как в этом месте берег был очень отлогий.

Последний вал едва не оказался для меня роковым: подхватив меня, он вынес или, вернее, бросил меня на скалу с такой силой, что я лишился чувств и оказался совершенно беспомощным: удар в бок и в грудь совсем отшиб у меня дыхание, и если б море снова подхватило меня, я бы неминуемо захлебнулся. Но я пришел в себя как раз во время: увидев, что сейчас меня опять накроет волной, я крепко уцепился за выступ моей скалы и, задержав дыхание, решил переждать, пока волна не схлынет. Так как ближе к земле волны были уже не столь высоки, то я продержался до ее ухода. Затем я снова пустился бежать, и очутился настолько близко к берегу, что следующая волна хоть и перекатилась через меня, но уже не могла поглотить меня и унести обратно в море. Пробежав еще немного, я, к великой моей радости, почувствовал себя на суше, вскарабкался на прибрежные скалы и опустился на траву. Здесь я был в безопасности: море не могло достать до меня.

Очутившись на земле целым и невредимым, я поднял взор к небу, возблагодарил бога за спасение моей жизни, на которое всего лишь несколько минут тому назад у меня почти не было надежды. Я думаю, что нет таких слов, которыми можно было бы изобразить с достаточной яркостью восторг души человеческой, восставшей, так сказать, из гроба, и я ничуть не удивляюсь тому, что, когда преступнику, уже с петлей на шее, в тот самый миг, как его должны вздернуть на виселицу, объявляют помилование, — я не удивляюсь, повторяю, что при этом всегда присутствует и врач, чтобы пустить ему кровь, иначе неожиданная радость может слишком сильно потрясти помилованного и остановить биение его сердца.

Внезапна радость, как и скорбь, ума лишает.

Я ходил по берегу, воздевал руки к небу и делал тысячи других жестов и движений, которых теперь не могу уже описать. Все мое существо было, если можно так выразиться, поглощено мыслями о моем спасении. Я думал о своих товарищах, которые все утонули, и о том, что кроме меня не спаслась ни одна душа; по крайней мере, никого из них я больше не видел; от них и следов не осталось, кроме трех шляп, одной фуражки да двух непарных башмаков, выброшенных морем.

Взглянув в ту сторону, где стоял на мели наш корабль, я едва мог рассмотреть его за высоким прибоем, — так он был далеко, и я сказал себе: «боже! каким чудом мог я добраться до берега?»

Утешившись этими мыслями о благополучном избавлении от смертельной опасности, я стал осматриваться кругом, чтобы узнать, куда я попал и что мне прежде всего делать. Мое радостное настроение разом упало: я понял, что хотя я и спасен, но не избавлен от дальнейших ужасов и бед. На мне не оставалось сухой нитки, переодеться было не во что; мне нечего было есть, у меня не было даже воды, чтобы подкрепить свои силы, а в будущем мне предстояло или умереть голодной смертью, или быть растерзанным хищными зверями. Но что всего ужаснее — у меня не было оружия, так что я не мог ни охотиться за дичью для своего пропитания, ни обороняться от хищников, которым вздумалось бы напасть на меня. У меня, вообще, не было ничего, кроме ножа, трубки да коробочки с табаком. Это было все мое достояние. И, раздумавшись, я пришел в такое отчаяние, что долго, как сумасшедший, бегал по берегу. Когда настала ночь, я с замирающим сердцем спрашивал себя, что меня ожидает, если здесь водятся хищные звери: ведь они всегда выходят на добычу по ночам.

Единственно, что я мог тогда придумать, это — взобраться на росшее поблизости толстое, ветвистое дерево, похожее на ель, но с колючками, и просидеть на нем всю ночь, а когда придет утро, решить, какою смертью лучше умереть, ибо я не видел возможности жить в этом месте. Я прошел с четверть мили в глубь страны посмотреть, не найду ли я пресной воды, и, к великой моей радости, нашел ручеек. Напившись и положив в рот немного табаку, чтобы заглушить голод, я воротился к дереву, взобрался на него и постарался устроиться таким образом, чтобы не свалиться в случае, если засну. Затем я вырезал для самозащиты коротенький сук, вроде дубинки, уселся на своем седалище поплотнее и от крайнего утомления крепко уснул. Я спал так сладко, как, я думаю, немногим спалось бы на моем месте, и никогда не пробуждался от сна таким свежим и бодрым.

Когда я проснулся, было совсем светло: погода прояснилась, ветер утих, и море больше не бушевало, не вздымалось. Но меня крайне поразило то, что корабль очутился на другом месте, почти у самой той скалы, о которую меня так сильно ударило волной: должно быть за ночь его приподняло с мели приливом и пригнало сюда. Теперь он стоял не дальше мили от того места, где я провел ночь, и так как держался он почти прямо, то я решил побывать на нем, чтобы запастись едой и другими необходимыми вещами.

Покинув свое убежище и спустившись с дерева, я еще раз осмотрелся кругом, и первое, что я увидел, была наша шлюпка, лежавшая милях в двух вправо, на берегу, куда ее, очевидно, выбросило море. Я пошел было в том направлении, думая дойти до нее, но оказалось, что в берег глубоко врезывался заливчик шириною с пол-мили и преграждал путь. Тогда я повернул назад, ибо мне было важней попасть поскорей на корабль, где я надеялся найти что нибудь для поддержания своего существования.

После полудня волнение на море совсем улеглось, и отлив был так низок, что мне удалось подойти к кораблю посуху на четверть мили. Тут я снова почувствовал приступ глубокого горя, ибо мне стало ясно, что если б мы остались на корабле, то все были бы живы: переждав шторм, мы бы благополучно перебрались на берег, и я не был бы, как теперь, несчастным существом, совершенно лишенным человеческого общества. При этой мысли слезы выступили у меня на глазах, но слезами горю не помочь, и я решил добраться все таки до корабля. Раздевшись (так как день был нестерпимо жаркий), я вошел в воду. Но когда я подплыл к кораблю, возникло новое затруднение: — как на него взобраться? Он стоял на мелком месте, весь выступал из воды, и уцепиться было не за что. Два раза я оплыл кругом него и во второй раз заметил веревку (удивляюсь, как она сразу не бросилась мне в глаза). Она свешивалась так низко над водой, что мне, хоть и с большим трудом, удалось поймать ее конец и взобраться по ней на бак корабля. Судно дало течь, и я нашел в трюме много воды; однако, оно так увязло килем в песчаной или, скорее, илистой отмели, что корма была приподнята, а нос почти касался воды. Таким образом, вся кормовая часть оставалась свободной от воды, и все, что там было сложено, не подмокло. Я сразу обнаружил это, так как, разумеется, мне прежде всего хотелось узнать, что из вещей было попорчено и что уцелело. Оказалось, во первых, что весь запас провизии был совершенно сух, а так как меня мучил голод, то я отправился в кладовую, набил карманы сухарями и ел их на ходу, чтобы не терять времени. В кают-компании я нашел бутылку рому и отхлебнул из нее несколько хороших глотков, ибо очень нуждался в подкреплении сил для предстоящей работы.

Прежде всего мне нужна была лодка, чтобы перевезти на берег те вещи, которые, по моим соображениям, могли мне понадобиться. Однако, бесполезно было сидеть, сложа руки, и мечтать о том, чего нельзя было получить. Нужда изощряет изобретательность, и я живо принялся за дело. На корабле были запасные мачты, стеньги и реи. Из них я решил построить плот. Выбрав несколько бревен полегче, я перекинул их за борт, привязав предварительно каждое веревкой, чтобы их не унесло. Затем я спустился с корабля, притянул к себе четыре бревна, крепко связал их между собою по обоим концам, скрепив еще сверху двумя или тремя коротенькими досками, положенными накрест. Мой плот отлично выдерживал тяжесть моего тела, но для большого груза был слишком легок. Тогда я снова принялся за дело и с помощью пилы нашего корабельного плотника распилил запасную мачту на три куска, которые и приладил к своему плоту. Эта работа стоила мне неимоверных усилий, но желание запастись по возможности всем необходимым для жизни поддерживало меня, и я сделал то, на что, при других обстоятельствах, у меня не хватило бы сил.

Теперь мой плот был достаточно крепок и мог выдержать порядочную тяжесть. Первым моим делом было нагрузить его и уберечь мой груз от морского прибоя. Над этим я раздумывал недолго. Прежде всего я положил на плот все доски, какие нашлись на корабле: на эти доски я спустил три сундука, принадлежащих нашим матросам, предварительно взломав в них замки и опорожнив их. Затем, прикинув в уме, что из вещей могло мне понадобиться больше всего, я отобрал эти вещи и наполнил ими все три сундука. В один я сложил съестные припасы: рис, сухари, три круга голландского сыру, пять больших кусков вяленой козлятины (служившей нам главной мясной пищей) и остатки зерна, которое мы везли для бывшей на судне птицы и часть которого осталась, так как птиц мы уже давно съели. Это был ячмень, перемешанный с пшеницей; к великому моему разочарованию, он оказался попорченным крысами. Я нашел также несколько ящиков вин и пять или шесть галлонов арака или рисовой водки, принадлежавших нашему шкиперу. Все эти ящики я поставил прямо на плот, так как в сундуках они бы не поместились, да и надобности не было их прятать. Между тем, пока я был занят нагрузкой, начался прилив, и к великому моему огорчению я увидел, что мой камзол, рубашку и жилетку, оставленные мною на берегу, унесло в море. Таким образом, у меня остались из платья только чулки да штаны (полотняные и коротенькие, до колен), которых я не снимал. Это заставило меня подумать о том, чтобы запастись одеждой. На корабле было довольно всякого платья, но я взял пока только то, что было необходимо в данную минуту: меня гораздо больше соблазняло многое другое и прежде всего рабочие инструменты. После долгих поисков я нашел ящик нашего плотника, и это была для меня поистине драгоценная находка, которой я не отдал бы в то время за целый корабль с золотом. Я поставил на плот этот ящик, как он был, даже не заглянув в него, так как мне было приблизительно известно, какие в нем инструменты.

Теперь мне осталось запастись оружием и зарядами. В кают-компании я нашел два прекрасных охотничьих ружья и два пистолета, которые и переправил на плот вместе с пороховницей, небольшим мешком с дробью и двумя старыми заржавленными саблями. Я знал, что у нас было три бочонка пороху, но не знал, где их хранил наш канонир. Однако, поискав хорошенько, я нашел их все три. Один казался подмокшим, а два были совершенно сухи, и я перетащил их на плот вместе с ружьями и саблями. Теперь мой плот был достаточно нагружен, и я начал думать, как мне добраться до берега без паруса, без весел и без руля: ведь довольно было самого слабого ветра, чтоб опрокинуть все мое сооружение.

Три обстоятельства ободряли меня: во первых, полное отсутствие волнения на море; во вторых, прилив, который должен был гнать меня к берегу; в третьих, небольшой ветерок, дувший тоже к берегу и, следовательно, попутный. Итак, разыскав два или три сломанных весла от корабельной шлюпки, прихватив еще две пилы, топор и молоток (кроме тех инструментов, что были в ящике), я пустился в море. С милю или около того мой плот шел отлично; я заметил только, что его относит от того места, куда накануне меня выбросило море. Это навело меня на мысль, что там, должно быть, береговое течение и что, следовательно, я могу попасть в какой нибудь заливчик или речку, где мне будет удобно пристать с моим грузом.

Как я предполагал, так и вышло. Вскоре передо мной открылась маленькая бухточка, и меня быстро понесло к ней. Я правил, как умел, стараясь держаться середины течения. Но тут, будучи совершенно незнакомо фарватером этой бухточки, я чуть вторично не потерпел кораблекрушения, и если бы это случилось, я право, кажется, умер бы с горя. Мой плот неожиданно наскочил краем на отмель, а так как другой его край не имел точки опоры, то он сильно накренился; еще немного, и весь мой груз съехал бы в эту сторону и свалился бы в воду. Я изо всех сил уперся спиной и руками в мои сундуки, стараясь удержать их на месте, но не мог столкнуть плот, несмотря на все усилия. С полчаса, не смея шевельнуться, простоял я в этой позе, покамест прибывшая вода не приподняла немного опустившийся край плота, а спустя некоторое время вода поднялась еще выше, и плот сам сошел с мели. Тогда я оттолкнулся веслом на середину фарватера и, отдавшись течению, которое было здесь очень быстрое, вошел, наконец, в бухточку или, вернее, в устье небольшой реки с высокими берегами. Я стал осматриваться, отыскивая, где бы мне лучше пристать: мне не хотелось слишком удаляться от моря, ибо я надеялся увидеть на нем когда нибудь корабль, и потому решился держаться как можно ближе к берегу.

Наконец, на правом берегу я высмотрел крошечный заливчик, к которому и направил свой плот. С большим трудом провел я его поперек течения и вошел в заливчик, упершись в дно веслами. Но здесь я снова рисковал вывалить весь мой груз: берег был здесь настолько крут, что если бы только мой плот наехал на него одним концом, то неминуемо бы наклонился к воде другим, и моя поклажа была бы в опасности. Мне оставалось только выжидать еще большего подъема воды. Высмотрев удобное местечко, где берег заканчивался ровной площадкой, я пододвинул туда плот и, упираясь в дно веслом, держал его как на якоре; я рассчитал, что прилив покроет эту площадку водой. Так и случилось. Когда вода достаточно поднялась — мой плот сидел в воде на целый фут, — я втолкнул плот на площадку, укрепил его с двух сторон при помощи весел, воткнув их в дно, и стал дожидаться отлива. Таким образом, мой плот со всем грузом оказался на сухом берегу.

Следующей моей заботой было осмотреть окрестности и выбрать себе удобное местечко для жилья, где бы я мог сложить свое добро в безопасности от всяких случайностей. Я все еще не знал, куда я попал: на материк или на остров, в населенную или в необитаемую страну; не знал, грозит ли мне опасность со стороны хищных зверей, или нет. Приблизительно в полумиле от меня виднелся холм, крутой и высокий, по-видимому, господствовавший над грядою возвышенностей, тянувшейся к северу. Вооружившись ружьем, пистолетом и пороховницей, я отправился на разведки. Когда я взобрался на вершину холма (что стоило мне немалых усилий), мне стала ясна моя горькая участь: я был на острове; кругом со всех сторон тянулось море, за которым нигде не видно было земли, если не считать торчавших в отдалении нескольких скал да двух маленьких островов, поменьше моего, лежавших милях в десяти к западу.

Я сделал и другие открытия: мой остров был совершенно невозделан и, судя по всем признакам, даже необитаем. Может быть, на нем и были хищные звери, но пока я ни одного не видал. Зато пернатые водились во множестве, но все неизвестных мне пород, так что потом, когда мне случалось убить дичь, я никогда не мог определить по ее виду, годится ли она в пищу или нет. Спускаясь с холма, я подстрелил большую птицу, сидевшую на дереве у опушки леса. Я думаю, что это был первый выстрел, раздавшийся здесь с сотворения мира: не успел я выстрелить, как над рощей взвилась туча птиц; каждая из них кричала по своему, но ни один из этих криков не походил на крики известных мне пород. Что касается убитой мной птицы, то, по моему, это была разновидность нашего ястреба: она очень напоминала его окраской перьев и формой клюва, только когти у нее были гораздо короче. Ее мясо отдавало падалью и не годилось в пищу.

Удовольствовавшись этими открытиями, я воротился к плоту и принялся перетаскивать вещи на берег. Это заняло у меня весь остаток дня. Я не знал, как и где устроиться мне на ночь. Лечь прямо на землю я боялся, не будучи уверен, что меня не загрызет какой нибудь хищник. Впоследствии оказалось, что эти страхи были неосновательны.

Поэтому, наметив на берегу местечко для ночлега, я загородил его со всех сторон сундуками и ящиками, а внутри этой ограды соорудил из досок нечто вроде шалаша. Что касается пищи, то я не знал еще, как буду добывать себе впоследствии пропитание: кроме птиц да двух каких то зверьков, вроде нашего зайца, выскочивших из рощи при звуке моего выстрела, никакой живности я здесь не видел.

Но теперь я думал только о том, как бы забрать с корабля все, что там оставалось и что могло мне пригодиться, прежде всего паруса и канаты. Поэтому я решил, если ничто не помешает, предпринять второй рейс к кораблю. А так как я знал, что при первой же буре его разобьет в щепки, то постановил отложить все другие дела, пока не свезу на берег всего, что только могу взять. Я стал держать совет (с самим собой, конечно), брать ли мне плот с собой. Это показалось мне непрактичным, и, дождавшись отлива, я пустился в путь, как в первый раз. Только на этот раз я разделся в шалаше, оставшись в одной нижней клетчатой рубахе, в полотняных кальсонах и в туфлях на босу ногу.

Как и в первый раз, я взобрался на корабль по веревке; затем построил новый плот. Но, умудренный опытом, я сделал его не таким неповоротливым, как первый, и не так тяжело нагрузил. Впрочем, я все таки перевез на нем много полезных вещей: во первых, все, что нашлось в запасах нашего плотника, а именно; два или три мешка с гвоздями (большими и мелкими), отвертку, десятка два топоров, а главное, такую полезную вещь, как точило. Затем я взял несколько вещей из склада нашего канонира, в том числе три железных лома, два бочонка с ружейными пулями, семь мушкетов, еще одно охотничье ружье и немного пороху, затем большой мешок с дробью и сверток листового свинцу. Впрочем, последний оказался так тяжел, что у меня не хватило силы поднять и спустить его на плот.

Кроме перечисленных вещей, я забрал с корабля все платье, какое нашел, да прихватил еще запасный парус, гамак и несколько тюфяков и подушек. Все это я погрузил на плот и, к великому моему удовольствию, перевез на берег в целости.

Отправляясь на корабль, я немного побаивался, как бы в мое отсутствие какие нибудь хищники не уничтожили моих съестных припасов. Но, воротившись на берег, я не заметил никаких следов гостей. Только на одном из сундуков сидел какой то зверек, очень похожий на дикую кошку. При моем приближении он отбежал немного в сторону и остановился, потом присел на задние лапы и совершенно спокойно, без всякого страха, смотрел мне прямо в глаза, точно выражая желание познакомиться со мной. Я прицелился в него из ружья, но это движение было, очевидно, ему непонятно; он нисколько не испугался, даже не тронулся с места. Тогда я бросил ему кусок сухаря, проявив этим большую расточительность, так как мой запас провизии был очень невелик. Как бы то ни было, я уделил ему этот кусочек. Он подошел, обнюхал его, съел и облизнулся с довольным видом, точно ждал продолжения. Но я больше ничего ему не дал, и он ушел.

Доставив на берег второй транспорт вещей, я хотел было открыть тяжелые боченки с порохом и перенести его частями, но принялся сначала за сооружение палатки. Я сделал ее из паруса и жердей, которых нарезал в роще для этой цели. В палатку я перенес все, что могло испортиться от солнца и дождя, а вокруг нее нагромоздил пустых ящиков и бочек на случай внезапного нападения со стороны людей или зверей.

Вход в палатку я загородил снаружи большим сундуком, поставив его боком, а изнутри заложился досками. Затем разостлал на земле постель, в головах положил два пистолета, рядом с тюфяком — ружье и лег. Со дня кораблекрушения я в первый раз провел ночь в постели. От усталости и изнурения я крепко проспал до утра, и немудрено: в предыдущую ночь я спал очень мало, а весь день работал, сперва над погрузкой вещей с корабля на плот, а потом переправляя их на берег.

Никто, я думаю, не устраивал для себя такого огромного склада, какой был устроен мною. Но мне все было мало: пока корабль был цел и стоял на прежнем месте, пока на нем оставалась хоть одна вещь, которою я мог воспользоваться, я считал необходимым пополнять свои запасы. Поэтому каждый день с наступлением отлива я отправлялся на корабль и что нибудь привозил с собою. Особенно удачным было третье мое путешествие. Я разобрал все снасти, взял с собой весь мелкий такелаж (и трос, и бечевки, какие могли уместиться на плоту). Я захватил также большой кусок запасной парусины, служившей у нас для починки парусов, и бочонок с подмокшим порохом, который я было оставил на корабле. В конце концов я переправил на берег все паруса до последнего; только мне пришлось разрезать их на куски и перевозить по частям; паруса были мне бесполезны, и вся их ценность для меня заключалась в материале.

Но вот чему я обрадовался еще больше. После пяти или шести таких экспедиций, когда я думал, что на корабле уж нечем больше поживиться, я неожиданно нашел в трюме большую бочку с сухарями, три бочонка рому, ящик с сахаром и бочонок превосходной крупчатки. Это был приятный сюрприз; я больше не рассчитывал найти на корабле какую нибудь провизию, будучи уверен, что все оставшиеся там запасы подмокли. Сухари я вынул из бочки и перенес на плот по частям, завертывая в парусину. Все это мне удалось благополучно доставить на берег.

На следующий день я предпринял новую поездку. Теперь, забрав с корабля решительно все вещи, какие под силу поднять одному человеку, я принялся за канаты. Каждый канат я разрезал на куски такой величины, чтобы мне было не слишком трудно управиться с ними, и перевез на берег два каната и швартов. Кроме того, я взял с корабля все железные части, какие мог отделить. Затем, обрубив все оставшиеся реи, я построил из них плот побольше, погрузил на него все эти тяжелые вещи и пустился в обратный путь. Но на этот раз счастье мне изменило: мой плот был так неповоротлив и так сильно нагружен, что мне было очень трудно им управлять. Войдя в бухточку, где было выгружено мое остальное имущество, я не сумел провести его так искусно, как прежние: плот опрокинулся, и я упал в воду со всем своим грузом. Что касается меня, то беда была невелика, так как это случилось почти у самого берега; но груз мой, по крайней мере, значительная часть его, пропал, главное — железо, которое очень бы мне пригодилось и о котором я особенно жалел. Впрочем, когда вода спала, я вытащил на берег почти все куски каната и несколько кусков железа, хотя и с великим трудом: я принужден был нырять за каждым куском, и это очень утомило меня. После этого мои визиты на корабль повторялись каждый день, и каждый раз я привозил новую добычу.

Уже тринадцать дней я жил на острове и за это время побывал на корабле одиннадцать раз, перетащив на берег решительно все, что в состоянии перетащить пара человеческих рук. Если бы тихая погода продержалась подольше, я убежден, что перевез бы весь корабль по кусочкам, но, делая приготовления к двенадцатому рейсу, я заметил, что подымается ветер. Тем не менее, дождавшись отлива, я отправился на корабль. В первые разы я так основательно обшарил нашу каюту, что, мне казалось, там уж ничего невозможно было найти; но тут я заметил шифоньерку с двумя ящиками: в одном я нашел три бритвы, большие ножницы и с дюжину хороших вилок и ножей; в другом оказались деньги, частью европейской, частью бразильской серебряной и золотой монетой, всего до тридцати шести фунтов.

Я улыбнулся при виде этих денег. «Ненужный хлам! — проговорил я, — зачем ты мне теперь? Ты и того не стоишь, чтобы нагнуться и поднять тебя с полу. Всю эту кучу золота я готов отдать за любой из этих ножей. Мне некуда тебя девать: так оставайся же, где лежишь, и отправляйся на дно морское, как существо, чью жизнь не стоят спасать!» Однакож, поразмыслив, я решил взять их с собой и завернул все найденное в кусок парусины. Затем я стал подумывать о сооружении плота, но пока я собирался, небо нахмурилось, ветер, дувший с берега, начал крепчать и через четверть часа совсем засвежел. При береговом ветре плот был бы мне бесполезен; к тому же, надо было спешить добраться до берега, пока не развело большого волнения, ибо иначе мне бы и совсем на него не попасть. Я, не теряя времени, спустился в воду и поплыл. Частью от тяжести бывших на мне вещей, частью от того, что мне приходилось бороться с встречным волнением, у меня едва хватило сил переплыть полосу воды, отделявшую корабль от моей бухточки. Ветер крепчал с каждой минутой и еще до начала отлива превратился в настоящий шторм.

Но к этому времени я был уже дома, в безопасности, со всем моим богатством, и лежал в палатке. Всю ночь ревела буря, и когда поутру я выглянул из палатки, от корабля не оставалось и следов! В первую минуту это неприятно меня поразило, но я утешился мыслью, что, не теряя времени и не щадя сил, достал оттуда все, что могло мне пригодиться, так что, будь даже в моем распоряжении больше времени, мне все равно почти нечего было бы взять с корабля.

Итак, я больше не думал ни о корабле, ни о вещах, какие на нем еще остались. Правда, после бури могло прибить к берегу кое какие обломки. Так оно потом и случилось. Но от всего этого мне было мало пользы.

Мои мысли были теперь всецело поглощены вопросом, как мне обезопасить себя от дикарей, если таковые окажутся, и от зверей, если они водятся на острове. Я долго думал, каким способом достигнуть этого и какое мне лучше устроить жилье: выкопать ли пещеру, или поставить палатку и хорошенько ее укрепить. В конце концов я решил сделать и то, и другое. Я полагаю, будет не лишним рассказать здесь о моих работах и описать мое жилище.

Я скоро убедился, что выбранное мною место на берегу не годится для поселения: это было низина, у самого моря, с болотистой почвой и, вероятно, нездоровая; но главное, — поблизости не было пресной воды. В виду всех этих соображений я решил поискать другого местечка, более здорового и более подходящего для жилья.

При этом мне хотелось соблюсти целый ряд необходимых, с моей точки зрения, условий. Во первых, мое жилище должно быть расположено в здоровой местности и поблизости от пресной воды; во вторых, оно должно укрывать от солнечного зноя; в третьих, оно должно быть безопасно от нападения хищников, как двуногих, так и четвероногих; и, наконец, в четвертых, от него должен открываться вид на море, чтобы не упустить случая спастись, если бог пошлет какой нибудь корабль. С надеждой на избавление мне все еще не хотелось расстаться.

После довольно долгих поисков я нашел, наконец, небольшую ровную полянку на скате, высокого холма, спускавшегося к ней крутым обрывом, отвесным, как стена, так что ничто мне не грозило сверху. В этой отвесной стене было небольшое углубление, как будто бы вход в пещеру, но никакой пещеры или входа в скалу дальше не было.

Вот на этой то зеленой полянке, возле самого углубления, я и решил разбить свою палатку. Площадка имела не более ста ярдов[1] в ширину и ярдов двести в длину, так что перед моим жильем тянулась как бы лужайка; в конце ее гора спускалась неправильными уступами в низину, к берегу моря. Расположен был этот уголок на северо-западном склоне холма. Таким образом, он был б тени весь день до вечера, когда солнце переходит на юго-запад, то-есть близится к закату (я разумею в тех широтах).

---

[1] Ярд — немного менее метра.

Прежде чем ставить палатку, я описал перед углублением полукруг, радиусом ярдов в десять, следовательно, ярдов двадцать в диаметре. Затем по всему полукругу я набил в два ряда крепких кольев, глубоко заколотив их в землю. Верхушки кольев я заострил. Мой частокол вышел около пяти с половиной футов вышиной. Между двумя рядами кольев я оставил не более шести дюймов свободного пространства.

Весь этот промежуток между кольями я заполнил до самого верху обрезками канатов, взятых с корабля, сложив их рядами один на другой, а изнутри укрепил ограду подпорками, для которых приготовил колья потолще и покороче (около двух с половиной футов длиной). Ограда вышла у меня основательная: ни пролезть сквозь нее, ни пролезть через нее не мог ни человек, ни зверь. Эта работа потребовала от меня много времени и труда; особенно тяжелы были рубка кольев в лесу, перенес их на место постройки и вколачивание их в землю. Для входа в это огороженное место я устроил не дверь, но короткую лестницу через частокол; входя к себе, я убирал лестницу. Таким образом, по моему мнению, я совершенно отгородился и укрепился от внешнего мира и спокойно спал ночью, что при иных условиях было бы для меня невозможно. Однако, впоследствии выяснилось, что не было никакой нужды принимать столько предосторожностей против врагов, созданных моим воображением.

С неимоверным трудом перетащил я к себе в загородку или в крепость все свои богатства; провизию, оружие и остальные перечисленные вещи. Затем я поставил в ней большую палатку. Чтобы предохранить себя от дождей, которые в тропических странах в известное время года бывают очень сильны, я сделал палатку двойную, то-есть сначала разбил одну палатку поменьше, а над ней поставил большую, которую накрыл сверху брезентом, захваченным мною. с корабля вместе с парусами.

Теперь я спал уже не на подстилке, брошенной прямо на землю, а в очень удобном гамаке, принадлежавшем помощнику нашего капитана.

Я перенес в палатку все съестные припасы, вообще все то, что могло испортиться от дождя. Когда все вещи были сложены таким образом внутри ограды, я наглухо заделал вход, который до той поры держал открытым, и стал входить по приставной лестнице, как уже было сказано выше.

Заделав ограду, я принялся рыть пещеру в горе. Вырытые камни и землю я стаскивал через палатку во дворик и делал из них внутри ограды род насыпи, так что почва во дворике поднялась фута на полтора. Пещера приходилась как раз за палаткой и служила мне погребом.

Понадобилось много дней и много труда, чтобы довести до конца все эти работы. За это время многое другое занимало мои мысли, и случилось несколько происшествий, о которых я хочу рассказать. Как то раз, когда я приготовился ставить палатку и рыть пещеру, набежала вдруг густая туча, и хлынул проливной дождь. Потом блеснула молния, и раздался страшный раскат грома. В этом конечно, не было ничего необыкновенного, и меня испугала не столько самая молния, сколько мысль, быстрее молнии промелькнувшая в моем мозгу: «Мой порох!» У меня замерло сердце, когда я подумал, что весь мой порох может быть уничтожен одним ударом молнии, а ведь от него зависит не только моя личная оборона, но и возможность добывать себе пищу. Мне даже в голову не пришло, какой опасности в случае взрыва подвергался я сам, хотя, если бы порох взорвало, я уже, наверно, никогда бы этого не узнал.

Этот случай произвел на меня такое сильное впечатление, что, как только гроза прекратилась, я отложил на время все работы по устройству и укреплению моего жилища и принялся делать мешочки и ящики для пороха. Я решил разделить его на части и хранить понемногу в разных местах, чтобы он ни в коем случае не мог вспыхнуть весь сразу и самые части не могли бы воспламениться друг от друга. Эта работа взяла у меня почти две недели. Всего пороху у меня было около двухсот сорока фунтов. Я разложил его весь по мешочкам и по ящикам, разделив, по крайней мере, на сто частей. Мешочки и ящики я запрятал в расселины горы в таких местах, куда никоим образом не могла проникнуть сырость, и тщательно отметил каждое место. За бочонок с подмокшим порохом я не боялся потому поставил его, как он был, в свою пещеру, или «кухню», как я ее мысленно называл.

Занимаясь возведением своей ограды, я по крайней мере раз в день выходил из дому с ружьем, отчасти ради развлечения, отчасти чтобы подстрелить какую нибудь дичь и поближе ознакомиться с естественными богатствами острова. В первую же свою прогулку я сделал открытие, что на острове водятся козы. Я этому очень обрадовался, но беда была в том, что эти козы были страшно дики, чутки и проворны, так что почти не было возможности к ним подкрасться. Меня, однако, это не смутило; я был уверен, что рано или поздно научусь охотиться на них. Когда я выследил места, где они обыкновенно собирались, то подметил следующую вещь; когда они были на горе, а я появлялся под ними в долине, — все стадо в испуге кидалось прочь от меня; но если случалось, что я был на горе, а козы паслись в долине, тогда они не замечали меня. Это привело меня к заключению, что глаза этих животных не приспособлены для смотрения вверх и что, следовательно, они часто не видят того, что над ними. С этих пор я стал придерживаться такого способа: я всегда взбирался сначала на какую нибудь скалу, чтобы быть над ними, и тогда мне часто удавалось подстрелить их. Первым же выстрелом я убил козу; при которой был сосунок. Мне от души было жалко козленка. Когда мать упала, он продолжал смирно стоять около. Мало того: когда я подошел к убитой козе, взвалил ее на плечи и понес домой, козленок побежал за мной. Так мы дошли до самого дома. У ограды я положил козу на землю, взял в руки козленка и пересадил его через частокол. Я надеялся вырастить его и приручить, но он еще не умел есть, и я был принужден зарезать и съесть его. Мне надолго хватило мяса этих двух животных, потому что ел я мало, стараясь по возможности сберечь свои запасы, в особенности хлеб.

После того, как я окончательно основался в своем новом жилище, самым неотложные делом было для меня устроить какой нибудь очаг, в котором можно было бы разводить огонь. Необходимо было также запастись дровами. О том, как я справился с этой задачей, а равно о том, как я увеличил свой погреб и как постепенно окружил себя некоторыми удобствами, я подробно расскажу в своем месте, теперь же мне хотелось бы поговорить о себе, рассказать какие мысли в то время меня посещали. А их, понятно, было немало.

Мое положение представилось мне в самом мрачном свете. Меня забросило бурей на необитаемый остров, который лежал далеко от места назначения нашего корабля и за несколько сот миль от обычных торговых морских путей, и я имел все основания прийти к заключению, что так было предопределено небом, чтобы здесь, в этом печальном месте, в безвыходной тоске одиночества я и окончил свои дни. Обильные слезы струились у меня из глаз. когда я думал об этом, и не раз недоумевал я, почему провидение губит свои же творения, бросает их на произвол судьбы, оставляет без всякой поддержки и делает столь безнадежно несчастными, повергает в такое отчаяние, что едва ли можно быть признательным за такую жизнь.

Но всякий раз внутренний голос быстро останавливал во мне эти мысли и укорял за них. Особенно помню я один такой день. В глубокой задумчивости бродил я с ружьем по берегу моря. Я думал о своей горькой доле. И вдруг заговорил во мне голос разума. «Да, — сказал этот голос, — положение твое незавидно: ты одинок — это правда. Но вспомни: где те, что были с тобой? Ведь вас село в лодку одиннадцать человек: где же остальные десять? Почему они погибли? За что тебе такое предпочтение? И как ты думаешь, кому лучше: тебе или им?» И я взглянул на море. Так во всяком зле можно найти добро, стоит только подумать, что могло случиться и хуже.

Тут я ясно представил себе, как хорошо я обеспечил себя всем необходимым и что было бы со мной, если б случилось (а из ста раз это случается девяносто девять)... если б случилось, что наш корабль остался на той отмели, куда его прибило сначала, если бы потом его не пригнало настолько близко к берегу, что я успел захватить все нужные мне вещи. Что было бы со мной, если б мне пришлось жить на этом острове в тех условиях, в каких я провел на нем первую ночь — без крова, без пищи и без всяких средств добыть то и другое? В особенности, — громко рассуждал я сам с собой, — что стал бы я делать без ружья и без зарядов, без инструментов? Как бы я жил здесь один, если бы у меня не было ни постели, ни клочка одежды, ни палатки, где бы можно было укрыться? Теперь же все это было у меня и всего вдоволь, и я даже не боялся смотреть в глаза будущему: я знал, что к тому времени, когда выйдут мои заряды и порох, у меня будет в руках другое средство добывать себе пищу. Я проживу без ружья сносно до самой смерти.

В самом деле, с самых же первых дней моего житья на острове я задумал обеспечить себя всем необходимым на то время, когда у меня не только истощится весь мой запас пороху и зарядов, но и начнут мне изменять здоровье и силы.

Сознаюсь: я совершенно упустил из виду, что мои огнестрельные запасы могут быть уничтожены одним ударом, что молния может поджечь мой порох и взорвать. Вот почему я был так поражен, когда у меня мелькнула эта мысль во время грозы.

Приступая теперь к подробному описанию полной безмолвия печальнейшей жизни, какая когда либо выпадала в удел смертному, я начну с самого начала и буду рассказывать по порядку.

Было, по моему счету, 30-е сентября, когда нога моя впервые ступила на ужасный остров. Произошло это, значит, во время осеннего равноденствия; в тех же широтах (то-есть, по моим вычислениям, на 9° 22' к северу от экватора) солнце в этом месяце стоит почти отвесно над головой.

Прошло дней десять-двадцать моего житья на острове, и я вдруг сообразил, что потеряю счет времени, благодаря отсутствию книг, перьев и чернил, и что в конце концов я даже перестану отличать будни от воскресных дней. Для предупреждения этого я водрузил большой деревянный столб на том месте берега, куда меня выбросило море, и вырезал ножом крупными буквами надпись: «Здесь я ступил на этот берег 30 сентября 1659 года», которую прибил накрест к столбу. По сторонам этого столба я каждый день делал ножом зарубку; а через каждые шесть зарубок делал одну подлиннее: это означало воскресенье; зарубки же, обозначавшие первое число каждого месяца, я делал еще длиннее. Таким образом, я вел мой календарь, отмечая дни, недели, месяцы и годы.

Перечисляя предметы, перевезенные мною с корабля, как уже сказано, в несколько приемов, я не упомянул о многих мелких вещах, хотя и не особенно ценных, но сослуживших мне тем не менее хорошую службу. Так, например, в помещениях капитана и капитанского помощника я нашел чернила, перья и бумагу, три или четыре компаса, некоторые астрономические приборы, подзорные трубы, географические карты и книги по навигации. Все это я сложил в один из сундуков на всякий случай, не зная даже, понадобится ли мне что нибудь из этих вещей. Кроме того, в моем собственном багаже оказались три очень хороших библии (я получил их из Англии вместе с выписанными мною товарами и, отправляясь в плавание, уложил вместе с своими вещами). Затем мне попалось несколько книг на португальском языке, в том числе три католических молитвенника и еще несколько книг. Их я тоже подобрал. Засим я должен еще упомянуть, что у нас на корабле были две кошки и собака (я расскажу в свое время любопытную историю жизни этих животных на острове). Кошек я перевез на берег на плоту, собака же, еще в первую мою экспедицию на корабль, сама спрыгнула в воду и поплыла следом за мной. Много лет она была мне верным товарищем и слугой. Она делала для меня все, что могла, и почти заменяла мне человеческое общество. Мне хотелось бы только, чтобы она могла говорить. Но этого ей было не дано. Как уже сказано, я взял с корабля перья, чернила и бумагу. Я экономил их до последней возможности, и пока у меня были чернила, аккуратно записывал все, что случалось со мной; но когда они вышли, мне пришлось прекратить мои записи, так как я не умел делать чернила и не мог придумать, чем их заменить.

Вообще, несмотря на огромный склад у меня всевозможных вещей, мне, кроме чернил, недоставало еще очень многого; у меня не было ни лопаты, ни заступа, ни кирки, так что нечем было копать или взрыхлять землю, не было ни иголок, ни ниток. Не было у меня и белья, но я скоро научился обходиться без него, не испытывая большого лишения.

Вследствие недостатка в инструментах всякая работа шла у меня медленно и тяжело. Чуть не целый год понадобилось мне, чтоб довести до конца ограду, которою я вздумал обнести свое жилье. Нарубить в лесу толстых жердей, вытесать из них колья, перетащить. Эти колья к моей палатке — на все это нужно было много времени. Колья были очень тяжелы, так что я мог поднять не более одной штуки зараз, и иногда у меня уходило два дня только на то, чтобы обтесать кол и принести его домой, а третий день — на то, чтобы вбить его в землю. Для этой последней работы я употреблял сначала тяжелую деревянную дубину, а потом вспомнил о железных ломах, привезенных мною с корабля, и заменил дубину ломом, хотя не скажу, чтобы это принесло мне большое облегчение. Вообще вбивание кольев было для меня одною из самых утомительных и кропотливых работ.

Но я этим не смущался, так как все равно мне некуда было девать мое время; по окончании же постройки другого дела у меня не предвиделось, кроме скитаний по острову в поисках за пищей, которым я в большей или меньшей степени предавался каждый день.

Между тем, я принялся серьезно и обстоятельно обсуждать свое положение и начал записывать свои мысли — не для того, чтобы увековечить их в назидание людям, которые окажутся в моем положении (ибо таких людей едва ли нашлось бы много), а просто, чтобы высказать словами все, что меня терзало и мучило, и тем хоть сколько нибудь облегчить свою душу. Но как ни тягостны были мои размышления, рассудок мой начал мало-по-малу брать верх над отчаянием. По мере сил я старался утешить себя тем, что могло бы случиться и хуже и противопоставлял злу добро. С полным беспристрастием я, словно кредитор и должник, записывал все претерпеваемые мной горести, а рядом все, что случилось со мной отрадного.

ЗЛО — ДОБРО

Я заброшен судьбой на мрачный необитаемый остров и не имею никакой надежды на избавление. — Но я жив, я не утонул подобно всем моим товарищам.

Я как бы выделен и отрезан от всего мира и обречен на горе. — Но зато я выделен из всего нашего экипажа; смерть пощадила одного меня, и тот, кто столь чудесным образом спас меня от смерти, может спасти меня и от моего безотрадного положения.

Я отдален от всего человечества; я отшельник, изгнанный из общества людей. — Но я не умер с голоду и не погиб в этом пустынном месте, где человеку нечем питаться.

У меня мало одежды и скоро мне будет нечем прикрыть свое тело. — Но я живу в жарком климате, где можно обойтись и без одежды.

Я беззащитен против нападения людей и зверей. — Но остров, куда я попал, безлюден, и я не видел на нем ни одного хищного зверя, как на берегах Африки. Что было бы со мной, если б меня выбросило на африканский берег?

Мне не с кем перемолвиться словом и некому утешить меня. — Но бог чудесно пригнал наш корабль так близко к берегу, что я не только успел запастись всем необходимым для удовлетворения моих текущих потребностей, но и получил возможность добывать себе пропитание до конца моих дней.

Запись эта с очевидностью показывает, что едва ли кто на свете попадал в более бедственное положение, и тем не менее оно содержало в себе как отрицательные, так и положительные стороны, за которые следовало быть благодарным — горький опыт человека, изведавшего худшее несчастье на земле, показывает, что у нас всегда найдется какое нибудь утешение, которое в счете наших бед и благ следует записать на приход.

Итак, вняв голосу рассудка, я начинал мириться со своим положением. Прежде я поминутно смотрел на море в надежде, не покажется ли где нибудь корабль; теперь я уже покончил с напрасными надеждами и все свои помыслы направил на то, чтобы по возможности облегчить свое существование.

Я уже описал свое жилище. Это была палатка, разбитая на склоне горы и обнесенная частоколом. Но теперь мою ограду можно было назвать скорее стеной, потому что вплотную к ней, с наружной ее стороны, я вывел земляную насыпь фута в два толщиной. А спустя еще некоторое время (насколько помню, года через полтора) я поставил на насыпь жерди, прислонив их к откосу, а сверху сделал настилку из веток и больших листьев. Таким образом, мой дворик оказался под крышей, и я мог не бояться дождей, которые, как я уже говорил, в известное время года лили на моем острове непрерывно.

Я упоминал уже раньше, что все свое добро я перенес в свою ограду и в пещеру, которую я выкопал за палаткой. Но я должен заметить, что первое время вещи были свалены в кучу, как попало, загромождали всю площадь, так что мне негде было повернуться. В виду этого я решил увеличить мою пещеру. Сделать это было нетрудно, так как гора была рыхлой, песчаной породы, которая легко уступала моим усилиям. Итак, когда я увидел, что мне не угрожает опасность от хищных зверей, я принялся расширять пещеру. Прокопав вбок, а именно вправо, сколько было нужно по моему расчету, я повернул опять направо и вывел ход наружу за пределы моего укрепления.

Эта галерея служила не только черным ходом к моей палатке, дававшим мне возможность свободно уходить и возвращаться, но также значительно увеличивала мою кладовую.

Покончив с этой работой, я принялся за изготовление самых необходимых предметов обстановки, прежде всего стола и стула: без них я не мог вполне наслаждаться даже теми скромными удовольствиями, какие были мне отпущены на земле, не мог ни есть, ни писать с полным удобством.

И вот я принялся столярничать. Тут я должен заметить, что разум есть основа и источник математики, а потому, определяя, и измеряя разумом вещи и составляя о них наиболее разумное суждение, каждый может через известное время овладеть любым ремеслом. Ни разу в жизни до тех пор я не брал в руки, столярного инструмента, и тем не менее, благодаря трудолюбию и прилежанию, я мало-помалу так наловчился, что мог бы, я уверен, сделать что угодно, в особенности, если бы у меня были инструменты. Но даже и без инструментов или почти без инструментов, с одним только топором да рубанком, я сделал множество предметов, хотя, вероятно, никто еще не делал их таким способом и не затрачивал на это столько труда. Так, например, когда мне нужна была доска, я должен был срубить дерево, очистить ствол от ветвей и, поставив его перед собой, обтесывать с обеих сторон до тех пор, пока он не приобретал необходимую форму. А потом доску надо было еще выстругать рубанком. Правда, при таком методе из целого дерева выходила только одна доска, и выделка этой доски отнимала у меня массу времени и труда. Но против этого у меня было лишь одно средство, — терпение. К тому же, мое время и мой труд стоили недорого, и потому не все ли было равно, куда и на что они шли?

Итак, я прежде всего сделал себе стол и стул. Я употребил на них короткие доски, которые привез на плоту с корабля. Когда же затем я натесал длинных досок вышеописанным способом, то приладил в моем погребе по одной стене, несколько полк одну над другой, фута по полтора шириною, и сложил на них свои инструменты, гвозди, железо и прочий мелкий скарб, — словом распределил все по местам, чтобы легко находить каждую вещь. Я забил также колышков в стену погреба и развесил на них свои ружья и вообще все то из вещей, что можно было повесить.

Кто увидал бы после этого мою пещеру, тот, наверно, принял бы ее за склад предметов первой необходимости. Все было у меня под руками, и мне доставляло истинное удовольствие заглядывать в этот склад: такой образцовый порядок царил там и столько было там всякого добра.

Только по окончании этой работы я начал вести свой дневник, записывая туда все сделанное мной в течение дня. Первое время я был так занят и так удручен, что мое мрачное настроение неизбежно отразилось бы на моем дневнике. Вот, например, какую запись пришлось бы мне сделать 30-го сентября:

«Когда я выбрался на берег и таким образом спасся от смерти, меня обильно стошнило соленой водой, которой я наглотался. мало-помалуя пришел в себя, но вместо того, чтобы возблагодарить создателя за мое спасение, принялся в отчаянии бегать по берегу. Я ломал руки, бил себя по голове и по липу и кричал в исступлении, говоря; „Я погиб, погиб!" — пока не свалился на землю, выбившись из сил. Но я не смыкал глаз; боясь, чтобы меня не растерзали дикие звери».

В течение еще многих дней после этого (уже после всех моих экспедиций на корабль, когда все вещи из него были забраны) я то и дело взбегал на пригорок и смотрел на море в надежде увидеть на горизонте корабль. Сколько раз мне казалось, будто вдали белеет парус, и я предавался радостным надеждам! Я смотрел, смотрел, пока у меня не застилало в глазах, потом впадая в отчаяние, бросался на землю и плакал, как дитя, только усугубляя свое несчастие собственной глупостью.

Но когда, наконец, я до известной степени совладал с собой, когда я устроил свое жилье, привел в порядок мой домашний скарб, сделал себе стол и стул, вообще обставил себя какими мог удобствами, то принялся за дневник. Привожу его здесь полностью, хотя описанные в нем события уже известны читателю из предыдущих глав. Я вел его, пока у меня были чернила, когда же они вышли, дневник поневоле пришлось прекратить.

ДНЕВНИК

30-е сентября 1659 года. — Я, несчастный Робинзон Крузо, потерпев кораблекрушение во время страшной бури, был выброшен на берег этого ужасного, злополучного острова, который я назвал *Островом отчаяния.* Все мои спутники с нашего корабля потонули, и сам я был в полумертвом состоянии.

Весь остаток дня я провел в слезах и жалобах на свою злосчастную судьбу: у меня не было ни пищи, ни крова, ни одежды, ни оружия; мне было некуда укрыться от врагов; отчаявшись получить откуда нибудь избавление, я видел впереди только смерть. Мне казалось, что меня или растерзают хищные звери, или убьют дикари, или я умру с голоду, вследствие отсутствия пищи. С приближением ночи я взобрался на дерево из боязни хищных зверей. Я отлично выспался, несмотря на то, что всю ночь шел дождь.

1-е октября. — Проснувшись поутру, я увидел, к великому моему изумлению, что наш корабль сняло с мели приливом и пригнало гораздо ближе к берегу. С одной стороны, это было весьма утешительно (корабль был цел, не опрокинулся, так что у меня появилась надежда, когда ветер утихнет, добраться до него и запастись едой и другими необходимыми вещами); но, с другой стороны, воскресла и моя скорбь по погибшим товарищам. Останься мы на корабле, мы могли бы спасти его или, по крайней мере, утонули бы не все. Тогда мы могли бы построить лодку из обломков корабля, и нам удалось бы добраться до какой нибудь населенной земли. Эти мысли не давали мне покоя весь день. Тем не менее, как только начался отлив, я отправился на корабль; подойдя к нему поближе по обнажившемуся морскому дну, я пустился потом вплавь. Весь этот день дождь не прекращался, но ветер совершенно стих.

С 1-го по 24-е октября. — Все эти дни я был занят перевозкой с корабля всего, что можно было снять оттуда. С началом прилива я на плотах переправлял свой груз на берег. Все это время дождя с небольшими промежутками ясной погоды: вероятно, здесь сейчас дождливое время года.

20-е октября. — Мой плот опрокинулся, и весь мой груз затонул; но так как это случилось на мелком месте, а вещи были все тяжелые, то с наступлением отлива мне удалось спасти большинство их.

21-е октября. — Всю ночь и весь день шел дождь, и дул порывистый ветер. Корабль за ночь разнесло в щепки: на том месте, где он стоял, торчат какие то жалкие обломки, да и те видны только во время отлива. Весь этот день я укрывал и защищал спасенное мной добро, чтобы его не попортил дождь.

26-е октября. — Почти весь день бродил по берегу, отыскивая удобное местечко для жилья. Больше всего заботился я о том, чтобы обезопасить себя от ночных нападений диких зверей и людей. К вечеру нашел наконец подходящее место на крутом склоне холма. Обведя полукругом по земле нужную мне площадь, я решил укрепить ее оградой, состоящей из двух рядов кольев, обложенных снаружи дерном; промежуток между рядами кольев я собирался заполнить корабельными канатами.

С 26-го по 30-е октября. — Усиленно работал: перетаскивал свое имущество в новое жилище, несмотря на то, что почти все время лил сильный дождь.

31-е октября. — Утром ходил по острову с ружьем в расчете подстрелить какую нибудь дичь и осмотреть местность. Убил козу, ее козленок побежал за мной и проводил меня до самого дома, но мне пришлось убить и его, так как он не умел еще есть.

1-е ноября. — Разбил под самой скалой палатку, постаравшись сделать ее как можно более обширной; повесил в ней на кольях гамак и впервые ночевал в нем.

2-е ноября. — Собрал все ящики и доски, а также куски бревен от плотов и соорудил из них баррикаду вокруг палатки, на площадке, отведенной для моего укрепления.

3-е ноября. — Ходил с ружьем. Убил двух птиц, похожих на уток. Их мясо оказалось очень вкусным. После обеда начал делать стол.

4-е ноября. — Распределил свое время, назначив определенные часы для физических работ, для охоты, для сна и для развлечений. Вот порядок моего дня: с утра, если нет дождя, часа два-три хожу по острову с ружьем, затем до одиннадцати работаю, а в одиннадцать завтракаю, чем придется, с двенадцати до двух ложусь спать (так как это самая жаркая пора дня), затем к вечеру опять принимаюсь за работу. Все рабочие часы в последние два дня возился над изготовлением стола. Я был тогда еще весьма незавидным столяром. Но время и нужда вскоре сделали из меня мастера на все руки. Так было бы, конечно, и со всяким другим на моем месте.

5-е ноября. — Сегодня ходил с ружьем и с собакой. Убил дикую кошку; шкурка довольно мягкая, ню мясо никуда не годится. Я сдирал шкурку с каждого убитого мною животного и прятал в свой склад. Возвращаясь домой берегом моря, видел много разных птиц, но все неизвестных пород. Видел еще двух или трех тюленей. В первый момент я даже испугался, не распознав, что это за животные. Но когда я к ним присматривался, они нырнули в воду и таким образом ускользнули от меня на этот раз.

6-е ноября. — После утренней прогулки работал над столом и докончил его. Но он мне не нравится. Вскоре, однако, я так наловчился, что мог его исправить.

7-е ноября. — Устанавливается ясная погода. Все 7, 8, 9, 10 и частью 12 число (11 было воскресенье) я делал стул. Мне стоило большого труда придать ему сносную форму. Несколько раз я разбирал его на части и сызнова принимался за работу. И все таки недоволен результатом.

Примечание. Я скоро перестал соблюдать воскресные дни: ибо, перестав отмечать их на моем столбе, я сбился в счете.

13-е ноября. — Сегодня шел дождь; он очень освежил меня и охладил землю, но все время гремел страшный гром и сверкала молния, так что я перепугался за свой порох. Когда гроза прекратилась, я решил весь мой запас пороха разделить на мелкие части, чтоб он не взорвался весь разом.

14-е, 15-е и 16-е. — Все эти дни делал ящички для пороху, чтобы в каждый ящичек вошло от одного до двух фунтов. Сегодня разложил весь порох по ящикам и запрятал их в расселины скалы как можно дальше один от другого. Вчера убил большую птицу. Мясо ее очень вкусно. Как называется — не знаю.

17-е ноября. — Сегодня начал копать углубление в скале за палаткой, чтобы поудобнее разложить свое имущество.

Примечание. Для этой работы крайне необходимы три вещи: кирка, лопата и тачка или корзина, а у меня их нет. Пришлось отказаться от работы. Долго думал, чем бы заменить эти инструменты или как их сделать. Вместо кирки попробовал работать железным ломом; он годится, только слишком тяжел. Затем остается лопата или заступ. Без нее никак не обойтись, но я решительно не придумаю, как ее сделать.

18-е ноября. — Отыскивая в лесу материал для своих построек, нашел то дерево (или похожее на него), которое в Бразилии называют *железным* за его необыкновенную твердость. С большим трудом и сильно попортив свой топор, срубил одно такое дерево и еле притащил его домой: оно было очень тяжелое. Я решил сделать из него лопату. Дерево было так твердо, что эта работа отняла у меня много времени, но другого выхода у меня не было. мало-помалуя придал обрубку форму лопаты, при чем рукоятка вышла не хуже, чем делают у нас в Англии, но широкая часть, не будучи обита железом, прослужила мне недолго. Впрочем, я достаточно попользовался ею для земляных работ, и она очень мне пригодилась, но, я думаю, ни одна лопата на свете не изготовлялась таким способом и так долго.

Мне недоставало еще тачки или корзины. О корзине нечего было и мечтать, так как у меня не было гибких прутьев — по крайней мере, мне не удалось до сих пор найти их. Что же касается тачки, то мне казалось, что я сумею сделать ее. Затруднение было только в колесе: я не имел никакого представления о том, как делаются колеса; кроме того, для оси нужен был железный стержень, которого у меня тоже не было. Пришлось оставить это дело. Чтоб выносить вырытую землю, я сделал нечто вроде корытца, в каких каменщики держат известку.

Корытце было легче сделать, чем лопату; и тем не менее, все вместе — корытце, заступ и бесплодные попытки смастерить тачку — отняло у меня по меньшей мере четыре дня, не считая утренних экскурсий с ружьем. Редкий день я не выходил на охоту, и почти не было случая, чтобы я не принес себе что нибудь на обед.

23-е ноября. — Во время изготовления этих орудий вся остальная моя работа стояла. Докончив их, я опять принялся рыть пещеру. Копал весь день, насколько позволяли время и силы, и у меня ушло на эту работу целых восемнадцать дней. Мне нужно было, чтобы в моем погребе могло удобно разместиться все мое имущество.

Примечание. Все это время я трудился над расширением пещеры, чтобы она могла служить мне складом, кухней, столовой и погребом; помещался же я по прежнему в палатке, кроме тех дней в дождливое время года, когда в палатку пробивало дождем. Впрочем, впоследствии я устроил над своим двориком нечто вроде соломенной крыши; от ограды до откоса горы я проложил жерди, которые прикрыл водорослями и большими листьями.

10-е декабря. — Я думал, что покончил со своей пещерой или погребом, как вдруг сегодня (должно быть, я сделал ее слишком широкой) сверху с одного боку обвалилась земля. Обвал был так велик, что я испугался, и не без основания: находись я там в эту минуту, мне уж наверное не понадобилось бы могильщика. Этот прискорбный случай причинил мне много хлопот и задал новую работу: нужно было удалить обвалившуюся землю, а главное, пришлось подпирать свод, иначе я не мог быть уверен, что обвал не повторится.

11-е декабря. — С сегодняшнего дня принялся за эту работу. Покамест поставил в виде подпоры два столба; на верху каждого из них укрепил крест на крест по две доски. Эту работу я окончил на следующий день. Поставив еще несколько таких же столбов с досками, я через неделю окончательно укрепил овод. Столбы стоят в ряд, так что служат в моем погребе перегородкой.

17-е декабря. — С этого дня по 20-е число прилаживал в погребе полки, вбивал гвозди в столбы и развешивал все то из вещей, что можно повесить. Теперь у меня будет порядок.

20-е декабря. — Перенес все вещи и разложил по местам. Прибил несколько маленьких полочек для провизии: вышло нечто вроде буфета. Досок остается очень мало, и я сделал себе еще один стол.

24-е декабря. — Проливной дождь всю ночь и весь день; не выходил из дому.

25-е декабря. — Дождь льет непрерывно.

26-е декабря. — Дождь перестал. Стало гораздо прохладнее; очень приятная погода.

27-е декабря. — Подстрелил двух козлят; одного убил, а другого ранил в ногу, так что он не мог убежать; я поймал его и привел домой на веревке. Дома осмотрел ему ногу; она была перебита, и я забинтовал ее.

Примечание. Я выходил этого козленка; сломанная нога срослась, и он отлично бегал. Я так долго ухаживал за ним, что он стал ручным и не хотел уходить. Он пасся у меня на лужке перед палаткой. Тогда то мне в первый раз пришло в голову завести домашний скот, чтобы обеспечить себе пропитание к тому времени, когда у меня выйдут заряды и порох.

28-е, 29-е, 30-е и 31-е декабря. — Сильные жары при полном безветрии. Выходил из дому только по вечерам на охоту. Посвятил эти дни окончательному приведению в порядок своего хозяйства.

1-е января. — Жара не спадает; тем не менее сегодня ходил на охоту два раза: рано утром и вечером. В полдень отдыхал. Вечером прошел по долине подальше, в глубь острова и видел очень много коз; но они крайне пугливы и не подпускают к себе близко. Хочу попробовать охотиться на них с собакой.

2-е января. — Сегодня взял с собой собаку и натравил на коз; но опыт не удался: все стадо повернулось навстречу собаке, и она, очевидно, отлично поняла опасность, потому что ни за что не хотела подойти к ним.

3-е января. — Начал строить ограду или, вернее, вал. Все еще опасаясь неожиданных нападений каких нибудь врагов, я решил сделать ее как можно прочнее и толще.

Примечание. Моя ограда уже описана м предыдущих страницах, и потому я опускаю все, что говорятся о ней в моем дневнике. Довольно будет заметить, что я провозился над ней (считая с начала работы до полного ее завершении) с 3 января по 14 апреля, хотя вся ее длина не превышала двадцати четырех ярдов. Я уже говорил, что ограда моя шла полукругом, концы которого упирались в гору. От середины ее до горы было около восьми ярдов, и как раз посередине мной был устроен вход в пещеру.

Все это время я работал, не покладая рук. Случалось, что дожди прерывали мою работу на несколько дней и даже недель, но мне казалось, что до окончания вала нельзя чувствовать себя в полной безопасности. Трудно поверить, сколько труда я положил на эту работу. Особенно тяжело достались мне переноска из лесу бревен и вбиванье их в землю, так как я делал гораздо более толстые колья, чем было нужно.

Когда ограда была окончена и укреплена с наружной стороны земляной насыпью, я успокоился. Мне казалось, что если бы на острове появились люди, они не заметили бы ничего похожего на человеческое жилье. Во всяком случае, я хорошо сделал, замаскировав свое жилище, как то покажет один заменательный случай, о котором будет рассказано ниже.

В это время я продолжал мои ежедневные обходы леса в поисках за дичью, разумеется, когда позволяла погода, и во время этих экскурсий сделал много полезных открытий. Так, например, я высмотрел особую породу диких голубей, которые вьют гнезда не на деревьях, как наши дикие голуби, а в расселинах скал. Как то раз я вынул из гнезда птенцов с тем, чтобы выкормить их дома и приручить. Мне удалось их вырастить, но как только у них отросли крылья, они улетели, быть может, от того, что у меня не было для них подходящего корма. Как бы то ни было, я часто находил их гнезда и брал птенцов, которые были для меня лакомым блюдом.

Когда я начал обзаводиться хозяйством, я увидел, что мне недостает многих необходимых вещей. Сделать их сам я вначале считал невозможным, да и действительно кой чего (например, бочки) так и не мог никогда сделать. У меня были, как я уже говорил, два или три Ночевка с корабля, но, как я ни бился, мне не удалось соорудить ни одного, хотя я потратил на эту работу несколько недель. Я не мог ни вставить дна, ни сколотить дощечки настолько плотно, чтобы они не пропускали воды; так и пришлось отказаться от этой затеи.

Затем мне очень нужны были свечи. Как только начинало темнеть (а там обыкновенно смеркалось около семи часов), мне приходилось ложиться слать. Я часто вспоминал про тот кусок воску, из которого делал свечи во время моих приключений у берегов Африки, но воску у меня не было. Единственным вы. ходом было воспользоваться жиром коз, которых я убивал на охоте. Я устроил себе светильник из козьего жиру: плошку собственноручно вылепил из глины, а потом обжег на солнце, на фитиль же взял пеньку от старой веревки. Светильник горел хуже, чем свеча, свет его был не ровный и тусклый. В разгар этих работ, шаря однажды в своих вещах, я нашел небольшой мешок с зерном для птицы, которую корабль вез не в этот свой рейс, а раньше, должно быть, когда он шел из Лиссабона. Я уже упоминал, что остатки этого зерна в мешке были изъедены крысами (по крайней мере, когда я заглянул в мешок, мне показалось, что там одна труха); а так как мешок был мне нужен для чего то другого (кажется, под порох: это было как раз около того времени, когда я решил разложить его мелкими частями, испугавшись грозы), то я вытряхнул его на землю под скалой.

Это было незадолго до начала проливных дождей, о которых я уже говорил. Я давно забыл про это, не помнил даже, на каком месте; я вытряхнул мешок. Но вот прошло около месяца, и я увидел на полянке несколько зеленых стебельков, только что вышедших из земли. Сначала я думал, что это какое нибудь невиданное мной растение. Но каково ж было мое изумление, когда, спустя еще несколько недель, зеленые стебельки (их было всего штук десять-двенадцать) выпустили колосья, оказавшиеся колосьями отличного ячменя, того самого, который растет в Европе и у нас в Англии.

Невозможно передать, в какое смятение повергло меня это открытие! До тех пор мной никогда не руководили религиозные мотивы. Религиозных понятий у меня было очень немного, и все события моей жизни — крупные и мелкие — я приписывал простому случаю, или, как все мы говорим легкомысленно, воле божьей. Я никогда не задавался вопросом, какие цели преследует провидение, управляя ходом событий в этом мире. Но когда я увидел этот ячмень, выросший, как я знал, в несвойственном ему климате, а главное, неизвестно как попавший сюда, я был потрясен до глубины души и стал верить, что это бог чудесным образом произрастил его без семян только для того, чтобы прокормить меня на этом диком безотрадном острове.

Мысль эта немного растрогала меня и вызвала на глаза мои слезы; я был счастлив сознанием, что такое чудо совершилось ради меня. Но удивление мое этим не кончилось: вскоре я заметил, что рядом, на той же полянке, между стеблями ячменя показались редкие стебельки растения, оказавшиеся стебельками риса; я их легко распознал, так как во время пребывания в Африке часто видел рис на полях.

Я не только подумал, что этот рис и этот ячмень посланы мне самим провидением, но не сомневался, что он растет здесь еще где нибудь. Я обошел всю эту часть острова, где уже бывал раньше, обшарил все уголки, заглядывал под каждую кочку, но нигде не нашел ни риса, ни ячменя. Тогда то, наконец, я вспомнил про мешок с птичьим кормом, который я вытряхнул на землю подле своего жилища. Чудо исчезло, а вместе с открытием, что все это самая естественная вещь, я должен сознаться, значительно поостыла и моя горячая благодарность к промыслу. А между тем то, что случилось со мной, было почти так же непредвиденно, как чудо, и уж во всяком случае заслуживало не меньшей признательности. В самом деле: не перст ли провидения виден был в том, что из многих тысяч ячменных зерен, попорченных крысами, десять или двенадцать зернышек уцелели и, стало быть, все равно, что упали мне с неба. Надо же было мне вытряхнуть мешок на этой лужайке, куда падала тень от скалы и где семена могли сразу же взойти. Ведь стоило мне бросить их немного подальше, и они были бы выжжены солнцем.

Читатель может себе представить, как тщательно собрал я колосья, когда они созрели (это было в конце июня). Я подобрал каждое зернышко и решил снова посеять весь урожай в надежде накопить со временем столько зерна, чтобы его хватило мне на пропитание. Но только на четвертый год я мог позволить себе уделить весьма скромную часть этого зерна на еду, о чем я расскажу своевременно. Дело в том, что у меня пропал весь сбор от первого посева: я плохо рассчитал время, посеял перед самой засухой, и семена не взошли в том количестве, как должны были бы взойти. Но об этом потом.

Кроме ячменя, у меня, как уже сказано, выросло двадцать или тридцать стеблей рису, который я убрал так же старательно и для той же цели, — чтобы готовить из него хлеб или, вернее, еду, так как я открыл способ обходиться без печи. Но это было уже потом. Возвращаюсь к моему дневнику.

Все те четыре или три с половиною месяца, когда я был занят возведением ограды, я работал, не покладая рук. 14 апреля ограда была кончена, и я решил, что буду входить и выходить через стену по приставной лестнице, чтобы снаружи не было никаких признаков жилья.

16-е апреля. — Кончил лестницу; перелезаю через стену и каждый раз убираю лестницу за собой. Теперь я огорожен со всех сторон. В моей крепости довольно простору, и проникнуть в нее нельзя иначе, как через стену.

Но на другой же день после того, как я окончил свою ограду, весь мой труд чуть не пропал даром, да и сам я едва не погиб. Вот что произошло. Я чем то был занят в ограде, за палаткой, у входа в пещеру, как вдруг надо мной посыпалась земля со свода пещеры и с вершины горы, и два передние столба, поставленные мною, рухнули со страшным треском. Я очень испугался, но не догадался о настоящей причине случившегося, а просто подумал, что свод обвалился, как это было раньше. Боясь, чтобы меня не засыпало новым обвалом, я побежал к лестнице и, не считая себя в безопасности здесь, перелез через стену. Но не успел я сойти на землю, как мне стало ясно, что на этот раз причиной обвала в пещере было страшное землетрясение. Земля подо мной колебалась, и в течение каких нибудь восьми минут было три таких сильных толчка, что от них рассыпалось бы самое прочное здание, если бы оно стояло здесь. Я видел, как у скалы, находившейся у моря в полумиле от меня, отвалилась вершина и рухнула с таким грохотом, какого я в жизни своей не слыхал. Море тоже страшно колыхалось и бурлило; мне даже кажется, что в море подземные толчки были сильнее, чем на острове.

Ни о чем подобном я не слыхал раньше и сам никогда не видел, так что был страшно поражен и ошеломлен. От колебаний почвы со мной сделалась морская болезнь, как от качки; мне казалось, что я умираю; однако, грохот падающего утеса привел меня в себя: ко мне вернулось сознание, и я замер при мысли, что на мою палатку может обрушиться гора и навсегда похоронить все мое добро. И сердце замерло у меня второй раз.

Когда после третьего толчка прошло несколько минут благополучно, я приободрился, но из боязни быть похороненным заживо долго еще не решался перелезть через ограду и все сидел на земле в полном унынии, не зная, что предпринять. И за все это время у меня не мелькнуло ни одной серьезной мысли о боге, — ничего, кроме избитых слов: «господи, помилуй меня». Но как только опасность миновала, забылись и они.

Между тем собрались тучи; потемнело, как перед дождем. Задул ветерок — сначала слабо, потом сильнее и сильнее, и через полчаса забушевал страшнейший ураган. Море запенилось, забурлило и с ревом билось о берега; деревья вырывало с корнями; картина была ужасная. Так продолжалось часа три; потом буря стала стихать, и еще часа через два наступил мертвый штиль, и полил дождь.

Все время, покуда свирепствовал ураган, я сидел на земле, подавленный страхом и отчаянием. Но когда пошел дождь, мне вдруг пришло в голову, что дождь и ветер являются, должно быть, последствием землетрясения, значит, оно кончилось, и я могу рискнуть вернуться в мое жилище. Эта мысль меня ободрила, а может быть и дождь, мочивший меня, придал мне решимости: я перелез обратно через ограду и уселся было в палатке, но дождь был так силен, что палатку пробивало насквозь, и я был принужден перейти в пещеру, хотя и очень боялся, как бы она не обвалилась мне на голову.

Этот ливень задал мне новую работу: пришлось проделать в ограде отверстие для стока воды, иначе затопило бы мою пещеру. Просидев там некоторое время и видя, что подземные толчки больше не повторяются, я стал успокаиваться. Для поддержания бодрости (в чем я нуждался) я подошел к своему буфету и отхлебнул глоток рому, но самый маленький. Я вообще расходовал ром весьма экономно, зная, что когда выйдет весь мой запас, мне неоткуда будет его взять.

Весь следующий день я просидел дома из за дождя. Теперь, немного успокоившись, я начал серьезно обдумывать, что мне делать. Я пришел к заключению, что, коль скоро этот остров подвержен землетрясениям, мне нельзя жить в пещере. Приходилось, значит, перенести палатку или построить шалаш где нибудь на открытом месте, а чтобы обезопасить себя от нападения животных и людей, огородить его стеной, как я это сделал здесь. Ибо было ясно, что если я останусь в пещере, то рано или поздно буду похоронен заживо.

Действительно, моя палатка стояла на опасном месте — под выступом горы, которая, в случае нового землетрясения, легко могла обрушиться на нее. Поэтому я решил перекочевать на другое место вместе с палаткой. Два следующие дня — 19-е и 20-е — я провел в поисках нового места для жилья и в обсуждении вопроса, как привести в исполнение мой план.

От страха, что меня может засыпать заживо, я не мог спать по ночам; ночевать за оградой я тоже боялся. А вместе с тем, когда я, сидя в своем уголке, думал о том, как я уютно устроился, в каком порядке у меня хозяйство и как хорошо я укрыт от врагов, мне очень не хотелось переселяться.

Затем у меня явилось и то соображение, что на переселение понадобится очень много времени и что, стало быть, все равно придется мириться с опасностью обвала, пока я не укреплю новое место так, чтобы можно было перебраться туда. Придя к такому выводу, я успокоился, но все таки решился приняться, не теряя времени, за возведение ограды на новом месте с помощью частокола и канатов, но в форме окружности, и, как только она будет готова, перенести в нее свою палатку; до того же времени оставаться там, где я был, и готовиться к переезду. Это было 21-го апреля.

22-е апреля. — На следующее утро я начал думать о том, как мне осуществить свою мысль. Главное затруднение заключалось в инструментах. У меня было три больших топора и множество маленьких (мы их везли для меновой торговли с индейцами); но от частого употребления и от того, что приходилось рубить очень твердые суковатые деревья, все они зазубрились и затупились. Правда, у меня было точило, но я не мог одновременно при. водить в движение рукой камень и точить на нем. Вероятно, ни один государственный муж, ломая голову над важным политическим вопросом, и ни один судья, решая, жить или умереть человеку, не тратили столько умственной энергии, сколько потратил я, чтобы выйти из этого положения. В конце концов, мне удалось приладить к точилу колесо с ремнем, которое приводилось в движение ногой и вращало точильный камень, оставляя свободными обе руки.

Примечание. До тех пор я никогда не видел таких точил или во всяком случае не рассматривал, как они устроены, хотя в Англии такого устройства точило очень распространено. Кроме того, мой точильный камень был очень велик и тяжел. Устройство этого приспособления взяло у меня целую неделю.

28-е и 29-е апреля. — Оба последних дня точил инструменты: мое приспособление действует очень хорошо.

30-е апреля. — Сегодня заметил, что мой запас сухарей на исходе. Пересчитал все мешки и, как это ни грустно, постановил съедать не более одного сухаря в день.

1-е мая. — Сегодня утром во время отлива заметил издали на берегу какой то крупный предмет, похожий на бочку. Пошел посмотреть, и оказалось, что это небольшой бочонок. Тут же валялось два-три деревянных об ломка от корабля. Должно быть, все это было выброшено на берег в последнюю бурю. Я взглянул в ту сторону, где торчал остов корабля, и мне показалось, что он выступает над водой больше обыкновенного. Осмотра выброшенный морем бочонок: он оказался с порохом, но порох весь подмок и сбился в камень. Тем не менее, я выкатил бочонок повыше, а сам по отмели отправился к остову корабля.

Подойдя к кораблю ближе, я заметил, что он как то странно переместился. Носовая часть которою прежде он почти зарывался в песок, приподнялась, по крайней мере, на шесть футов, а корма, разбитая на куски и совершенно отделившаяся (это случилось давно, вскоре после последней моей экспедиции на корабль была отброшена в сторону и лежала боком. Кроме того, в этом месте образовался такой высокий нанос песку, что я мог вплотную подойти к кораблю, тогда как раньше еще за четверть мили до него начиналась вода, и я должен был пускаться вплавь. Такая перемена в положении корабля сначала меня удивила, но вскоре я сообразил, что это — последствие землетрясения. От той же причины корабль разломался еще более, так что к берегу ежедневно прибивало ветром и течением разные предметы, которые уносило водой из открытого трюма.

Происшествие с кораблем совершенно отвлекло мои мысли от намерения переселиться на новое место. Весь день я делал попытки проникнуть во внутренние помещения корабля, но это оказалось невозможным, так как все они были забиты песком. Однако это меня не смутило; я уже научился ни в чем не отчаиваться. Я стал растаскивать корабль по кусочкам, зная, что мне в моем положении так или иначе все пригодится.

3-е мая. — Сегодня начал работать пилой. Перепилил в корме бимс, на котором, по моим соображениям, держались шканцы, и, отодрав несколько досок, выгреб песок с того бока кормы, которым она лежит кверху. Принужден был отложить работу, потому что начался прилив.

4-е мая. — Удил рыбу, но ни одной съедобной не поймал. Соскучившись, хотел было уже уходить, но, закинув удочку в последний раз, поймал маленького дельфина. Удочка у меня была самодельная: лесу я сделал из пеньки от старой веревки, а крючков у меня совсем не было. Тем не менее, на мою удочку ловилось столько рыбы, что я мог есть ее вволю. Ел я ее вяленою, просушивая на солнце.

5-е мая. — Работал на корабле. Подпилил другой бимс. Отодрал от палубы три больших сосновых доски, связал их вместе и, дождавшись прилива, переправил на берег.

6-е мая. — Работал на корабле. Отделил кое какие железные части, в том числе несколько болтов. Работал изо всех сил, вернулся домой совсем измученный. Подумываю, не бросить ли это дело.

7-е мая. — Опять ходил к кораблю, но не с тем, чтобы работать. Так как бимсы были перепилены, палуба окончательно расселась от собственной тяжести, так что я мог заглянуть в трюм; но он почти до верху наполнен песком и водой.

8-е мая. — Ходил на корабль с железным ломом: решил разворотить всю палубу, которая теперь совсем очистилась от песку. Отодрал две доски и пригнал их к берегу с приливом. Лом оставил на корабле для завтрашней работы.

9-е мая. — Был на корабле. Взломал еще несколько досок и пробрался в трюм. Нащупал там пять или шесть бочек. Высвободил их ломом, но вскрыть не мог. Нащупал также сверток английского листового свинца и даже приподнял немного, но вытащить не хватило силы.

С 10-го по 14-е мая. — Все эти дни был на корабле. Добыл много кусков дерева, досок, брусьев и т.п., а также центнера[1] два-три железа.

15-е мая. — Сегодня брал с собой на корабль два маленьких топора: хотел попробовать отрубить кусок листового свинца (один топор должен был служить мне ножом, а другой молотком для него). Но так как свинец лежит фута на полтора под водой, то я не мог ударить с надлежащей силой.

16-е мая. — Ночью дул сильный ветер. Остов корабля еще больше расшатало волнением. Я долго искал в лесу голубей на еду, замешкался и уж не мог попасть на корабль из за прилива.

17-е мая. — Сегодня видел несколько обломков корабля, прибитых к берегу, милях в двух от моего жилья. Я решил взглянуть, что это такое: оказалось — кусок от носовой части, во такой большой и тяжелый, что я на мог его поднять.

24-е мая. — Все эти дни работал на корабле. С величайшим трудом так сильно расшатал ломом несколько предметов, что с первым же приливом всплыли наверх несколько бочек и два матросских сундука. Но ветер дул с берега, так что их угнало в море. Зато сегодня прибило к берегу несколько обломков и большую бочку с остатками бразильской свинины, которая, впрочем, была совсем попорчена соленой водой и песком.

Я продолжал эту работу с 25-го мая по 16-е июня ежедневно, кроме тех часов, когда приходилось добывать пропитание. Но с тех пор, как возобновились мои работы, я охочусь только во время прилива, чтобы к началу отлива уже ничто не мешало мне идти к кораблю. За эти три недели набрал такую кучу дерева и железа, что хватило бы на хорошую лодку, если б я умел ее сделать. Кроме того, мне удалось все же нарезать в несколько приемов до центнера листового свинца.

---

[1] Центнер — английский центнер равен 50 килограммам (двадцатая часть тонны).

16-е июня. — Нашел на берегу большую черепаху. Раньше я никогда их здесь не видал, что объясняется просто случайностью, так как черепахи на моем острове были совсем не редкость, и если б я попал на другую сторону острова, я мог бы ловить их сотнями каждый день. Впоследствии я убедился в этом, хотя и дорого заплатил за свое открытие.

17-е июня. — Весь день жарил черепаху на угольях. Нашел в ней штук шестьдесят яиц. Никогда в жизни я, кажется, не едал такого вкусного мяса, да и неудивительно: с тех пор, как я оказался на этом ужасном острове, мою мясную пищу составляли исключительно козы да птицы.

28-е июня. — С утра до вечера шел дождь, и я не выходил. Должно быть, я простудился, и весь день мне что то зябнется, хотя, насколько мне известно, в здешних широтах холодов не бывает.

29-е июня. — Мне очень нездоровится: так зябну, точно на дворе зима.

20-е июня. — Всю ночь не сомкнул глаз; сильная головная боль и озноб.

21-е июня. — Совсем плохо. Страшно боюсь расхвораться; каково будет тогда мое положение без всякой помощи! Молился богу — в первый раз с того дня, когда мы попали в бурю под Гуллем, — но слова молитвы повторял бессознательно, так путаются мысли в голове.

22-е июня. — Сегодня мне получше, но страх болезни не покидает меня.

23-е июня. — Опять нехорошо: весь день знобило, и сильно болела голова.

24-е июня. — Гораздо лучше.

25-е июня. — Был сильный приступ лихорадки; в течение часов семи меня бросало то в холод, то в жар. Закончился приступ леткой испариной.

26-е июня. — Лучше. У меня вышел весь запас мяса, и я ходил на охоту, хотя чувствовал страшную слабость. Убил козу, через силу дотащил ее до дому, изжарил кусочек на угольях и поел. Мне очень хотелось сварить из нее супу, но у меня нет горшка.

27-е июня. — Опять приступ, такой сильный, что я весь день пролежал в постели, не евши и не пивши. Я умирал от жажды, но не в силах был встать и сходить за водой. Опять молился богу, но в голове такая тяжесть, что я не мог припомнить ни одной молитвы и только твердил: «господи, помоги мне! Воззри на, меня, господи! Помилуй меня, господи!» Так я метался часа два или три, покуда приступ не прошел. Тогда я уснул и не просыпался до поздней ночи. Проснувшись, почувствовал! себя гораздо бодрее, хотя был все таки очень слаб. Мне очень хотелось пить, но так как ни в палатке, ни в погребе не было ни капли воды, то пришлось лежать до утра. Под утро снова уснул и видел страшный сон.

Мне снилось, будто я сижу на земле за оградой, на том самом месте, где сидел после землетрясения, когда задул ураган, — и вдруг вижу, что сверху, с большого черного облака, весь объятый пламенем спускается человек Окутывавшее его пламя было так ослепительно ярко, что на него едва можно было смотреть. Нет слов передать, до чего страшно было его лицо.

Когда ноги его коснулись земли, почва задрожала, как от землетрясения, и весь воздух, к ужасу моему, озарился словно несметными вспышками молний. Едва ступив на землю, незнакомец двинулся ко мне с длинным копьем в руке, как бы с намерением убить меня. Немного не дойдя до меня, он поднялся на пригорок, и я услышал голос, неизъяснимо грозный и страшный. Из всего, что говорил незнакомец, я понял только конец: «Несмотря на все ниспосланные тебе испытания, ты не раскаялся: так умри же!» И я видел, как после этих слов он поднял копье, чтобы убить меня.

Конечно, все, кому случится читать эту книгу, поймут, что я неспособен описать, до чего потрясающе подействовал на меня этот ужасный сон даже в то время, как я спал. Также невозможно описать оставленное им на меня впечатление, когда я уже проснулся и понял, что это был только сон.

Увы! моя душа не знала бога: благие наставления моего отца испарились за восемь лет непрерывных скитаний по морям в постоянном общении с такими же. как сам я, нечестивцами, до последней степени равнодушными к вере. Не помню, чтобы за все это время моя мысль хоть раз воспарила к богу или чтобы хоть раз я оглянулся на себя, задумался над своим поведением. На меня нашло какое то нравственное отупение: стремление к добру и сознание зла были мне равно чужды. По своей закоснелости, легкомыслию и нечестию я ничем не отличался от самого невежественного из наших матросов. Я не имел ни малейшего понятия ни о страхе божием в опасности, ни о чувстве благодарности к творцу за избавление от нее.

Правда, в момент, когда я ступил на берег этого острова, когда понял, что весь экипаж корабля утонул и один только я был пощажен, на меня нашло что то вроде экстаза, восторга души, который с помощью божьей благодати мог бы перейти в подлинное чувство благодарности. Но восторг этот разрешился, если можно так выразиться, простой животной радостью существа, спасшегося от смерти: он не повлек за собой ни размышлений об исключительной благости руки, отличившей меня и даровавшей мне спасение, когда все другие погибли, ни вопроса о том, почему про. видение было столь милосердно именно ко мне. Радость моя была той заурядной радостью, которую испытывает каждый моряк выбравшись невредимым на берег после кораблекрушения, которую он топит в первой чарке вина и вслед за тем забывает... И так то я жил все время до сих пор.

Даже потом, когда по должном размышлении я сознал весь ужас своего положения — всю безысходность моего одиночества, полную мою оторванность от людей, без проблеска надежды на избавление, — даже и тогда, как только открылась возможность остаться в живых, не умереть с голоду, все мое горе как рукой сняло: я успокоился, начал работать для удовлетворения своих насущных потребностей и для сохранения своей жизни, и если сокрушался о своей участи, то менее всего видел, в — небесную кару, карающую десницу. Такие мысли очень редко приходили голову.

Прорастание зерна, как уже было отмечено в моем дневнике, оказало было благодетельное влияние на меня, и до тех пор, пока я приписывал его чуду, серьезные, благоговейные не покидали меня; но как только мысль и чуде отдала, улетучилось и мое благоговейное настроение, как уже было мной рассказано.

Даже землетрясение — хотя в природе нет явления более грозного, более непосредственно указывающего на невидимую высшую силу, ибо только ею одной могут совершаться такие явления, — даже землетрясение не оказало на меня прочного влияния: прошли первые минуты испуга, изгладилось и первое впечатление. Я не чувствовал ни бога, ни божьего суда над собой; я так же мало усматривал карающую десницу в постигших меня бедствиях, как если б я был не жалким, одиноким существом, а счастливейшим человеком в мире.

Но теперь, когда я захворал и на досуге картина смерти представилась мне очень живо, — теперь, когда дух мой стал изнемогать под бременем недуга, а тело ослабело от жестокой лихорадки, совесть, так долго спавшая во мне, пробудилась: я стал горько упрекать себя за прошлое; я понял, что своим вызывающим, порочным поведением сам навлек на себя божий гнев и что поразившие меня удары судьбы были лишь справедливым мне возмездием.

Особенно сильно терзали меня мысли на второй и на третий день моей болезни, и в жару лихорадки, под гнетом жестоких угрызений, из уст моих вырывались слова, похожие на молитву, хотя молитвой их нельзя было назвать.

В них не выражалось ни надежд, ни желаний; это был скорее вопль слепого страха и отчаяния. Мысли мои были спутаны, самообличение — беспощадно; страх смерти в моем жалком положении туманил мой ум и леденил душу; и я, в смятении своем, сам не знал, что говорит мой язык. То были скорее бессвязные восклицания, в таком роде: «господи, что я за несчастное существо! Если я расхвораюсь, я, наверно, умру, потому что кто же мне поможет. Боже, что будет со мной?» И из глаз моих полились обильные слезы, и долго потом я не мог говорить.

Тут припомнились мне благие советы моего отца и пророческие слова его, которые я приводил в начале своего рассказа, а именно, что если я не откажусь от своей безумной затеи, на мне не будет благословения божия; придет пора, когда я пожалею, что пренебрег его советом, но тогда, может статься, некому будет помочь мне исправить сделанное зло. — Я вспомнил эти слова и громко сказал: «Вот когда сбывается пророчество моего дорогого батюшки! Кара господня постигла меня, и некому помочь мне, некому услышать меня!.. Я не внял голосу провидения, милостиво поставившего меня в такие условия, что я мог бы быть счастлив всю мою жизнь. Но я не захотел понять это сам и не внял наставлениям своих родителей. Я оставил их оплакивать мое безрассудство, а теперь сам плачу от последствий его. Я отверг их помощь и поддержку, которая вывела бы меня на дорогу и облегчила бы мне первые шаги, теперь же мне приходится бороться с трудностями, превышающими человеческие силы, — бороться одному, без поддержки, без слова утешения и совета». — И я воскликнул; «Господи, будь мне защитой, ибо велика печаль моя!» Это была моя первая молитва, если только я могу назвать ее так, — за много, много лет.

Но возвращаюсь к дневнику.

28-е июня. — На утро, немного освеженный сном, я встал; моя лихорадка совершенно прошла; и хотя страх и ужас, в которые повергло меня сновидение, были велики, все же я рассудил, что на другой день приступ может повториться, и потому решил заранее припасти все необходимое для облегчения своего положения на случай, если повторится болезнь. Первым делом я наполнил водой большую четырехугольную бутыль и поставил ее на стол в таком расстоянии от постели, чтобы до нее можно было достать, не вставая; а чтобы обезвредить воду, лишив ее свойств, вызывающих простуду или лихорадку, я влил в нее около четверти пинты рому и взболтал. Затем я отрезал козлятины и изжарил ее на угольях, но съел самый маленький кусочек, — больше не мог. Пошел было прогуляться, но от слабости еле передвигал ноги; к тому же меня очень угнетало сознание моего бедственного положения и страх возврата болезни на другой день. Вечером поужинал тремя испечены в золе черепашьими яйцами.

Перед ужином помолился: насколько я могу припомнить, за всю мою жизнь это была моя первая трапеза, освященная молитвой.

После ужина снова пытался пройтись, а был так слаб, что с трудом мог нести ружье (я никогда не выхожу без ружья). Прошел не далеко, сел на землю и стал смотреть на море, которое расстилалось прямо передо мной, гладкое и спокойное. И когда я сидел, вот какие мысли проносились у меня в голове: — Постигшее меня несчастье послано мне по воле божьей, ибо он один властен не только над моей судьбой, но и над судьбами всего мира. И непосредственно за этим выводом явился вопрос: — За что же бог меня так покарал? Что я сделал? Чем провинился? Но этом вопросе я ощутил острый укол совести, как если бы язык мой произнес богохульство, и точно чей то посторонний голос сказал мне: «Презренный! И ты еще спрашиваешь, что ты сделал? Оглянись назад, на свою беспутную жизнь, и спроси лучше, чего ты не сделал» Спроси, почему могло случиться, что ты давно не погиб, почему ты не утонул на Ярмутском рейде? Не был убит в стачке с салехскими маврами, когда ваш корабль был ими взят на абордаж? Почему тебя не растерзали хищные звери на африканском берегу? Почему, наконец, не утонул ты здесь вместе со всем экипажем? И ты еще спрашиваешь, что ты сделал?»

Я был поражен этими мыслями и не находил ни одного слова в опровержение их, ничего не мог ответить себе. Задумчивый и грустный поднялся я и побрел в свое убежище. Я перелез через ограду и хотел было ложиться в постель, но горестное смятение, охватившее мою душу, разогнало мой сон. Я зажег свой светильник, так как уже начинало смеркаться, и опустился на стул у стола. Боязнь возврата болезни весь день не покидала меня, и вдруг я вспомнил, что жители Бразилии от всех почти болезней лечатся табаком; между тем в одном из моих сундуков лежало несколько пачек табаку: одна большая пачка совсем заготовленного, а остальные в листьях.

Я встал и пошел за табаком в свою кладовую. Несомненно моими действиями руководило провидение, ибо, открыв сундук, я нашел в нем лекарство не только для тела, но и для души: во первых, табак, который искал, во-вторых — библию. Оказалось, что я сложил в этот сундук все книги, взятые мною с корабля, в том числе библию, в которую до тех пор я не удосужился или, вернее, не чувствовал желания заглянуть. Теперь я взял ее с собой, принес вместе с табаком в палатку и положил на стол.

Я не знал, как применяется табак против болезни; не знал даже, помогает ли он от лихорадки; поэтому я произвел несколько опытов в надежде, что так или иначе действие его должно проявиться. Прежде всего я отделил из пачки один лист, положил его в рот и разжевал. Табак был еще зеленый, очень крепкий; вдобавок я к нему не привык, так что сначала он почти одурманил меня. Затем я приготовил табачную настойку на роме, с тем, чтобы выпить ее часа через два, перед сном. Наконец я сжег немного табаку на жаровне и втягивал носом дым до тех пор, пока не начинал задыхаться: я повторил эту операцию несколько раз.

В промежутках пробовал читать библию, но у меня так кружилась голова от табаку, что я должен был скоро отказаться от чтения, по крайней мере, на этот раз. Помню, однако, что, когда я раскрыл библию наудачу, мне бросились в глаза следующие слова: «Призови меня в день печали, и я освобожу тебя, и ты прославишь имя мое».

Совсем уже стемнело, от табаку голова моя отяжелела, и мне захотелось спать. Я не погасил светильник на случай, если мне что нибудь понадобится ночью, и улегся в постель, Но прежде чем лечь, я сделал то, чего не делал никогда в жизни: опустился на колени и стал молиться богу, чтобы он исполнил обещание — освободил меня, если я призову его в день печали. Договорив свою нескладную молитву, я выпил табачную настойку и лег. Настойка оказалась такой крепкой и противной на вкус, что я еле ее проглотил. Она сразу бросилась мне в голову, и я крепко уснул. Когда я проснулся на другой день, было, судя по солнцу, около трех часов пополудни; мне сильно сдается, что я проспал тогда не одну, а две ночи, и проснулся только на третий день; по крайней мере, ничем другим я не могу объяснить, каким образом из моего счета выпал один день, как это обнаружилось спустя несколько лет: в самом деле, если бы я сбился в счете от того, что пересек несколько раз экватор, то потерял бы больше одного дня; между тем я потерял только один день, и мне никогда не удалось выяснить, как это произошло.

Но как бы то ни было, этот сон удивительно меня освежил: я встал бодрый и в веселом настроении духа. У меня заметно прибавилось сил, желудок действовал лучше, ибо я чувствовал голод. Лихорадка в тот день не повторилась, и вообще с тех пор я начал быстро поправляться. Это было двадцать девятого июня.

30-е число было, должно быть, счастливым для меня днем. Выходил с ружьем, но старался не слишком удаляться от дома. Убил парочку морских птиц, похожих на казарок, Принес их домой, но не решился съесть, ограничив свой обед черепашьими яйцами, которые были очень вкусны. Вечером повторил прием лекарства, которое так помогло мне накануне (я говорю о табачной настойке на роме): только в этот раз я выпил его не так много, равным образом табачных листьев не жевал и не вдыхал табачного дыму. Однако, на другой день — 1-го июля — чувствовал себя вопреки ожиданиям не так хорошо; меня опять знобило, хотя и не сильно.

2-е июля. — Снова принял табак всеми тремя особами, как в первый раз, удвоив количество выпитой настойки.

4-е июля. — Утром взял библию, раскрыл ее на новом завете и, сосредоточив свое внимание, начал читать. С этого дня положил читать библию каждое утро и каждый вечер, не связывая себя определенным числом глав, а до тех пор, пока не утомится внимание.

Приведенные выше слова: «Призови меня в день печали, и я избавлю тебя» — я понимал теперь совершенно иначе, чем прежде: прежде они вызывали во мне только одно представление об освобождении из заточения, в котором я находился, потому что, хоть на моем острове я и был на просторе, он все же был настоящей тюрьмой в худшем значении этого слова. Теперь же я научился толковать эти слова в совсем ином смысле: теперь я оглядывался на свое прошлое с таким омерзением, так ужасался содеянного мною, что душа моя просила у бога только избавления от бремени грехов, на ней тяготевшего и лишавшего ее покоя. Что значило в сравнении с этим мое одиночество? Об избавлении от него я больше не молился, я даже не думал о нем: таким пустяком стало оно мне казаться. Говорю это с целью показать моим читателям, что человеку, постигшему истину, избавление от греха приносит больше счастья, чем избавление от страданий.

Но я оставляю эти рассуждения и возвращаюсь к своему дневнику.

С этого времени положение мое, оставаясь внешне таким же бедственным, стало казаться мне гораздо более сносным. Постоянное чтение библии и молитва направляли мои мысли к вопросам возвышенным, и я познал много душевных радостей, которые дотоле были совершенно чужды мне. Кроме того, как только ко мне вернулись здоровье и силы, я стал энергично работать над восполнением всего, что мне еще не хватало, и старался сделать свою жизнь как можно более правильной.

С 4-го по 14-е июля я большею частью ходил с ружьем, но недалеко, как человек, который не совсем еще окреп после болезни. Трудно себе представить, до чего я отощал тогда и ослабел. Мое лечение табаком, вероятно, никогда еще до сих пор не применялось против лихорадки; испытав его на себе, я не решусь никому рекомендовать его: правда, оно остановило мою лихорадку, но вместе с тем страшно ослабило меня, и в течение некоторого времени я страдал судорогами во всем теле и нервною дрожью.

Кроме того, моя болезнь научила меня, что здесь пагубнее всего для здоровья оставаться под открытым небом во время дождей, особенно если они сопровождаются грозами и ураганами, и что поэтому не так опасны дожди, которые льют в дождливый сезон, то-есть в сентябре и октябре, как те, что перепадают случайно в сухую пору.

Прошло десять слишком месяцев моего житья на злополучном острове. Я был твердо убежден, что никогда до меня человеческая нога не ступала на эти пустынные берега, так что приходилось, по-видимому, отказаться от всякой надежды на избавление. Теперь, когда я был спокоен за безопасность моего жилья, я решил более основательно обследовать остров и посмотреть, нет ли на нем еще каких нибудь животных и растений, неизвестных мне до сей поры.

Я начал это обследование 15-го июля. Прежде всего я направился к той бухточке, где я причаливал с моими плотами. Пройдя мила две вверх по течению, я убедился, что прибив не доходит дальше, и, начиная с этого места и выше, вода в ручье была чистая и прозрачная. Вследствие сухого времени года, ручей местами если не пересох, то, во всяком случае, еле струился.

По берегам его тянулись красивые луга, ровные, гладкие, покрытые травой, а дальше, — там, где низина постепенно переходила в возвышенность и куда, как надо было думать, не достигал разлив, — рос в изобилии табак с высокими и толстыми стеблями. Там были и другие растения, каких я раньше никогда не видал; весьма возможно, что, знай я их свойства, я мог бы извлечь из них пользу для себя.

Я искал кассавы, из корня которой индейцы тех широт делают муку, но не нашел. Я увидел также большие растения из вида алоэ и сахарный тростник. Но я не знал, можно ли сделать какое нибудь употребление из алоэ; что же касается сахарного тростника, то он рос в диком состоянии и потому был плохого качества. На первый раз я удовольствовался этими открытиями и пошел домой, раздумывая по дороге о том, как бы мне научиться распознавать свойства и доброкачественность плодов и растений, которые я найду. Но мне не удалось ничего придумать. Во время пребывания в Бразилии я так мало обращал внимания на тамошнюю флору, что не знал даже самых обыкновенных полевых растений; во всяком случае мои сведения почти не пригодились мне в моем теперешнем затруднении.

На другой день, 16-го, я отправился той же дорогой, но прошел немного дальше, туда где кончался ручей и луга и начиналась более лесистая местность. В этой части острова я нашел разные плоды, в числе прочих дыни (в большом изобилии) и виноград. Виноградные лозы вились по стволам деревьев, и их роскошные гроздья только что созрели. Это открытие несколько удивило меня и очень обрадовало, однако, наученный опытом, я поел винограду с большой осторожностью, вспомнив, что во время пребывания моего в Берберии там умерло от дизентерии и лихорадки несколько человек невольников-англичан, объевшихся виноградом. Но я придумал великолепное употребление для этого винограда, а именно, высушить его на солнце и сделать из него изюм; я справедливо заключил, что он будет служить мне вкусным и здоровым лакомством в то время, когда виноград уже сойдет.

Я не вернулся домой в этот день; к слову сказать, это была первая моя ночь на острове, проведенная вне дома. Как и в день кораблекрушения, я взобрался на дерево и отлично выспался, а на утро продолжал свой обход. Судя по длине долины, я прошел еще мили четыре в прежнем направлении, то-есть на север, сообразуясь с грядами холмов на севере и на юге.

В конце этого пути было открытое место, заметно понижавшееся к западу. Родничек же, пробивавшийся откуда то сверху, тек в противоположном направлении, то есть на восток. Вся окрестность зеленела, цвела и благоухала точно сад, насажденный руками человека, в котором каждое растение блистало красой весеннего наряда.

Я спустился немного в эту очаровательную долину и с тайным удовольствием, хотя и не свободным от примеси никогда не покидавшей меня грусти, подумал, что все это мое, я — царь и хозяин этой земли; права мои на нее бесспорны, и если б я мог перевести ее в обитаемую часть света, она стала бы таким же безусловным достоянием моего рода, как поместье английского лорда. Тут было множество кокосовых пальм, апельсинных и лимонных деревьев, но все дикорастущих, и лишь на немногих из них были плоды, по крайней мере в тот момент. Тем не менее я нарвал зеленых лимонов, которые были не только приятны на вкус, но и очень мне полезны. Я пил потом воду с лимонным соком, и она очень меня освежала и подкрепляла.

Мне предстояло теперь много работы со сбором плодов и переноской их домой, так как я решил запастись виноградом и лимонами на приближавшееся дождливое время года.

С этой целью я собрал винограду и сложил его в большую кучу в одном месте и в кучу поменьше в другом месте. Так же поступил и с лимонами, сложив их в третью кучу. Затем, взяв с собой немного тех и других плодов, отправился домой, с тем, чтобы захватить мешок и унести домой остальное.

Итак, я вернулся домой (так я буду теперь называть мою палатку и пещеру) после трехдневного отсутствия, но к концу этого путешествия мой виноград совершенно испортился. Сочные, тяжелые ягоды раздавили друг друга и оказались совершенно негодными. Лимоны хорошо сохранились, но я принес их очень немного.

На следующий день, 19-го, я снова пустился в путь с двумя небольшими мешками, в которых собирался принести домой собранные плоды. Но как же я был поражен, когда, придя на то место, где у меня был сложен виноград, увидел, что мои роскошные спелые гроздья разбросаны по земле и сочные ягоды частью объедены, частью растоптаны. Значит, здесь хозяйничали какие то животные, но какие именно — я не знал.

Итак, убедившись, что складывать виноград в кучи и затем перетаскивать его в мешках невозможно, ибо мой сбор окажется частью уничтоженным, частью попорченным, я придумал другой способ. Нарвав порядочное количество винограду, я развесил его на деревьях так, чтобы он мог сохнуть на солнце. Что же касается лимонов, то я унес их с собой, сколько был в силах поднять.

Вернувшись домой, я с удовольствием обращался мыслью к плодоносной долине, открытой мной. Представляя себе ее живописное местоположение, я думал о том, как хорошо она защищена от ветров, какое в ней обилие воды и леса, и пришел к заключению, что мною выбрано для жилья одно из худших мест на острове. Естественно, что я стал мечтать, переселиться. Нужно было только подыскать в этой цветущей плодоносной долине подходящее местечко и сделать его таким же безопасным, как мое теперешнее жилище.

Эта мысль крепко засела у меня: красота долины прельщала меня, и я долго тешился мечтами о переселении. Но обсудив этот вопрос тщательнее и приняв в расчет, что теперь я живу в виду моря и, следовательно, имею хоть маленькую надежду на благоприятную для меня перемену, я решил отказаться от этого намерения. Тот самый злой рок, который занес меня на мой остров, мог занести на него и другого несчастного. Конечно, такая случайность была мало вероятна, но запереться среди холмов и лесов, в глубине острова, вдали от моря, значило заточить себя навеки и сделать освобождение для себя не только маловероятным, но и просто невозможным.

Однако, я был так пленен этой долиной, что провел там почти весь конец июля, и хотя, по зрелом размышлении, решил не переносить своего жилья на новое место, но поставил там себе шалаш, огородил его наглухо двойным плетнем выше человеческого роста, на крепких столбах, а промежуток между плетнями заложил хворостом; входил же и выходил по приставной лестнице, как и в старое жилье. Таким образом, я и здесь был в безопасности. Случалось, что я ночевал в своем шалаше по две, по три ночи подряд. Теперь у меня есть дом на берегу моря и дача в лесу, говорил я себе. Работы на ней заняли у меня все время до начала августа.

Я только что доделал ограду и начал наслаждаться плодами своих трудов, как полили дожди, и мне пришлось перебраться в мое старое гнездо. Правда, я и на новом месте поставил очень хорошую палатку, сделанную из паруса, но здесь у меня не было ни горы, которая защищала бы меня от ветров, ни пещеры, куда я мог бы укрыться, когда ливни становились чересчур сильными.

К началу августа, как сказано, я закончил достройку шалаша и дня два-три отдыхал. 3-го августа я заметил, что развешенные мною гроздья винограда совершенно высохли на солнце и превратились в превосходный изюм. С того же дня я начал снимать их с деревьев, и хорошо сделал, так как иначе их бы попортило дождем и я лишился бы большей части своих зимних запасов: у меня сушилось более двухсот больших кистей. Как только все было собрано и большею частью перенесено в пещеру, начались дожди и с 14-го августа до половины октября шли почти безостановочно изо дня в день. Иногда лило так сильно, что я по нескольку дней не высовывал носа из пещеры.

В этот период дождей я был удивлен неожиданным приращением моего семейства. Одна из моих кошек давно уже пропадала; я не знал, сбежала ли она или околела, и очень о ней сокрушался, как вдруг в конце августа она вернулась с тремя котятами. Это очень меня удивило, так как обе мои кошки были самки. Правда, я видел на острове диких котов (как я их называл) и даже подстрелил одного, но мне казалось, что эти зверьки совсем другой породы, чем наши европейские кошки, а между тем котята, которых привела с собой моя кошка, были как две капли воды похожи на свою мать. От этих трех котят у меня развелось такое несметное потомство, что я был вынужден истреблять кошек как вредных зверей и гнать их подальше от своего дома.

С 14-го по 26-е августа дожди не прекращались, и я почти не выходил из дому, ибо теперь я очень боялся промокнуть. Между тем, пока я отсиживался в пещере, выжидая ясной погоды, мои запасы провизии стали истощаться, так что два раза я даже рискнул выйти на охоту. В первый раз убил козу, а во второй, 26-го (это был последний день моего заточения), поймал огромную черепаху, и это было для меня целое пиршество. В то время моя еда распределялась так; на завтрак кисть винограда, на обед кусок козлятины или черепашьего мяса, — жареного, так как, на мое несчастье, мне не в чем было варить или тушить мясо и овощи, на ужин — два или три черепашьих яйца.

В течение двенадцати дней, которые я просидел в пещере, прячась от дождя, я ежедневно по два — по три часа посвящал земляным работам, расширяя свою пещеру. Я прокапывал ее все дальше в одну сторону до тех пор, пока не вывел ход наружу, за ограду. Я устроил там дверь, через которую мог свободно выходить и входить, не прибегая к приставной лестнице. Зато я не был так спокоен, как прежде: прежде мое жилье было со всех сторон загорожено, теперь доступ ко мне был открыт. Впрочем, мне некого бояться на моем острове, где я не видал ни одного животного крупнее козы.

30-е сентября. Итак, я дожил до печальной годовщины моего появления на острове: я сосчитал зарубки на столбе, и оказалось, что я живу здесь уже триста шестьдесят пять дней. Посвятил этот день строгому посту и выделил его для религиозных упражнений.

Весь этот год я не соблюдал воскресных дней. Так как вначале у меня не было никакого религиозного чувства, то мало-помалу я перестал отмечать воскресенья более длинной зарубкой на столбе; таким образом, у меня спутался счет недель, и я не помнил хорошенько, когда какой день. Но подсчитав, как сказано, число дней, проведенных мною на острове, и увидев, что я прожил на нем ровно год, я разделил этот год на недели, отметив каждый седьмой день как воскресенье. Впоследствии обнаружилось, однако, что я пропустил один или два дня.

Около этого времени мой запас чернил стал подходить к концу. Приходилось расходовать их экономнее; поэтому я прекратил ежедневные записи и стал отмечать лишь выдающиеся события моей жизни.

В это время я обратил внимание, что дождливое время года совершенно правильно чередуется с периодом бездождья, и, таким образом, мог заблаговременно подготовиться к дождям и засухе. Но свои знания я покупал дорогою ценою; то, о чем я сейчас расскажу, служит одной из самых печальных иллюстраций этого. Я уже упоминал выше, как я был поражен неожиданным появлением возле моего дома нескольких колосьев риса и ячменя, которые, как мне казалось, выросли сами собой. Помнится, было около тридцати колосьев риса и колосьев двадцать ячменя. И вот после дождей, когда солнце перешло в южное полушарие, я решил, что наступило самое подводящее время для посева.

Я вскопал, как мог, небольшой клочок земли деревянной лопатой, разделил его пополам и засеял одну половину рисом, а другую ячменем, но во время посева мне пришло в голову, что лучше на первый раз не высевать всех семян, так как я все таки не знаю наверно, когда нужно сеять. И я посеял около двух третей всего запаса зерна, оставив по горсточке каждого сорта про запас.

Большим было для меня счастьем, что я принял эту предосторожность, ибо из первого моего посева ни одно зерно не взошло; наступили сухие месяцы, и с того дня, как я засеял свое поле, влаги совсем не было, и зерно не могло взойти. Впоследствии же, когда начались дожди, оно взошло, как будто я только что посеял его.

Видя, что мой первый посев не всходит, что я вполне естественно объяснил засухой, я стал искать другого места с более влажной почвой, чтобы произвести новый опыт. Я разрыхлил новый клочок земли около моего шалаша и посеял здесь остатки зерна. Это было в феврале, незадолго до весеннего равноденствия. Мартовские и апрельские дожди щедро напоили землю: семена взошли великолепно и дали обильный урожай. Но так как семян у меня осталось очень мало и я не решился засеять их все, то и сбор вышел не велик, — не более половины пека[1] каждого сорта зерна. Зато я был теперь опытный хозяина и точно знал, какая пора наиболее благоприятна для посева и что ежегодно я могу сеять дважды и, следовательно, получать два сбора.

Покуда рос мой хлеб, я сделал маленькое открытие, которое впоследствии очень мне пригодилось. Как только прекратились дожди и погода установилась — это было приблизительно в ноябре — я отправился на свою лесную дачу, где нашел все в том же виде, как оставил, несмотря на то, что не был там несколько месяцев. Двойной плетень поставленный мной, был не только цел, но все его колья, на которые я брал росшие поблизости молодые деревца, пустили длинные побеги, совершенно так, как пускает их ива, если у нее срезать верхушку. Я не знал, какие это были деревья, и был очень приятно изумлен, увидя, что моя ограда зазеленела. Я подстриг все деревца, постаравшись придать им по возможности одинаковую форму. Трудно поверить, как красиво разрослись они в три года. Несмотря на то, что огороженное место имело до двадцати пяти ярдов в диаметре, деревья — так я могу их теперь называть — скоро покрыли его своими ветвями и давали густую тень, в которой можно было укрыться от солнца в период жары.

Это навело меня на мысль нарубить еще несколько таких же кольев и вбить их полукругом вдоль ограды моего старого жилья. Так я и сделал. Я повтыкал их в два ряда, ярдов на восемь отступя от прежней ограды. Они принялись, и вскоре у меня образовалась живая изгородь, которая сначала укрывала меня от зноя, а впоследствии послужила мне для защиты, о чем я расскажу в своем месте.

По моим наблюдениям на моем острове времена года следует разделить не на холодные и теплые, как они делятся у нас в Европе, а на дождливые и сухие, приблизительно таким образом:

Дожди: солнце стоит в зените или почти в зените. — С половины февраля до половины апреля.

---

[1] Пек — около 9 литров.

Засуха: солнце перемещается к северу. — С половины апреля до половины августа.

Дожди; солнце снова стоит в зените. — С половины августа до половины октября.

Засуха: солнце перемещается к югу. — С половины октября до половины февраля.

Дождливое время года может быть длиннее или короче в зависимости от направления ветра, но в общем приведенное деление правильно. Изведав на опыте, как вредно для здоровья пребывание под открытым небом во время дождя, я теперь всякий раз перед началом дождей заблаговременно запасался провизией, чтобы выходить пореже, и просиживал дома почти все дождливые месяцы.

Я пользовался этим временем для работ, которые можно было производить, не покидая моего жилища. В моем хозяйстве недоставало еще очень многих вещей, а чтобы сделать их, требовался упорный труд и неослабное прилежание. Я, например, много раз пытался сплести корзину, но все прутья, какие я мог достать для этого, оказывались такими ломкими, что у меня ничего не выходило. В детстве я очень любил ходить к одному корзинщику, жившему по соседству от нас, и смотреть, как он работает. Теперь это очень мне пригодилось. Как все вообще дети, я был очень услужлив и наблюдателен. Я хорошо подметил, как плетутся корзины, и часто даже помогал корзинщику, так что теперь мне не хватало только материала, чтобы приступить к работе. Вдруг мне пришло в голову, не подойдут ли для корзины ветки тех деревьев, из которых я нарубил кольев и которые потом проросли; ведь у этого дерева должны быть упругие, гибкие ветки, как у нашей английской вербы, ивы или лозняка. И я решил попробовать.

На другой же день я отправился на свою дачу, как я называл мое жилье в долине, нарезал там несколько веточек того дерева, выбирая самые тонкие, и убедился, что они как нельзя лучше годятся для моей цели. В следующий раз я пришел с топором, чтобы сразу нарубить, сколько мне нужно. Мне не пришлось искать, так как деревья той породы росли здесь в изобилии. Нарубив прутьев, и сволок их за ограду и принялся сушить, а когда они подсохли, перенес их в пещеру. В ближайший дождливый сезон я принялся за работу и наплел много корзин для носки земли, для укладки всяких вещей и для разных других надобностей. Правда, у меня они не отличались изяществом, но, во всяком случае, годились для своей цели. С тех пор я никогда я не забывал пополнять свой запас корзин: по я мере того, как старые разваливались, я плел новые. Особенно я запасался прочными глубокими корзинами для хранения в них зерна, вместо мешков, в ожидании, когда у меня накопится большое его количество.

Покончив с этим затруднением, на преодоление которого у меня ушла уйма времени, я стал придумывать, как мне восполнить еще два недостатка. У меня не было посуды для хранения жидкости, если не считать двух бочонков, которые были заняты ромом, да нескольких бутылок и бутылей, в которых я держал воду и спирт. У меня не было ни одного горшка, в котором можно было бы что нибудь сварить. Правда, я захватил с корабля большой котел, но он был слишком велик для того, чтобы варить в нем суп и тушить мясо. Другая вещь, о которой я часто мечтал, была трубка, но я не умел сделать ее. Однако, в конце концов, я придумал, чем ее заменить.

Все лето, то-есть все сухое время года я был занят устройством живой изгороди вокруг своего старого жилья и плетением корзин. Но тут явилось новое дело, которое отняло у меня больше времени, чем я рассчитывал уделить.

Выше я уже говорил, что мне очень хотелось обойти весь остров и что я несколько раз доходил до ручья и дальше, до того места долины, где я построил свой шалаш и откуда открывался вид на море по другую сторону острова. И вот я, наконец, решился пройти весь остров поперек и добраться до противоположного берега. Я взял ружье, топорик, больше чем всегда пороху, дроби и пуль, прихватил про запас два сухаря и большую кисть винограда и пустился в путь в сопровождения собаки. Пройдя то место долины, где стоял мой шалаш, я увидел впереди на западе море, а дальше виднелась полоса земли. Был яркий солнечный день, и я хорошо различал землю, но не мог определить, материк это или остров. Эта земля представляла высокое плоскогорье, тянулась с запада на юго-запад и отстояла очень далеко (по моему расчету, миль на сорок или на шестьдесят) от моего острова.

Я не имел понятия, что это за земля, и мог сказать только одно, что это? должно быть, какая нибудь часть Америки, лежащая, по всей вероятности, недалеко от испанских владений. Весьма возможно, что земля эта была населена дикарями и что, если б я попал туда вместо моего острова, мое положение было бы еще хуже. И как только у меня явилась эта мысль, я перестал терзаться бесплодными сожалениями, зачем меня выбросило именно сюда, преклонился перед волей провидения, которое, как я начинал теперь верить и сознавать, всегда и все устраивает к лучшему.

К тому же, обсудив хорошенько дело, а сообразил, что, если новооткрытая мною земля составляет часть испанских владений, то, рано или поздно, я непременно увижу какой нибудь корабль, идущий туда или оттуда. Если же это не испанские владения, то это береговая полоса, лежащая между испанскими владениями и Бразилией, населенная исключительно дикарями, и притом самыми свирепыми — каннибалами или людоедами, которые убивают и съедают всех, кто попадает им в руки.

Размышляя таким образом, я не спеша подвигался вперед. Эта часть острова показалась мне гораздо привлекательнее той, в которой я поселился: везде, куда ни взглянешь, зеленые луга, пестреющие цветами, красивые рощи. Я заметил здесь множество попугаев, и мне захотелось поймать одного из них я рассчитывал приручить его и научить говорить со мной. После многих бесплодных попыток мне удалось изловить птенца, оглушив его палкой; я привел его в чувство и принес домой. Но понадобилось несколько лет, прежде чем он заговорил; тем не менее, я все таки добился, что он стал называть меня по имени. С ним произошел один забавный случай, который насмешит читателя в своем месте.

Я остался как нельзя более доволен моим обходом. В низине, на лугах, мне попадались зайцы (или похожие на них животные) и много лисиц; но эти лисицы резко отличались от своих родичей, которых мне случалось видеть раньше. Мне не нравилось их мясо, хотя я и подстрелил их несколько штук. Да впрочем в этом не было и надобности в пище я не терпел недостатка. Можно даже сказать, что я питался очень хорошо. Я всегда мог иметь любой из трех сортов мяса: козлятину, голубей или черепаху, а с прибавкой изюма получался совсем роскошный стол, какого, пожалуй, не доставляет и Лиденгольский рынок. Таким образом, как ни плачевно было мое положение, все таки у меня было за что благодарить бога: я не только не терпел голода, но ел вдоволь и мог даже лакомиться.

Во время этого путешествия я делал не более двух миль в день, если считать по прямому направлению; но я так много кружил, осматривая местность в надежде, не встречу ли чего нового, что добирался до ночлега очень усталым. Спал я обыкновенно на дереве, а иногда, если находил подходящее место между деревьями, устраивал ограду из кольев, втыкая их от дерева до дерева, так что никакой хищник не мог подойти ко мне, не разбудив меня.

Дойдя до берега моря, я окончательно убедился, что выбрал для поселения самую худшую часть острова. На моей стороне я за полтора года поймал только трех черепах; здесь же весь берег был усеян ими. Кроме того, здесь было несметное множество птиц всевозможных пород, в числе прочих пингвины. Были такие, каких я никогда не видал, и такие, которых я не знал названий. Мясо многих из них оказалось очень вкусным.

Я мог бы, если бы хотел, настрелять припасть птиц, но я берег порох и дробь и предпочитал охотиться на коз, так как козы давали лучшее мясо. Но хотя здесь было много коз — гораздо больше, чем в моей части острова, — к ним было очень трудно подобраться, потому что местность здесь была ровная и они замечали меня гораздо скорее, чем когда я был на холмах.

Бесспорно, этот берег был гораздо привлекательнее моего, и тем не менее я не имел ни малейшего желания переселяться. Прожив в своем гнезде более полутора года, я к нему привык; здесь же я чувствовал себя, так сказать, на чужбине, и меня тянуло домой. Пройдя вдоль берега к востоку, должно быть, миль двенадцать или около того, я решил, что пора возвращаться. Я воткнул в землю высокую веху, чтобы заметить место, так как решил, что в следующий раз я приду сюда с другой стороны, то-есть с востока от моего жилища, и, таким образом, докончу обозрение моего острова.

Я хотел вернуться другой дорогой, полагал, что я всегда могу окинуть взглядом весь остров и не могу заблудиться. Однако, я ошибся в расчете. Отойдя от берега не больше двух-трех миль, я опустился в широкую котловину, которую со всех сторон и так тесно обступали холмы, поросшие густым лесом, что не было никакой возможности осмотреться. Я мог бы держать путь по солнцу, но для этого надо было в точности знать его положение в это время дня.

На мое горе погода была пасмурная. Не видя солнца в течение трех или четырех дней, я плутал, тщетно отыскивая дорогу. В конце концов, я принужден был выйти опять к берегу моря, на то место, где стояла моя веха, и оттуда вернулся домой прежним путем. Шел я не спеша, с частыми роздыхами, так как стояли страшно жаркие дни, а на мне было много тяжелых вещей — ружье, заряды, топор.

Во время этого путешествия моя собака вспугнула козленка и бросилась на него; но я во-время подбежал и отнял его живым. Мне хотелось взять его с собой: я давно уже мечтал приручить пару козлят и развести стадо ручных коз, чтоб обеспечить себя мясом к тому времени, когда у меня выйдут все запасы пороха и дроби.

Я устроил козленку ошейник и с некоторым трудом повел его на веревке (веревку я свил из пеньки от старых канатов и всегда носил ее с собою). Добравшись до своего шалаша, я пересадил козленка за ограду и там оставил, ибо мне не терпелось добраться поскорее до дому, где я не был уже больше месяца.

Не могу выразить, с каким чувством удовлетворения я вернулся на старое пепелище и растянулся в своем гамаке. Это путешествие и бесприютная жизнь так меня утомили, что мой «дом», как я его называл, показался мне вполне благоустроенным жилищем: здесь меня окружало столько удобств и было так уютно, что я решил никогда больше не уходить из него далеко, покуда мне суждено будет оставаться на этом острове.

С неделю я отдыхал и отъедался после моих скитаний. Большую часть этого времени я был занят трудным делом; устраивал клетку для моего Попки, который становился совсем ручным и очень со мной подружился. Затем я вспомнил о своем бедном козленке, которого оставил в моей ограде, и решился сходить за ним. Я застал его там, где оставил, да он и не мог уйти; но он почти умирал с голоду. Я нарубил сучьев и веток, какие мне попались под руку, и перебросил ему за ограду. Когда он поел, я хотел было вести его на веревке, как раньше, но от голоду он до того присмирел, что побежал за мной, как собака. Я всегда кормил его сам, и он сделался таким ласковым и ручным, что вошел в семью моих домашних животных и впоследствии никогда не отходил от меня.

Опять настала дождливая пора осеннего равноденствия, и опять я торжественно отпраздновал 30-е сентября — вторую годовщину моего пребывания на острове. Надежды на избавление у меня было так же мало, как и в момент моего прибытия сюда. Весь день 30-е сентября я провел в благочестивых размышлениях, смиренно и с благодарностью вспоминая многие милости, которые были ниспосланы мне в моем уединении и без которых мое положение было бы бесконечно печально.

Теперь, наконец, я ясно ощущал, насколько моя теперешняя жизнь, со всеми ее страданиями и невзгодами, счастливее той позорной, исполненной греха, омерзительной жизни, какую я вел прежде. Все во мне изменилось: горе и радость я понимал теперь совершенно иначе; не те были у меня желания, страсти потеряли свою остроту; то, что в момент моего прибытия сюда и даже в течение этих двух лет доставляло мне наслаждение, теперь для меня не существовало.

Таково было состояние моего духа, когда начался третий год моего заточения. Я не хотел утомлять читателя мелочными подробностями, и потому второй год моей жизни на острове описан у меня не так обстоятельно, как первый. Все же нужно сказать, что я и в этот год редко оставался праздным. Я строго распределил свое время соответственно занятиям, которым я предавался в течение дня. На первом плане стояли религиозные обязанности и чтение священного писания, которым я неизменно отводил известное время три раза в день. Вторым из ежедневных моих дел была охота, занимавшая у меня часа по три каждое утро, когда не было дождя. Третьим делом была сортировка, сушка и приготовление убитой или пойманной дичи; на эту работу уходила большая часть дня. При этом следует принять в расчет, что, начиная с полудня, когда солнце подходило к зениту, наступал такой удручающий зной, что не было возможности даже двигаться, затем оставалось еще не более четырех вечерних часов, которые я мог уделить на работу. Случалось и так, что я менял часы охоты и домашних занятий: поутру работал, а перед вечером выходил на охоту.

У меня не только было мало времени, которое я мог посвящать работе, но она стоила мне также невероятных усилий и подвигалась очень медленно. Сколько часов терял я из за отсутствия инструментов, помощников и недостатка сноровки! Так, например, я потратил сорок два дня только на то, чтобы сделать доску для длинной полки, которая была нужна для моего погреба, между тем как два плотника, имея необходимые инструменты, выпиливают из одного дерева шесть таких досок в пол-дня.

Процедура была такова: я выбрал большое дерево, так как мне была нужна большая доска. Три дня я рубил это дерево и два дня обрубал с него ветви, чтобы получить бревно. Уж и не знаю, сколько времени я обтесывал и обстругивал его с обеих сторон, покуда тяжесть его не уменьшилась настолько, что его, можно было сдвинуть с места. Тогда я обтесал одну сторону начисто по всей длине бревна, затем перевернул его этой стороной вниз и обтесал таким же образом другую. Эту работу я продолжал до тех пор, пока не получил ровной и гладкой доски, толщиною около трех дюймов. Читатель может судить, какого труда стоила мне эта доска. Но упорство и труд помогли мне довести до конца как эту работу, так и много других. Я привел здесь эти подробности, чтобы объяснить, почему у меня уходило так много времени на сравнительно небольшую работу, то-есть небольшую при условии, если у вас есть помощник и инструменты, но требующую огромного времени и усилий, если делать ее одному и чуть не голыми руками.

Несмотря на все это, я терпением и трудом довел до конца все работы, к которым был вынужден обстоятельствами, как видно будет из последующего.

В ноябре и декабре я ждал моего урожая ячменя и риса. Засеянный мной участок был невелик, ибо, как уже сказано, у меня вследствие засухи пропал весь посев первого года и оставалось не более половины пека каждого сорта зерна. На этот раз урожай обещал быть превосходным; как вдруг я сделал открытие, что я снова рискую потерять весь сбор, так как мое поле опустошается многочисленными врагами, от которых трудно уберечься. Эти враги были, во первых, козы, во вторых, те зверьки, которых я назвал зайцами. Очевидно, стебельки риса и ячменя пришлись им по вкусу; они дневали и ночевали на моем поле и начисто подъедали всходы, не давая им возможности выкинуть колос.

Против этого было лишь одно средство: огородить все поле, что я и сделал. Но эта работа стоила мне большого труда, главным образом, потому, что надо было спешить. Впрочем, мое поле было таких скромных размеров, что через три недели изгородь была готова. Днем я отпугивал врагов выстрелами, а на ночь привязывал к изгороди собаку, которая лаяла всю ночь напролет. Благодаря этим мерам предосторожности прожорливые животные ушли от этого места; мой хлеб отлично выколосился и стал быстро созревать.

Но как прежде, пока хлеб был в зеленях, меня разоряли четвероногие, так начали разорять меня птицы теперь, когда он заколосился. Как то раз, обходя свою пашню, я увидел, что около нее кружатся целые стаи пернатых, видимо карауливших, когда я уйду. Я сейчас же выпустил в них заряд дроби (так как всегда носил с собой ружье), но не успел я выстрелить, как с самой пашни поднялась другая стая, которой я сначала не заметил.

Это не на шутку взволновало меня. Я предвидел, что еще несколько дней такого грабежа и пропадут все мои надежды; я, значит, буду голодать, и мне никогда не удастся собрать урожай. Я не мог придумать, чем помочь горю. Тем не менее я решил во что бы то ни стало отстоять свой хлеб, хотя бы мне пришлось караулить его день и ночь. Но сначала я обошел все поле, чтобы удостовериться, много ли ущерба причинили мне птицы. Оказалось, что хлеб порядком попорчен, но так как зерно еще не совсем созрело, то потеря была бы не велика, если б удалось сберечь остальное.

Я зарядил ружье и сделал вид, что ухожу с поля (я видел, что птицы прятались на ближайших деревьях и ждут, чтобы я ушел). Действительно, едва я скрылся у них из виду, как эти воришки стали спускаться на поле одна за другой. Это так меня рассердило, что я не мог утерпеть и не дождался, пока их спустится побольше. Я знал, что каждое зерно, которое они съедят теперь, может принести со временем целый пек хлеба. Подбежав к изгороди, я выстрелил: три птицы остались на месте. Того только мне и нужно было: я поднял всех трех и поступил с ними, как поступают у нас в Англии с ворами-рецидивистами, а именно: повесил их для острастки других. Невозможно описать, какое поразительное действие произвела эта мера: не только ни одна птица не села больше на поле, но все улетели из моей части острова, по крайней мере, я не видал ни одной за все время, пока мои три путала висели на шесте. Легко представить, как я был этому рад. К концу декабря — время второго сбора хлебов — мои ячмень и рис поспели, и я снял урожай.

Перед жатвой я был в большом затруднения, не имея ни косы, ни серпа, единственное, что я мог сделать — это воспользоваться для этой работы широким тесаком, взятым мною с корабля в числе другого оружия. Впрочем, урожай мой был так невелик, что убрать его не составляло большого труда, да и убирал я его особенным способом: я срезывал только колосья, которые и уносил в большой корзине, а затем перетер их руками. В результате из половины пека семян каждого сорта вышло около двух бушелей[1] рису и слишком два с половиной бушеля ячменя, конечно, по приблизительному расчету, так как у меня не было мер.

Такая удача очень меня ободрила: теперь я мог надеяться, что со временем у меня будет, с божьей помощью, постоянный запас хлеба. Но передо мной явились новые затруднения. Как измолоть зерно или превратить его в муку? Как просеять муку? Как сделать из муки тесто? Как, наконец, испечь из теста хлеб? Ничего этого я не умел. Все эти затруднения в соединении с желанием отложить про запас побольше семян, чтобы без перерывов обеспечить себя хлебом, привели меня к решению не трогать урожая этого года, оставив его весь на семена, а тем временем посвятить все рабочие часы и приложить все старания для разрешения главной задачи, тоесть превращения зерна в хлеб.

Теперь про меня можно было буквально сказать, что я зарабатываю свой хлеб. Удивительно как мало людей задумывается над тем, сколько надо произвести различных мелких работ для приготовления только самого простого предмета нашего питания — хлеба.

Благодаря самым первобытным условиям жизни, все эти трудности угнетали меня и давали себя чувствовать все сильнее и сильнее, начиная с той минуты, когда я собрал первую горсть зерен ячменя и риса, так неожиданно выросших у моего дома.

Во первых, у меня не было ни плуга для вспашки, ни даже заступа или лопатки, чтобы хоть как нибудь вскопать землю. Как уже было сказано; я преодолел это препятствие, сделав себе деревянную лопату. Но каков инструмент, такова и работа. Не говоря уже о том, что моя лопата, не будучи обита железом, служила очень недолго (хотя, чтобы сделать ее, мне понадобилось много дней), работать ею было тяжелее, чем железной, и сама работа выходила много хуже.

---

[1] Бушель равен приблизительно 11 гарнцам или 36 литрам (урожай сам-двенадцать).

Однако, я с этим примирился: вооружившись терпением и не смущаясь качеством своей работы, я продолжал копать. Когда зерно было посеяно, нечем было забороновать его. Пришлось вместо бороны возить по полю большой тяжелый сук, который, впрочем, только царапал землю.

А сколько разнообразных дел мне пришлось переделать; пока мой хлеб рос и созревал, надо было обнести поле оградой, караулить его, потом жать, убирать, молотить (то-есть перетирать в руках колосья, чтобы отделить зерно от мякины). Потом мне нужны были: мельница, чтобы смолоть зерно, сита, чтобы просеять муку, соль и дрожжи, чтобы замесить тесто, печь, чтобы выпечь хлеб. И, однако, как увидит читатель, я обошелся без всех этих вещей. Иметь хлеб было для меня неоцененной наградой и наслаждением. Все это требовало от меня тяжелого и упорного труда, но итого выхода не было. Время мое было распределено, и я занимался этой работой несколько часов ежедневно. А так как я решил не расходовать зерна до тех пор, пока его не накопится побольше, то у меня было впереди шесть месяцев, которые я мог всецело посвятить изобретению и изготовлению орудий, необходимых для переработки зерна в хлеб. Но сначала надо было приготовить под посев более обширный участок земли, так как теперь у меня было столько семян, что я мог засеять больше акра[1]. Еще прежде я сделал лопату, что отняло у меня целую неделю. Новая лопата доставила мне одно огорчение: она была тяжела, и ею было вдвое труднее работать. Как бы то ни было, я вскопал свое поле и засеял два большие и ровные участка земли, которые я выбрал как можно ближе к моему дому и обнес частоколом из того дерева, которое так легко принималось. Таким образом, через год мой частокол должен был превратиться в живую изгородь, почти не требующую исправления. Все вместе — распашка земли и сооружение изгороди — заняло у меня не менее трех

---

[1] *Акр — земельная мера, равна 4047 квадратным метрам.*

месяцев, так как большая часть работы пришлась на дождливую пору, когда я не мог выходить из дому.

В те дни, когда шел дождь и мне приходилось сидеть в пещере, я делал другую необходимую работу, стараясь между делом развлекаться разговорами со своим попугаем. Скоро он уже знал свое имя, а потом научился довольно громко произносить его. «Попка» было первое слово, какое я услышал на моем острове, так сказать, из чужих уст. Но разговоры с Попкой, как уже оказано, были для меня не работой, а только развлечением в труде. В то время я был занят очень важным делом. Давно уже я старался тем или иным способом изготовить себе глиняную посуду, в которой я сильно нуждался; но совершенно не знал, как осуществить это. Я не сомневался, что сумею вылепить что нибудь вроде горшка, если только мне удастся найти хорошую глину. Что же касается обжигания, то я считал, что в жарком климате для этого достаточно солнечного тепла и что, просохнув на солнце, посуда будет настолько крепка, что можно будет брать ее в руки и хранить в ней все припасы, я которые надо держать в сухом виде. И вот я решил вылепить несколько штук кувшинов, возможно большего размера, чтобы хранить в них зерно, муку и т. п.

Воображаю, как посмеялся бы надо мной (а может быть, и пожалел бы меня) читатель, если б я поведал, как неумело я замесил глину, какие нелепые, неуклюжие, уродливые произведения выходили у меня, сколько моих изделий развалилось оттого, что глина была слишком рыхлая и не выдерживала собственной тяжести, сколько других потрескалось оттого, что я поспешил выставить их на солнце, и сколько рассыпалось на мелкие куски при первом же прикосновении к ним как до, так и после просушки. Довольно сказать, что после двухмесячных неутомимых трудов, когда я, наконец, нашел глину, накопал ее, принес домой и начал работать, у меня вышло только две больших безобразных глиняных посудины, потому что кувшинами их нельзя было назвать.

Когда мои горшки хорошо высохли и затвердели на солнце, я осторожно приподнял их один за другим и поставил каждый в большую корзину, которые сплел нарочно для них. В пустое пространство между горшками и корзинами напихал рисовой и ячменной соломы. Чтобы горшки эти не отсырели, я предназначил их для хранения сухого зерна, а со временем, когда оно будет перемолото, под муку.

Хотя крупные изделия из глины вышли у меня неудачными, дело пошло значительно лучше с мелкой посудой: круглыми горилками, тарелками, кружками, котелками и тому подобными вещицами: солнечный жар обжигал их и делал достаточно прочными.

Но моя главная цель все же не была достигнутая мне нужна была посуда, которая не пропускала бы воду и выдерживала бы огонь, а этого то я и не мог добиться. Но вот как то раз я развел большой огонь, чтобы приготовить себе мясо. Когда мясо изжарилось, я хотел загасить уголья и нашел между ними случайно попавший в огонь черепок от разбившегося глиняного горшка: он затвердел, как камень, и стал красным, как кирпич. Я был приятно поражен этим открытием и сказал себе, что если черепок так затвердел от огня, то, значит, с таким же успехом можно обжечь на огне и целую посудину.

Это заставило меня подумать о том, как развести огонь для обжигания моих горшков. Я не имел никакого понятия о печах для обжигания извести, какими пользуются гончары, и ничего не слыхал о муравлении свинцом, хотя у меня нашлось бы для этой цели немного свинца. Поставив на кучу горячей золы три больших глиняных горшка и на них три поменьше, я обложил их кругом и сверху дровами и хворостом и раздел огонь. По мере того, как дрова прогорали, я подкладывал новые поленья, пока мои горшки не прокалились насквозь, причем ни один из них не раскололся. В этом раскаленном состоянии я держал их в огне часов пять или шесть, как вдруг заметил, что один из них начал плавиться, хотя остался цел: это расплавился от жара смешанный с глиной песок, который превратился бы в стекло, если бы я продолжал накалять его. Я постепенно убавил огонь, и красный цвет горшков стал менее ярок. Я сидел подле них всю ночь, чтобы не дать огню слишком быстро погаснуть, и к утру в моем распоряжении было три очень хороших, хотя и не очень красивых, глиняных кувшина и три горшка, так хорошо обожженных, что лучше нельзя и желать, и в том числе один муравленный расплавившимся песком.

Нечего и говорить, что после этого опыта у меня уже не было недостатка в глиняной посуде. Но должен сознаться, что по части внешнего вида моя посуда оставляла желать многого. Да и можно ли этому удивляться? Ведь я делал ее таким же способом, как дети делают куличи из грязи или как делают пироги женщины, которые не умеют замесить тесто.

Я думаю, ни один человек в мире не испытывал такой радости по поводу столь заурядной вещи, какую испытал я, когда убедился, что мне удалось сделать вполне огнеупорную глиняную посуду. Я едва мог дождаться, когда мои горшки остынут, чтобы можно было налить в один из них воды и сварить в нем мясо. Все вышло превосходно: я сварил себе из куска козленка очень хорошего супу, хотя у меня не было ни овсяной муки, ни других приправ, какие обыкновенно кладутся туда.

Следующей моей заботой было придумать, как сделать каменную ступку, чтобы размалывать или, вернее, толочь в ней зерно; имея только пару своих рук, нельзя было и думать о таком сложном произведении искусства, как мельница. Я был в большом затруднении, как выйти из этого положения; в ремесле каменотеса я был круглым невеждой, и, кроме того, у меня не было инструментов. Не один день потратил я на поиски подходящего камня, то-есть достаточно твердого и такой величины, чтобы в нем можно было выдолбить углубление, но ничего не нашел. На моем острове были, правда, большие утесы, но от них я не мог ни отколоть, ни отломать нужный кусок. К тому же эти утесы были из довольно хрупкого песчаника; при толчении тяжелым пестом камень стал бы непременно крошиться, и зерно засорялось бы песком. Таким образом, потеряв много времени на бесплодные поиски, я отказался от каменной ступки и решил приспособить для этой цели большую колоду из твердого дерева, которую мне удалось найти гораздо скорее. Остановив свой выбор на чурбане такой величины, что я с трудом мог его сдвинуть, я обтесал его топором, чтобы придать ему нужную форму, а затем, с величайшим трудом, выжег в нем углубление, вроде того как бразильские краснокожие делают лодки. Покончив со ступкой, я вытесал большой тяжелый пест из так называемого железного дерева. И ступку и пест я приберег до следующего урожая, который я решил уже перемолоть или вернее перетолочь на муку, чтобы готовить из нее хлеб.

Дальнейшее затруднение заключалось в том, как сделать сито или решето для очистки муки от мякины и сора, без чего невозможно было готовить хлеб. Задача была очень трудная, и я не знал даже, как к ней приступиться. У меня не было для этого никакого материала; ни кисеи, ни редкой ткани, через которую можно было бы пропускать мужу. От полотняного белья у меня оставались одни лохмотья; была козья шерсть, но я не умел ни прясть, ни ткать, а если б и умел, то все равно у меня не было ни прялки, ни станка. На несколько месяцев дело остановилось совершенно, и я не знал, что предпринять. Наконец, я вспомнил, что между матросскими вещами, взятыми мною с корабля, было несколько шейных платков из коленкора или муслина. Из этих то платков я и сделал себе три сита, правда, маленьких, но вполне годных для работы. Ими я обходился несколько лет; о том же, как я устроился впоследствии, будет рассказано в своем месте.

Теперь надо было подумать о том, как я буду печь свои хлебы, когда приготовлю муку. Прежде всего у меня совсем не было закваски; так как и заменить ее было нечем, то я перестал ломать голову над этим. Но устройство печи сильно затрудняло меня. Тем не менее я, наконец, нашел выход. Я вылепил из глины несколько больших круглых посудин, очень широких, но мелких, а именно: около двух футов в диаметре и не более девяти дюймов в глубину, блюда эти я хорошенько обжег на огне и спрятал в кладовую. Когда пришла пора печь хлеб, я развел большой огонь на очаге, который выложил четырехугольными хорошо обожженными плитами, также моего собственного приготовления. Впрочем, четырехугольными их, пожалуй, лучше не называть. Дождавшись, чтобы дрова перегорели, я разгреб уголья по всему очагу и дал им полежать несколько времени, пока очаг не раскалился. Тогда я отгреб весь жар к сторонке, поместив на очаге свои хлебы, накрыл их глиняным блюдом, опрокинув его кверху дном, и завалил горячими угольями. Мои хлебы испеклись, как в самой лучшей печке.

Я научился печь лепешки из рису и пудинги и стал хорошим пекарем; только пирогов я не делал, да и то потому, что, кроме козлятины да птичьего мяса, их было нечем начинять.

Неудивительно, что на все эти работы ушел почти весь третий год моего житья на острове, особенно если принять во внимание, что в промежутках мне нужно было убрать новый урожай и исполнять текущие работы по хозяйству. Хлеб я убрал своевременно, сложил в большие корзины и перенес домой, оставив его в колосьях, пока у меня найдется время перетереть их. Молотить я не мог за неимением гумна и цепа.

Между тем с увеличением моего запаса зерна у меня явилась потребность в более обширном амбаре. Последняя жатва дала мне около двадцати бушелей ячменя и столько же, если не больше, рису, так что для всего зерна не хватало места. Теперь я мог, не стесняясь, расходовать его на еду, что было очень приятно, так как сухари давно уже вышли. Я решил при этом рассчитать, какое количество зерна потребуется для моего продовольствия в течение года, чтобы сеять только раз в год.

Оказалось, что сорок бушелей рису и ячменя мне с избытком хватает на год, и я решил сеять ежегодно столько, сколько посеял в этом году, рассчитывая, что мне будет достаточно и на хлеб и на лепешки и т. п.

За этой работой я постоянно вспоминал про землю, которую видел с другой стороны моего острова, и в глубине души не переставал лелеять надежду добраться до этой земли, воображая, что, в виду материка или вообще населенной страны, я как нибудь найду возможность проникнуть дальше, а может быть и вовсе вырваться отсюда.

Но я упускал из виду опасности, которые могли грозить мне в таком предприятии; я не думал о том, что могу попасть в руки дикарей, (которые будут, пожалуй, похуже африканские тигров и львов; что, очутись я в их власти, была тысяча шансов против одного, что я буду убит, а может быть и съеден. Ибо я слышал что обитатели Караибского берега — людоеды, а судя по широте, на которой находился мой остров, он не мог быть особенно далеко от этого берега. Но даже, если обитателей той земли не были людоедами, они все равно могли убить меня, как они убивали многих попадавших к ним европейцев, даже когда тех бывало десять-двадцать человек. А ведь я был один и беззащитен. Все это, повторяю, я должен был бы принять в соображение. Потом то я и понял всю несообразность своей затеи, но в то время меня не пугали никакие опасности: моя голова всецело была занята мыслями о том, как бы попасть на тот отдаленный берег.

Вот когда я пожалел о моем маленьком приятеле Ксури и о парусном боте, на котором я прошел вдоль африканских берегов слишком тысячу миль! Но что толку было вспоминать?.. Я решил сходить взглянуть на нашу корабельную шлюпку, которую еще в ту бурю, когда мы потерпели крушение, выбросило на остров в нескольких милях от моего жилья. Шлюпка лежала не совсем на прежнем месте: ее опрокинуло прибоем кверху дном и отнесло немного повыше, на самый край песчаной отмели, и воды около нее не было.

Если б мне удалось починить и спустить на воду эту шлюпку, она выдержала бы морское путешествие, и я без особенных затруднений добрался бы до Бразилии. Но для такой работы было мало одной пары рук. Я упустил из виду, что перевернуть и сдвинуть с места эту шлюпку для меня такая же непосильная задача, как сдвинуть с места мой остров. Но, не взирая ни на что, я решил сделать все, что было в моих силах: отправился в лес, нарубил жердей, которые должны были служить мне рычагами, я перетащил их к шлюпке. Я обольщал себя мыслью, что, если мне удастся перевернуть шлюпку на дно, я исправлю ее повреждения, и у меня будет такая лодка, в которой смело можно будет пуститься в море.

И я не пожалел сил на эту бесплодную работу, потратив на нее недели три или четыре. Убедившись под конец, что с моими слабыми силами мне не поднять такую тяжесть, я принялся подкапывать песок с одного боку шлюпки, чтобы она упала и перевернулась сама; при этом я то здесь, то там подкладывал под нее обрубки дерева, чтобы направить ее падение, куда нужно.

Но когда я закончил эти подготовительные работы, я все же был неспособен ни пошевелить шлюпку, ни подвести под нее рычали, а тем более спустить ее на воду, так что мне пришлось отказаться от своей затеи. Несмотря на это, мое стремление пуститься в океан не только не ослабевало, но, напротив, возрастало вместе с ростом препятствий на пути к его осуществлению.

Наконец, я решил попытаться сам сделать лодку, или еще лучше пирогу, как их делают туземцы в этих странах, почти без всяких инструментов и без помощников, прямо из ствола большого дерева. Я считал это не только возможным, но и легким делом, и мысль об этой работе очень увлекала меня. Мне казалось, что у меня больше средств для выполнения ее, чем у негров или индейцев. Я не принял во внимание большого неудобства моего положения сравнительно с положением дикарей, а именно — недостатка рук, чтобы спустить пирогу на воду, а между тем это препятствие было гораздо серьезнее, чем недостаток инструментов. Допустим, я нашел бы в лесу подходящее толстое дерево и с великим трудом свалил его; допустим даже, что, с помощью своих инструментов, я обтесал бы его снаружи и придал ему форму лодки, затем выдолбил или выжег внутри, словом, сделал бы лодку. Какая была мне от этого польза, если я не мог спустить на воду свою лодку и должен был бы оставить ее в лесу?

Конечно, если бы я хоть сколько нибудь отдавал себе отчет в своем положении, приступая к сооружению лодки, я непременно задал бы вопрос, как я спущу ее на воду. Но все мои помыслы до такой степени были поглощены предполагаемым путешествием, что я совсем не остановился на этом вопросе, хотя было очевидно, что несравненно легче проплыть на лодке сорок пять миль по морю, чем протащить ее по земле на расстоянии сорока пяти сажен, отделявших ее от воды.

Одним словом, взявшись за эту работу, я вел себя таким глупцом, каким только может оказаться человек в здравом уме. Я тешился своей затеей, не давая себе труда рассчитать, хватит ли у меня сил справиться с ней. И не то, чтобы мысль о спуске на воду совсем не приходила мне в голову, — но я не давал ей ходу, устраняя ее всякий раз глупейшим ответом: «Прежде сделаю лодку, а там уж, наверно, найдется способ спустить ее».

Рассуждение самое нелепое, но моя разыгравшаяся фантазия не давала мне покоя, и я принялся за работу. Я повалил огромнейший кедр. Думаю, что у самого Соломона не было такого во время постройки иерусалимского храма. Мой кедр имел пять футов десять дюймов в поперечнике у корней, на высоте двадцати двух футов — четыре фута одиннадцать дюймов; дальше ствол становился тоньше, разветвлялся. Огромного труда стоило мне свалить это дерево. Двадцать дней я рубил самый ствол, да еще четырнадцать дней мне понадобилось, чтобы обрубить сучья и отделить огромную, развесистую верхушку. Целый месяц я обделывал мою колоду снаружи, стараясь придать ей форму лодки, так чтобы она могла держаться на воде прямо. Три месяца ушло потом на то, чтобы выдолбить ее внутри. Правда, я обошелся без огня и работал только стамеской и молотком. Наконец, благодаря упорному труду, мной была сделана прекрасная пирога, которая смело могла поднять человек двадцать пять, а следовательно и весь мой груз.

Я был в восторге от своего произведения: никогда в жизни я не видал такой большой лодки из цельного дерева. Зато и стоила же она мне труда. Теперь осталось только спустить ее на воду, и я не сомневался, что, если бы это мне удалось, я предпринял бы безумнейшее и самое безнадежное из всех морских путешествий, когда либо предпринимавшихся. Но все мои старания спустить ее на соду не привели ни к чему, несмотря на то, что они стоили мне огромного труда. До воды было никак не более ста ярдов; но первое затруднение было в том, что местность поднималась к берегу в гору. Я храбро решился его устранить, сняв всю лишнюю землю таким образом, чтобы образовался пологий спуск. Страшно вспомнить, сколько труда я положил на эту работу (но кто бережет труд, когда дело идет о получении свободы?). Когда это препятствие было устранено, дело не подвинулось ни на шаг: я не мог пошевелить мою пирогу, как раньше не мог пошевелить шлюпку.

Тогда я измерил расстояние, отделявшее мою лодку от моря, и решил вырыть канал: видя, что я не в состоянии подвинуть лодку к воде, я хотел подвести воду к лодке. И я уже начал было копать, но когда я прикинул в уме необходимую глубину и ширину канала, когда подсчитал, в какое приблизительно время может сделать такую работу один человек, то оказалось, что мне понадобится не менее десяти, двенадцати лет, чтобы довести ее до конца. Берег был здесь очень высок, и ею надо было бы углублять, по крайней мере, на двадцать футов.

К моему крайнему сожалению, мне пришлось отказаться от этой попытки.

Я был огорчен до глубины души и тут только сообразил — правда, слишком поздно — как глупо приниматься за работу, не рассчитав, во что она обойдется и хватит ли у нас сил для доведения ее до конца.

В разгар этой работы наступила четвертая годовщина моего житья на острове. Я провел этот день, как и прежде, в молитве и со спокойным духом. Благодаря постоянному и прилежному чтению слова божия и благодатной помощи свыше, я стал видеть вещи в совсем новом свете. Все мои понятия изменились, мир казался мне теперь далеким и чуждым. Он не возбуждал во мне никаких надежд, никаких желаний. Словом, мне нечего было делать там, и я был разлучен с ним, по-видимому, навсегда. Я смотрел на него такими глазами, какими, вероятно, мы смотрим на него с того света, то-есть как на место, где я жил когда то, но откуда ушел навсегда. Я мог бы сказать миру теперь, как Авраам богачу: «Между мной и тобой утверждена великая пропасть».

В самом деле, я ушел от всякой мирской скверны; у меня не было ни плотских искушений, ни соблазна очей, ни гордости жизни. Мне нечего было желать, потому что я имел все, чем мог наслаждаться. Я был господином моего острова или, если хотите, мог считать себя королем или императором всей страны, которой я владел. У меня не было соперников, не было конкурентов, никто не оспаривал моей власти, я ни с кем ее не делил. Я мог бы нагрузить целые корабли, но мне это было не нужно, и я сеял ровно столько, чтобы хватило для меня. У меня было множество черепах, но я довольствовался тем, что изредка убивал по одной. У меня было столько лесу, что я мог построить целый флот, и столько винограду, что все корабли моего флота можно было бы нагрузить вином и изюмом.

Я придавал цену лишь тому, чем мог как нибудь воспользоваться. Я был сыт, потребности моя удовлетворялись, — для чего же мне было все остальное? Если б я настрелял больше дичи или посеял больше хлеба, чем был бы в состоянии съесть, мой хлеб заплесневел бы в амбаре, а дичь пришлось бы выкинуть или она стала бы добычей червей. Срубленные мною деревья гнили; я мог употреблять их только на топливо, а топливо мне было нужно только для приготовления пищи.

Одним словом, природа, опыт и размышление научили меня понимать, что мирские блага ценны для нас лишь в той степени, в какой они способны удовлетворять наши потребности, и что сколько бы мы ни накопили богатств, мы получаем от них удовольствие лишь в той мере, в какой можем использовать их, но не больше. Самый неисправимый скряга вылечился бы от своего порока, если бы очутился на моем месте и не знал, как я, куда девать свое добро. Повторяю, мне было нечего желать, если не считать некоторых вещей, которых у меня не было, все разных мелочей, однако очень нужных для меня. Как я уже сказал, у меня было немного денег, серебра и золота, всего около тридцати шести фунтов стерлингов. Увы, они лежали, как жалкий, ни на что негодный хлам: мне было некуда их тратить. С радостью отдал бы я пригоршню этого металла за десяток трубок для табаку или ручную мельницу, чтобы размалывать свое зерно! Да что я! — я отдал бы все эти деньги за шестипенсовую пачку семян репы и моркови, за горсточку гороху и бобов или за бутылку чернил. Эти деньги не давали мне ни выгод, ни удовольствия. Так и лежали они у меня в шкафу и в дождливую погоду плесневели от сырости моей пещеры. И будь у меня полон шкаф брильянтов, они точно так жене имели бы для меня никакой цены, потому что были бы совершенно не нужны мне.

Мне жилось теперь гораздо лучше, чем раньше, и в физическом и в нравственном отношении. Садясь за еду, я часто исполнялся глубокой признательности к щедротам провидения, уготовившего мне трапезу в пустыне. Я научился смотреть больше на светлые, чем на темные стороны моего положения, и помнить больше о том, что у меня есть, чем о том, чего я лишен. И это доставляло мне минуты невыразимой внутренней радости. Я говорю об этом для тех несчастных людей, которые никогда ничем не довольны, которые не могут спокойно наслаждаться дарованными им благами, потому что им всегда хочется чего нибудь такого, чего у них нет. Все наши сетования по поводу того, чего мы лишены, проистекают, мне кажется, от недостатка благодарности за то, что мы имеем.

Целыми часами, — целыми днями, можно оказать, — я в самых ярких красках представлял себе, что бы я делал, если бы мне ничего не удалось спасти с корабля. Моей единственной пищей были бы рыбы и черепахи. А так как прошло много времени, прежде чем я нашел черепах, то я просто умер бы с голоду. А если бы не погиб, то жил бы, как дикарь. Ибо допустим, что мне удалось бы когда нибудь убить козу или птицу, я все же не мог бы содрать с нее шкуру, разрезать и выпотрошить ее. Я бы принужден был кусать ее зубами и разрывать ногтями, как дикий зверь.

После таких размышлений я живее чувствовал благость ко мне провидения и от всего сердца благодарил бога за свое настоящее положение со всеми его лишениями и невзгодами. Пусть примут это к сведению все те, кто в горькие минуты жизни любит говорить: «Может ли чье нибудь горе сравниться с моим».

Пусть они подумают, как много на земле людей несравненно несчастнее их и во сколько раз их собственное несчастье могло бы быть ужаснее, если б то было угодно провидению. Словом, если, с одной стороны, моя жизнь была безотрадна, то, с другой, я должен был быть благодарен уже за то, что живу; а чтобы сделать эту жизнь вполне счастливой, мне надо было только постоянно помнить, как добр и милостив господь, пекущийся обо мне. И когда я беспристрастно взвесил все это, я успокоился и перестал грустить.

Я так давно жил на моем острове, что многие из взятых мною с корабля вещей или совсем испортились, или кончили свой век, а корабельные припасы частью совершенно вышли, частью подходили к концу.

Чернил у меня оставалось очень немного, и я все больше и больше разводил их водой, пока они не стали такими бледными, что почти не оставляли следов на бумаге. До тех пор, пока у меня было хоть слабое их подобие, я отмечал в коротких словах дни месяца, за которые приходились выдающиеся события моей жизни. Просматривая как то раз эти записи, я заметил странное совпадение чисел различных происшествий, случившихся со мной, так что если б я был суеверен и различал счастливые и несчастные дни, то мое любопытство не без основания было бы привлечено этим совпадением. Во первых, мое бегство из родительского дома в Гулль, чтобы оттуда пуститься в плавание, произошло в тот же месяц и число, когда я попал в плен к салехским пиратам и был обращен в рабство. Затем в тот самый день, когда я остался в живых после кораблекрушения на Ярмутсжом рейде, я впоследствии вырвался из салехской неволи на парусном баркасе. Наконец, в годовщину моего рождения, а именно 30-го сентября, когда мне минуло 26 лет, я чудом спасся от смерти, будучи выброшен морем на необитаемый остров. Таким образом, греховная жизнь и жизнь уединенная начались для меня в один и тот же день.

Вслед за чернилами у меня вышел весь запас хлеба, то-есть собственно не хлеба, а корабельных сухарей. Я растягивал их до последней возможности (в последние полтора года я позволял себе съедать не более одного сухаря в день), и все таки перед тем как я собрал с своего поля такое количество зерна, что можно было начать употреблять его в пищу, я почти год сидел без крошки хлеба. Но и за это я должен был благодарить бога: ведь я мог остаться и совсем без хлеба, и было поистине чудо, что я получил возможность его добывать.

По части одежды я тоже обеднел. Из белья у меня давно уже не оставалось ничего, кроме клетчатых рубах (около трех дюжин), которые я нашел в сундуках наших матросов и берег пуще глаза, ибо на моем острове бывало зачастую так жарко, что приходилось ходить в одной рубахе, и я не знаю, что бы я делал без этого запаса рубах. Было у меня еще несколько толстых матросских шинелей; все они хорошо сохранились, но я не мог их носить из за жары. Собственно говоря, в таком жарком климате вовсе не было надобности одеваться; но я не мог, я стыдился ходить нагишом; я не допускал даже мысли об этом, хотя был совершенно один, и никто не мог меня видеть.

Но была и другая причина, не позволявшая мне ходить голым: когда на мне было что нибудь надето, я легче переносил солнечный зной. Палящие лучи тропического солнца обжигали мне кожу до пузырей, рубашка же защищала ее от солнца, и, кроме того, меня прохлаждало движение воздуха между рубашкой и телом. Никогда не мог я также привыкнуть ходить по солнцу с непокрытой головой; всякий раз, когда я выходил без шляпы, — у меня разбаливалась голова, но стоило мне только надеть шляпу, головная боль проходила.

Итак, надо было позаботиться привести в порядок хоть то тряпье, какое у меня еще оставалось и которое я преважно называл своим платьем. Прежде всего мне нужна была куртка (все, какие у меня были, я износил). Я решил попытаться переделать на куртки матросские шинели, о которых я только что говорил, и некоторые другие материалы. И вот я принялся портняжить или, вернее, кромсать и ковырять иглой, ибо, говоря по совести, я был довольно таки горемычный портной. Как бы то ни было, я с грехом пополам состряпал две или три куртки, которых, по моему расчету, мне должно было надолго хватить. О первой моей попытке сшить брюки лучше не говорить, так как она окончилась постыдной неудачей.

Я уже говорил, что мной сохранялись шкурки всех убитых мною животных (я разумею четвероногих). Каждую шкурку я просушивал на солнце, растянув на шестах. Поэтому по большей части они становились такими жесткими, что едва ли могли на что нибудь пригодиться, но некоторые из них были очень хороши. Первым делом я сшил себе из них большую шапку. Я сделал ее мехом наружу, чтобы лучше предохранить себя от дождя. Шапка так мне удалась, что я решил соорудить себе из такого же материала полный костюм, то-есть куртку и штаны. И куртку и штаны я сделал совершенно свободными, а последние — короткими до колен, ибо и то и другое было мне нужно скорее для защиты от солнца, чем для тепла.

Покрой и работа, надо признаться, никуда не годились: плотник я был очень неважный, а портной и подавно. Как бы то ни было, мое изделие отлично мне служило, особенно, когда мне случалось выходить во время дождя: вся вода стекала по длинному меху шапки и куртки, и я оставался совершенно сухим.

После куртки и брюк я потратил очень много времени и труда на изготовление зонтика, который был очень мне нужен. Я видел, как делают зонтики в Бразилии: там никто не ходит без зонтика из за жары, а на моем острове было ничуть не менее жарко, пожалуй, даже жарче, чем в Бразилии, так как он был ближе к экватору. Мне же приходилось выходить во всякую погоду, а иной раз подолгу бродить и по солнцу и по дождю: словом, зонтик был мне весьма полезен. Много мне было хлопот с этой работой, и много времени прошло, прежде чем мне удалось сделать что то похожее на зонтик (раза два или три я выбрасывал испорченный материал и начинал снова). Главная трудность заключалась в том, чтобы он раскрывался и закрывался. Сделать раскрытый зонтик мне было легко, но тогда пришлось бы всегда носить его над головой, а это было неудобно. Но как уже сказано, я преодолел эту трудность, и мой зонтик мог закрываться. Я обтянул его козьими шкурами мехом наружу: дождь стекал по нем, как по наклонной крыше, он так хорошо защищал от солнца, что я мог выходить из дому даже в самую жаркую погоду и чувствовал себя лучше, чем раньше в более прохладную, а когда он был мне не нужен, я закрывал его и нес под мышкой.

Так жил я на моем острове тихо и спокойно, всецело покорившись воле божьей и доверившись провидению. От этого жизнь моя стала лучше, чем если бы я был окружен человеческим обществом; каждый раз когда у меня возникали сожаления, что я не слышу человеческой речи, я спрашивал себя, разве моя беседа с собственными мыслями и (надеюсь, я вправе сказать это) в молитвах и славословиях с самим богом была не лучше самого веселого времяпрепровождения в человеческом обществе?

Следующие пять лет прошли, насколько я могу припомнить, без всяких чрезвычайных событий. Жизнь моя протекала по старому — тихо и мирно; я жил на прежнем месте и по-прежнему делил свое время между работой, чтением библии и охотой. Главным моим занятием, — конечно, помимо ежегодных работ (по посеву и уборке хлеба и по сбору винограда (хлеба я засевал ровно столько, чтобы хватило на год, и с таким же расчетом собирал виноград) и не считая ежедневных экскурсий с ружьем, — главным моим занятием, говорю я, была постройка новой лодки. На этот раз я не только сделал лодку, но и спустил ее на воду: я вывел ее в бухточку по каналу (в шесть футов ширины и четыре глубины), который мне пришлось прорыть на протяжении полу-мили без малого. Первую мою лодку, как уже знает читатель, я сделал таких огромных размеров, не рассчитав заблаговременно, буду ли я в состоянии спустить ее на воду, что принужден был оставить ее на месте постройки, как памятник моей глупости, долженствовавший постоянно напоминать мне о том, что впредь следует быть умнее. Действительно, в следующий раз я поступил гораздо практичнее. Правда, я и теперь построил лодку чуть не в полу-миле от воды, так как ближе не нашел подходящего дерева, но теперь я, по крайней мере, хорошо соразмерил ее величину и тяжесть со своими силами. Видя, что моя затея на этот раз вполне осуществима, я твердо решил довести ее до конца. Почти два года я провозился над сооружением лодки, но не жалел об этом: так я жаждал получить, наконец, возможность пуститься в путь по морю.

Надо, однако, заметить, что моя новая пирога совершенно не подходила для осуществления моего первоначального намерения, которое у меня было, когда я сооружал мою лодку: она была так мала, что нечего было и думать переплыть на ней те сорок миль или больше, которые отделяли мой остров от материка. Таким образом, мне пришлось распроститься с этой мечтой. Но у меня явился новый план — объехать вокруг острова. Я уже побывал однажды на противоположном берегу (о чем было рассказано в своем месте), и открытия, которые я сделал в эту экскурсию, так заинтересовали меня, что мне еще тогда очень хотелось осмотреть все побережье острова. И вот теперь, когда у меня была лодка, я только и думал о том, как бы совершить эту поездку.

Чтобы осуществить это намерение дельно и осмотрительно, я сделал для своей лодки маленькую мачту и сшил соответствующий парус из кусков корабельной парусины, которой у меня был большой запас.

Когда таким образом лодка была оснащена, я попробовал ее ход и убедился, что парус действует отлично. Тогда я сделал на корме и на носу по большому ящику, чтобы провизия, заряды и прочие нужные вещи, которые я собирался взять в дорогу, не подмокли от дождя и от морских брызг. Для ружья я выдолбил в дне лодки узкий жолоб, к которому, для предохранения от сырости, приделал откидную крышку.

Затем я укрепил на корме раскрытый зонтик в виде мачты, так чтобы он приходился над моей головой и защищал меня от солнца, подобно тенту. И вот я время от времени стал предпринимать небольшие прогулки по морю, но никогда не выходил далеко в открытое море, стараясь держаться возле бухточки. Наконец, желание ознакомиться с границами моего маленького царства превозмогло, я а решился совершить свой рейс. Я запасся в дорогу всем необходимым, начиная с провизии и кончая одеждой. Я взял с собой два десятка ячменных ковриг (точнее — лепешек), большой глиняный горшок поджаренного рису (обычное мое блюдо), бутылочку рому и половину козьей туши; взял также пороху и дроби, чтобы пострелять еще коз, а из одежды — две шинели из упомянутых выше, которые оказались в перевезенных мною с корабля матросских сундуках; одной из этих шинелей я предполагал пользоваться в качестве матраца, другой — укрываться.

Шестого ноября, в шестой год моего царствования или, если угодно, пленения, я отправился в путь. Проездил я гораздо дольше, чем рассчитывал. Дело в том, что хотя мой остров сам по себе и невелик, но когда я приблизился к восточной его частя, то увидел длинную гряду окал, частью подводных, частью торчавших над водой; она выдавалась миль на шесть в открытое море, а дальше, за скалами, еще мили на полторы, тянулась песчаная отмель. Таким образом, чтобы обогнуть косу, пришлось сделать большой крюк.

Сначала, когда я увидел эти рифы, я хотел было отказаться от своего предприятия и повернуть назад, не зная, как далеко мне придется углубиться в открытое море, чтобы обогнуть их; особенно же я был неуверен, смогу ли я повернуть назад. И вот я бросил якорь (перед отправлением в путь я смастерил себе некоторое подобие якоря из обломка дрека, подобранного много с корабля), взял ружье и сошел на берег. Взобравшись на довольно высокую горку, я смерил наглаэ длину косы, которая отсюда была видна на всем своем протяжении, и решился рискнуть.

Обозревая море с этой возвышенности, я заметил сильное и бурное течение, направлявшееся на восток и подходившее к самой косе. И я тогда же подумал, что тут кроется опасность: что если я попаду в это течение, меня может унести в море, и я не буду в состоянии вернуться на остров. Да, вероятно, так бы оно и было, если б я не произвел этой разведки, потому что такое же морское течение виднелось и с другой стороны острова, только подальше, и я заметил сильное встречное течение у берега. Значит, мне нужно было только выйти за пределы первого течения, и меня тотчас же должно было понести к берегу.

Я простоял, однако, на якоре два дня, так как дул свежий ветер (притом юго-восточный, то-есть как раз навстречу вышесказанному морскому течению, и по всей косе ходили высокие буруны, так что было опасно держаться и подле берега из за прибоя и очень удаляться от него из за течения.

Ночью ветер стих, море успокоилось, и я решился пуститься в путь. Но то, что случилось со мной, может служить уроком для неопытных и неосторожных кормчих. Не успел я достичь косы, находясь от берега всего лишь на длину мой лодки, как очутился на страшной глубине и попал в течение, подобное потоку, низвергающемуся с мельничного колеса. Лодку мою понесло с такой силой, что все, что я мог сделать, это — держаться с краю течения. Между тем, меня уносило все дальше и дальше от встречного течения, оставшегося по левой руке от меня. Ни малейший ветерок не приходил мне на помощь, работать же веслами было пустой тратой сил. Я уже прощался с жизнью: я знал, что через несколько миль течение, в которое я попал, сольется с другим течением, огибающим остров, и тогда я безвозвратно погиб. А между тем я не видел никакой возможности свернуть. Итак, меня ожидала верная смерть, и не в волнах морских, потому что море было довольно спокойно, а от голода. Правда, на берегу я нашел черепаху, такую большую, что еле мог поднять, и взял ее с собой в лодку. Был у меня также полный кувшин пресной воды. Но что это значило для несчастного путника, затерявшегося в безбрежном океане, где можно пройти тысячи миль, не увидав и признаков земли.

И тогда я понял, как легко самое безотрадное положение может сделаться еще безотраднее, если так угодно будет провидению. На свой пустынный, заброшенный остров я смотрел теперь, как на земной рай, и единственным моим желанием было вернуться в этот рай. В страстном порыве я простирал к нему руки, взывая: «О, благодатная пустыня! Я никогда больше не увижу тебя! О, я несчастный, что со мной будет?» Я упрекая себя в неблагодарности, вспоминая, как я роптал на свое одиночество. Чего бы я не дал теперь, чтобы очутиться вновь на том безлюдном берегу! Такова уж человеческая натура: мы никогда не видим своего положения в истинном свете, пока не изведаем на опыте положения еще худшего, и никогда не ценим тех благ, которыми обладаем, покуда не лишимся их. Не могу выразить, в каком я был отчаянии, когда увидел, что меня унесло от моего милого острова (да, теперь он казался мне милым), унесло в безбрежный океан почти на шесть миль, и я должен навеки проститься с надеждой увидеть его вновь. Однако я греб почти до потери сил, стараясь направить лодку на север, то есть к той стороне течения, которая приближалась к встречному течению. Вдруг после полудня, когда солнце повернуло на запад, с юго-востока, то-есть прямо мне навстречу, потянул ветерок? Это немного меня ободрило. Но вы представьте мою радость, когда ветерок начал быстро свежеть и через полчаса задул как следует. К этому времени меня угнало бог знает на какое расстояние от моего острова. Поднимись на ту пору туман или соберись тучи, мне пришел бы конец: со мною не было компаса, и, если бы я потерял из виду мой остров, я не знал бы, куда держать путь. Но на мое счастье был солнечный день, и ничто не предвещало тумана. Я поставил мачту, поднял парус и стал править на север, стараясь выбиться из течения.

Как только моя лодка повернула по ветру и пошла наперерез течению, я заметил в нем перемену: вода стала гораздо светлее. Это привело меня к заключению, что течение по какой то причине начинает ослабевать, так как раньше, когда оно было быстро, вода была все время мутная. И в самом деле, вскоре я увидел на востоке группу утесов (их можно было различить издалека по белой пене бурливших вокруг них волн): эти утесы разделяли течение на две струи, и в то время, как главная продолжала течь к югу, оставляя утесы на северо-восток, другая круто заворачивала назад и, образовав водоворот, стремительно направлялась на северо-запад.

Только те, кто знает по опыту, что значит получить помилование, стоя на эшафоте, или спастись от разбойников в последний момент, когда нож уже приставлен к горлу, поймут мой восторг при этом открытии и радость, с какой я направил свою лодку в обратную струю, подставив парус еще более посвежевшему попутному ветру, и весело понесся назад.

Это встречное течение принесло меня прямо к острову, но милях в шести севернее того места, откуда меня угнало в море, так что, приблизившись к острову, я оказался у северного берега его, то-есть противоположного тому, от которого я отчалил.

Пройдя с помощью этого встречного течения около трех миль, я заметил, что оно ослабевает и неспособно гнать меня дальше. Но теперь я был уже в виду острова, в совершенно спокойном месте, между двумя сильными течениями — южным, которым меня унесло в море, и северным, проходившим милях в трех по другую сторону. Пользуясь попутным ветром, я продолжал держать на остров, хотя подвигался уже не так быстро.

Около четырех часов вечера, находясь милях в трех от острова, я обнаружил, что гряда скал, виновница моих злоключений, тянувшаяся, как я уже описывал, к югу и в том же направлении отбрасывавшая течение, порождает другое встречное течение в северном направлении; оно оказалось очень сильным, но не вполне совпадающим с направлением моего пути, шедшего на запад. Однако, благодаря свежему ветру, я пересек это течение и, приблизительно через час, подошел к берегу на расстояние мили, где море было спокойно, так что я без труда причалил к берегу.

Почувствовав под собой твердую землю, я упал на колени и в горячей молитве возблагодарил бога за свое избавление, решив раз навсегда отказаться от своего плана освобождения при помощи лодки. Затем, подкрепившись бывшей со мной едой, я провел лодку в маленькую бухточку, под деревья, которые росли здесь на самом берегу, и, в конец обессиленный усталостью и тяжелой работой, прилег уснуть.

Я был в большом затруднении, не знал, как мне доставить домой мою лодку. О том, чтобы вернуться прежней дорогой, то-есть вокруг восточного берега острова, не могло быть и речи: я уж и так довольно натерпелся страху. Другая же дорога — вдоль западного берега — была мне совершенно незнакома, и у меня не было ни малейшего желания рисковать. Вот почему на другое утро я решил пройти по берегу на запад и посмотреть, нет ли там бухточки, где бы я мог оставить свой фрегат s безопасности и затем воспользоваться им, когда понадобится. И действительно, милях в трех я открыл отличный заливчик, который глубоко вдавался в берег, постепенно суживаясь и переходя в ручеек. Сюда то я и привел мою лодку, словно в нарочно приготовленный док. Поставив и укрепив ее, я сошел на берег, чтобы посмотреть, где я.

Оказалось, что я был совсем близко от того места, где я поставил шест в тот раз, когда приходил пешком на этот берег. Поэтому, захватив с собой только ружье да зонтик (так как солнце страшно пекло), я пустился в путь. После моего несчастного морского путешествия эта экскурсия показалась мне очень приятной. К вечеру я добрался до моей лесной дачи, где застал все в исправности и в полном порядке.

Я перелез через ограду, улегся в тени и, чувствуя страшную усталость, скоро заснул. Но судите, каково было мое изумление, когда я был разбужен чьим то голосом, звавшим меня по имени несколько раз: «Робин, Робин, Робин Крузо! Бедный Робин Крузо! Где ты, Робин Крузо? Где ты? Где ты был?»

Измученный утром греблей, а после полудня — ходьбой, я спал таким мертвым сном, что не мог сразу проснуться, и мне долго казалось, что я слышу этот голос во сне. Но от повторявшегося оклика: «Робин Крузо, Робин Крузо!» — я, наконец, очнулся и в первый момент страшно испугался. Я вскочил, дико озираясь кругом, и вдруг, подняв голову, увидел на ограде своего Попку. Конечно, я сейчас же догадался, что это он меня окликал: таким же точно жалобным тоном я часто говорил ему эту самую фразу, и он отлично ее затвердил; сядет бывало мне на палец, приблизит клюв к самому моему лицу и долбит: «Бедный Робинзон Крузо! Где ты? Где ты был? Как ты сюда пришел!» — и другие фразы, которым я на учил его.

Но, даже убедившись, что это был попугай, и понимая, что кроме попугая некому было заговорить со мной, я еще долго не мог оправиться. Я совершенно не понимал, во первых, как он попал на мою дачу, во вторых, почему он прилетел именно сюда, а не в другое место. Но так как у меня не было ни малейшего сомнения в том, что это он, мой верный Попка, то, не долго думая, я протянул руку и назвал его по имени. Общительная птица сейчас же села мне на большой палец, как она это делала всегда, и снова заговорила:

«Бедный Робин Крузо! Как ты сюда пришел? Где ты был?» Он точно радовался, что снова видит меня. Уходя домой, я унес его с собой.

Теперь у меня надолго пропала охота совершать прогулку по морю, и много дней я размышлял об опасностях, которым подвергался. Конечно, было бы хорошо иметь лодку по эту сторону острова, но я не мог придумать никакого способа привести ее. О восточном побережье я не хотел и думать: я ни за что не рискнул бы обогнуть его еще раз; от одной мысли об этом у меня замирало сердце и стыла кровь в жилах. Западные берега острова были мне совсем незнакомы. Но что, если течение по ту сторону было так же сильно и быстро, как и по другую? В таком случае я подвергался опасности если не быть унесенным в открытое море, то быть разбитым о берега острова. Приняв все это во внимание, я решил обойтись без лодки, несмотря на то, что ее постройка и спуск на воду стоили мне много месяцев тяжелой работы.

Такое умонастроение продолжалось у меня около года. Я вел тихую, уединенную жизнь, как легко может представить себе читатель. Мои мысли пришли в полное равновесие; я чувствовал себя счастливым, покорившись воле провидения. Я ни в чем не терпел недостатков, за исключением человеческого общества.

В этот год я усовершенствовался во всех ремеслах, каких требовали условия моей жизни. Положительно я думаю, что из меня мог бы выйти отличный плотник, особенно если принять в расчет, как мало было у меня инструментов. Я и в гончарном деле сделал большой шаг вперед; я научился пользоваться гончарным кругом, что значительно облегчило мою работу и улучшило ее качество: теперь вместо аляповатых, грубых изделий, на которые было противно смотреть, у меня выходили аккуратные вещи правильной формы.

Но никогда я, кажется, так не радовался и не гордился своей сметкой, как в тот день, когда мне удалось сделать трубку. Конечно, моя трубка была самая первобытная — из простой обожженной глины, как и все мои гончарные изделия, и вышла она далеко некрасивой; но она была достаточно крепка и хорошо тянула дым, а главное это была все таки трубка, о которой я давно мечтал, так как любил курить. Правда, на нашем корабле были трубки; но я не знал тогда, что на острове растет табак, и решил, что не стоит их брать. Потом, когда я вновь обшарил корабль, я уже не мог найти их.

Я проявил также большую изобретательность в плетении корзин: у меня было их несметное множество самых разнообразных фасонов. Красотой они, правда, не отличались, но вполне годились для хранения и переноски вещей. Теперь, когда мне случалось застрелить козу, я подвешивал тушу на дерево, сдирал с нее шкуру, разнимал на части и приносил домой в корзине. То же самое и с черепахами: теперь мне было незачем тащить на спине целую черепаху; я мог вскрыть ее на месте, вынуть яйца, отрезать, какой мне было нужно, кусок, уложить это в корзину, а остальное оставить. В большие, глубокие корзины я складывал зерно, которое я вымолачивал, как только оно высыхало.

Мой запас пороху начинал заметно убывать. Это была такого рода убыль, которую при всем желании я не мог возместить, и меня не на шутку начинало заботить, что я буду делать, когда у меня выйдет весь порох, и как я буду тогда охотиться на коз. Я рассказывал выше, как на третий год моего житья на острове я поймал и приучил молодую козочку. Я надеялся поймать козленка, но все не случалось. Так моя козочка и состарилась без потомства. Потом она околела от старости: у меня не хватило духу зарезать ее.

Но на одиннадцатый год моего заточения, когда, как сказано, мой запас пороху начал истощаться, я стал серьезно подумывать о применении какого нибудь способа ловить коз живьем. Больше всего мне хотелось поймать матку с козлятами. Я начал с силков. Я поставил их несколько штук в разных местах. И козы попадались в них, только мне было от этого мало пользы: за неимением проволоки я делал силки из старых бечевок и всякий раз бечевка оказывалась оборванной, а приманка съеденной.

Тогда я решил попробовать волчьи ямы. Зная места, где чаще всего паслись козы, я выкопал там три глубокие ямы, закрыл их плетенками собственного изделия, присыпал землей и набросал на них колосьев рису и ячменя. Я скоро убедился, что козы приходят и съедают колосья, так как кругом виднелись следы козьих ног. Тогда я устроил настоящие западни, но на другое утро, обходя их, я увидел, что приманка съедена, а коз нет. Это было очень печально. Тем не менее, я не упал духом — я изменил устройство ловушек, приладив крышки несколько иначе (я не буду утомлять читателя описанием подробностей), и на другой же день нашел в одной яме большого старого козла, а в другой трех козлят — одного самца и двух самок.

Старого козла я выпустил на волю, потому что не знал, что с ним делать. Он был такой дикий и злой, что взять его живым было нельзя (я боялся сойти к нему в яму), а убивать было незачем. Как только я приподнял плетенку, он выскочил из ямы и пустился бежать со всех ног. Но я не знал в то время, как убедился в этом впоследствии, что голод укрощает даже львов. Если б я тогда заставил моего козла поголодать дня три, четыре, а потом принес бы ему поесть и напиться, он сделался бы смирным и ручным не хуже козлят. Козы вообще очень смышленые животные, и, если с ними хорошо обращаться, их очень легко приручить.

Но, повторяю, в то время я этого не знал. Выпустив козла, я подошел к той яме, где сидели козлята, вынул их одного за другим, связал вместе веревкой и кое как, через силу, притащил домой.

Довольно долго я не мог заставить козлят есть; однако, бросив им несколько зеленых колосьев, я соблазнил их и затем мало-помалу приручил. И вот я задумал развести целое стадо, рассудив, что это единственный способ обеспечить себя мясом к тому времени, когда у меня выйдут порох и дробь. Конечно, мне придется при этом изолировать их от диких коз, так как иначе, подрастая, все они будут убегать в лес. Против этого было лишь одно средство — держать их в загоне, огороженном прочным частоколом или плетнем так, чтобы козы не могли сломать его ни изнутри, ни снаружи.

Устроить такой загон было нелегкой работой для одной пары рук. Но он был совершенно необходим. Поэтому я, не откладывая, принялся подыскивать подходящее место, то-есть такое, где бы мои козы были обеспечены травой и водой и защищены от солнца.

Такое место скоро нашлось; это была широкая, ровная луговина или саванна, как называют такие луга в наших западных колониях; в двух-трех местах по ней протекали ручейки с чистой прозрачной водой, а с одного края была тенистая роща. Все, кто знает, как строятся такие загородки, наверное, посмеются над моею несообразительностью, когда я им окажу, что, по первоначальному моему плану, моя изгородь должна была охватить собой весь луг, имевший, по меньшей мере, две мили в окружности. Но глупость состояла не в том, что я взялся городить две мили: у меня было довольно времени, чтобы построить изгородь не то, что в две, а в десять миль длиной. Но я не сообразил, что держать коз на таком громадном, хотя бы и огороженном, загоне было все равно, что пустить их пастись по всему острову: они росли бы такими же дикими, и их было бы так же трудно ловить.

Я начал делать изгородь и вывел ее, помнится, ярдов на пятьдесят, когда мне пришло в голову это соображение заставившее меня несколько изменить мой план. Я решил огородить кусок луга ярдов в полтораста длиной и в сто шириной и на первый раз ограничился этим. На таком выгоне могло пастись все мое стадо, а к тому времени, когда оно разрослось бы, я всегда мог увеличить выгон новым участком.

Это было осмотрительное решение, и я энергично принялся за работу. Первый участок я огораживал около трех месяцев, и во время своей работы я перевел в загон всех трех козлят, стреножив их и держа поблизости, чтобы приручить их к себе. Я часто приносил им ячменных колосьев или горсточку рису и давал им есть из рук, так что, когда изгородь была окончена и заделана, и я развязал их они ходили следом за мной и блеяли, выпрашивая подачки.

Года через полтора было штук двенадцать коз, считая с козлятами, а еще через два года мое стадо выросло до сорока трех голов (кроме тех коз; которых я убивал на еду). С течением времени у меня образовалось пять огороженных загонов, в которых я устроил по маленькому закутку, куда загонял коз, когда хотел поймать их: все эти загоны соединялись между собой воротами.

Итак, у меня был теперь неистощимый запас козьего мяса, и не только мяса, но и молока. Последнее, собственно говоря, было для меня приятным сюрпризом, так как, затевая разводить коз, я не думал о молоке, и только потом мне пришло в голову, что я могу их доить. Я устроил молочную ферму, с которой получал иной раз до двух галлонов молока в день. Природа, питающая всякую тварь, сама учит нас, как пользоваться ее дарами. Никогда в жизни я не доил корову, а тем более козу, и только в детстве видел, как делают масло и сыр, и тем не менее, когда приспела нужда, научился, — конечно, не сразу, а после многих неудачных опытов, — но все же научился и доить и делать масло и сыр и никогда потом не испытывал недостатка в этих предметах.

Самый мрачный человек не удержался бы, я думаю, от улыбки, если б увидел меня с моим семейством за обеденным столом. Прежде всего восседал я — его величество, король и повелитель острова, полновластию распоряжавшийся жизнью всех своих подданных; я мог казнить и миловать, дарить и отнимать свободу, и никто не выражал неудовольствия. Нужно было видеть, с каким королевским достоинством я обедал один, окруженный моими слугами. Одному только Попке, как фавориту, разрешалось беседовать со мной. Моя собака, которая давно уже состарилась и одряхлела, не найдя на острове особы, с которой могла бы продолжить свой род, садилась всегда по правую мою руку; а две кошки, одна по одну сторону стола, а другая — по другую, не спускали с меня глаз в ожидании подачки, являвшейся знаком особого благоволения.

Но это были не те кошки, которых я привез с корабля: те давно околели, и я собственноручно похоронил их подле моего жилья. Одна из них уже на острове окотилась не знаю от какого животного; я оставлял у себя пару котят, и они выросли ручными, а остальные убежали в лес и одичали. С течением времени они стали настоящим наказанием для меня: забирались ко мне в кладовую, таскали провизию и оставили меня в покое, только когда я пальнул в них из ружья и убил большое количество. Так жил я с этой свитой и в этом достатке и можно сказать ми в чем не нуждался, кроме человеческого общества. Впрочем, скоро в моих владениях появилось, пожалуй, слишком большое общество.

Хотя я твердо решил никогда больше не предпринимать рискованных морских путешествий, но все таки мне очень хотелось иметь лодку под руками для небольших экскурсий. Я часто думал о том, как бы мне перевести ее на мою сторону острова, но, понимая, как трудно осуществить этот план, всякий раз успокаивал себя тем соображением, что мне хорошо та без лодки. Однако, меня почему то сильно тянуло сходить на ту горку, куда я взбирался в последнюю мою экскурсию посмотреть, каковы очертания берегов и каково направление морского течения. Наконец, я не выдержал и решил пойти туда пешком, вдоль берега. Если бы у нас в Англии прохожий встретил человека в таком наряде, как я, он, я уверен, шарахнулся бы от него в испуге или расхохотался бы; да зачастую я и сам невольно улыбался, представляя себе, как бы я в моем одеянии путешествовал по Йоркширу. Разрешите мне сделать набросок моей внешности.

На голове у меня красовалась высокая бесформенная шапка из козьего меха со свисающим назад назатыльником, который прикрывал мою шею от солнца, а во время дождя не давал воде попадать за ворот. В жарком климате нет ничего вреднее дождя, попавшего за платье.

Затем на мне был короткий камзол с полами, доходящими до половины бедер, и штаны до колен, тоже из козьего меха; только на штаны у меня пошла шкура очень старого козла с такой длинной шерстью, что она закрывала мне ноги до половины икры. Чулок и башмаков у меня совсем не было, а вместо них я соорудил себе... не знаю, как и назвать... нечто вроде полусапог, застегивающихся сбоку, как гетры, но самого варварского фасона.

Поверх куртки я надевал широкий кушак из козьей шкуры, но очищенный от шерсти; пряжку я заменил двумя ремешками, на которые затягивал кушак, а с боков пришил к нему еще по петельке, но не для шпаги и кинжала, а для пилы и топора. Кроме того, я носил кожаный ремень через плечо с такими же застежками, как на кушаке, но только немного поуже. К этому ремню я приделал две сумки таким образом, чтобы они приходились под левой рукой; в одной сумке я носил порох, в другой — дробь. На спине у меня болталась корзина, на плече я нес ружье, а над головой держал огромный меховой зонтик, крайне безобразный, но после ружья составлявший, пожалуй, самую необходимую принадлежность моей экипировки. Но зато цветом лица я менее походил на мулата, чем можно было бы ожидать, принимая во внимание, что я жил в девяти или десяти градусах от экватора и нимало не старался уберечься от загара. Бороду я одно время отпустил в поларшина; но так как у меня был большой выбор ножниц и бритв, то я обстриг ее довольно коротко, оставив только то, что росло на верхней губе в форме огромных мусульманских усов, — я видел такие у турок в Салехе, марокканцы же их не носят; длины они были невероятной, — ну, не такой, конечно, чтобы повесить на них шапку, но все таки настолько внушительной, что в Англии пугали бы маленьких детей.

Но я упоминаю об этом мимоходом. Немного было на острове зрителей, чтобы любоваться моим лицом и фигурой, — так не все ли равно, какой они имели вид? Я не буду, следовательно, больше распространяться на эту тему. В описанном наряде я отправился в новое путешествие, продолжавшееся дней пять или шесть. Сначала я пошел вдоль берега прямо к тому месту, куда приставал с моей лодкой, чтобы взойти на горку и осмотреть местность. Так как лодки со мной теперь не было, я направился к этой горке напрямик, более короткой дорогой. Но как же я удивился, когда, взглянув на каменистую гряду, которую мне пришлось огибать на лодке, увидел совершенно спокойное гладкое море! Ни воли, ни ряби, ни продолжения, ни там ни в других местах.

Я стал в тупик перед этой загадкой и для разрешения ее решил наблюдать море в продолжение некоторого времени. Вскоре я убедился, что причиной этого течения является прилив, идущий с запада и соединяющийся с потоком вод какой нибудь большой реки, впадающей неподалеку в море, и что, смотря по тому, дует ли ветер с запада или с севера, это течение то приближается к берегу, то удаляется от него. В самом деле, подождав до вечера, я снова поднялся на горку и ясно различил то же морское течение; только теперь оно проходило милях в полутора, а не у самого берега, как в тот раз; когда моя лодка попала в его струю и ее унесло в море; значит, такая опасность угрожала бы ей не всегда.

Это открытие привело меня к заключению, что теперь ничто мне не мешает перевести лодку на мою сторону острова: стоит только выбрать время, когда течение удалится от берега. Но когда я подумал о практическом осуществлении этого плана, воспоминание об опасности, которой я подвергался, повергло меня в такой ужас, что я отказался от него и принял, напротив, другое решение, более верное, хотя и требующее большего труда: я решил построить другую лодку или пирогу и иметь в своем распоряжении две лодки, одну — по одной, другую — по другой стороне острова.

Как уже знает читатель, у меня было на острове две усадьбы. Прежде всего моя маленькая крепость под скалой, обнесенная двойной оградой с палаткой внутри и с погребом за палаткой, который к описываемому времени я успел значительно расширить, так что теперь он состоял из нескольких отделений, сообщавшихся между собой. В самом сухом и просторном отделении (в том, из которого, как было оказано выше, я вывел ход наружу, то есть по наружную сторону ограды) у меня стояли большие глиняные горшки моего изделия и штук четырнадцать или пятнадцать глубоких корзин по пяти или шести мер каждая. Все это было наполнено разной провизией, главным образом зерном, частью в колосьях частью вымолоченным моими руками.

Что касается моей наружной ограды, то, как я уже говорил, колья, которые я употреблял для нее, пустили корни и выросли в такие развесистые деревья, что за ними не было видно ни малейших признаков человеческого жилья.

Неподалеку от моего укрепления, под горой, несколько дальше в глубь острова тянулись два участка моих пашен, которые я старательно возделывал и с которых из года в год получал хорошие урожаи риса и ячменя. И если бы мне понадобилось увеличить посев, кругом был непочатый край удобной земли.

Вторая моя усадьба находилась в лесу. Я содержал ее в полном порядке: лестницу держал внутри, деревья окружавшей ее живой изгороди я постоянно подстригал, не давая им расти вверх, от этого они распустились и давали приятную тень. Под сенью их листвы, внутри ограды, стояла парусиновая палатка, так прочие установленная на вбитых в землю кольях, что ее никогда не приходилось поправлять. В палатке я устроил себе постель из козьих шкур; на постели у меня лежало одеяло с нашего корабля и матросская шинель, чтобы укрываться по ночам, танк как я часто проводил здесь по несколько дней.

К этой усадьбе примыкали мои загоны для коз. Огородить их мне стоило невероятного труда. Я так боялся; чтобы козы не проломали изгородь, что вечно укреплял ее новыми кольями и успокоился только тогда, когда в ней не осталось ни одной щелки и она была скорее похожа на частокол, чем на плетень. С течением времени, когда все колья принялись и разрослись (а они все принялись после дождливого времени года), моя ограда превратилась в сплошную крепкую стену.

Все это показывает, что я не ленился и не щадил трудов, когда видел, что, выполнив ту или другую работу, я увеличу свой комфорт.

Что же касается разведения домашнего скота, то это было для меня вопросом существования; иметь в своем распоряжении стадо коз значило для меня иметь до конца моих дней, — а я мог прожить еще сорок лет, — неистощимый запас мяса, молока, масла и сыру; иметь же коз в своем распоряжении я мог только при том условии, чтобы изгородь моих загонов была всегда в полной исправности.

Тут же около моей дачи рос виноград, который я сушил на зиму. Я очень дорожил им не только как лакомством, приятно разнообразившим мой стол, но и как здоровой, питательной, подкрепляющей пищей.

Моя лесная дача была как раз на полпути между главной моей резиденцией и той бухточкой, где я оставил лодку; поэтому в каждую мою экскурсию к тому берегу я останавливался там на ночевку. Я часто ходил смотреть мою лодку и заботился о том, чтобы держать ее в полном порядке. Иногда я катался на ней, но никогда не отъезжал от берега дальше нескольких саженей, — такой у меня был страх перед морским течением и прочими непредвиденными случайностями, которые могли произойти со мной в море. Теперь я перехожу к новому периоду моей жизни.

Однажды около полудня я шел берегом моря, направляясь к своей лодке, и вдруг увидел след голой человеческой ноги, ясно отпечатавшейся на песке. Я остановился, как громом пораженный или как если бы я увидел привидение. Я прислушивался, озирался кругом, но не услышал и не увидел ничего подозрительного. Я взбежал вверх на откос, чтобы лучше осмотреть местность; опять опустился, ходил взад и вперед по берегу, — нигде ничего: я не мог найти другого отпечатка ноги. Я пошел еще раз взглянуть на него, чтоб удостовериться, действительно ля это человеческий след и не вообразилось ли мне. Но нет, я не ошибся; это был несомненно отпечаток ноги: я ясно различал пятку, пальцы, подошву. Как он сюда попал? Я терялся в догадках и не мог остановиться ни на одной. В полном смятении, не слыша, как говорится, земли под собой, я подпел домой, в свою крепость. Я был напуган до последней степени: через каждые два, три шага я оглядывался назад, пугался каждого куста, каждого дерева, и каждый показавшийся вдали пень принимал за человека. Вы не можете себе представить, в какие страшные и неожиданные формы облекались все предметы в моем возбужденном воображении, какие дикие мысли проносились в моей голове и какие нелепые решения принимал я все время по дороге.

Добравшись до моего замка (как я стал называть мое жилье с того дня), я моментально очутился за оградой. Я даже не помнил, перелез ли я через ограду по приставной лестнице, как делал это раньше, или вошел через дверь, то-есть через наружный ход, выкопанный мною в горе; даже на другой день я не мог этого припомнить. Никогда заяц, никогда лиса не спасалась в таком безумном ужасе в свои норы, как я в свое убежище.

Всю ночь я не сомкнул глаз; а еще больше боялся теперь, когда не видел предмета, которым был вызван мой страх. Это как будто даже противоречило обычным проявлениям страха. Но я был до такой степени потрясен, что мне все время мерещились ужасы, несмотря на то, что я был теперь далеко от следа ноги, перепугавшего меня. Минутами мне приходило в голову, не дьявол ли это оставил свой след, — разум укреплял меня в этой догадке. В самом деле: кто, кроме дьявола в человеческом образе, мог забраться в эти места? Где лодка, которая привезла сюда человека? И где другие следы его ног? Да и каким образом мог попасть сюда человек? Но с другой стороны смешно было также думать, что дьявол принял человеческий образ с единственной целью оставить след своей ноги в таком пустынном месте, как мой остров, где было десять тысяч шансов против одного, что никто этого следа не увидит. Если врагу рода человеческого хотелось меня напугать, он мог придумать для этого другой способ, гораздо более остроумный. Нет, дьявол не так глуп. И, наконец, с какой стати, зная, что я живу по эту сторону острова, оставил бы он свой след на том берегу, да еще на песке, где его смоет волной при первом же сильном прибое? Все это было внутренне противоречиво и не вязалось с обычными нашими представлениями о хитрости дьявола.

Окончательно убежденный этими аргументами, я признал несостоятельность своей гипотезы о нечистой силе и отказался от нее. Но если это был не дьявол, тогда возникало предположение гораздо более устрашающего свойства: это были дикари с материка, лежавшего против моего острова. Вероятно, они попали на остров случайно: вышли в море на своей пироге, и их пригнало сюда течением или ветром; они побывали на берегу, а потом опять ушли в море, потому что у них было так же мало желания оставаться в этой пустыне, как у меня — видеть их здесь.

По мере того, как я укреплялся в этой последней догадке, мое сердце наполнялось благодарностью за то, что я не был в тех местах в то время и они не заметили моей лодки, иначе они догадались бы, что на острове живут люди, и стали бы разыскивать их. Но тут меня пронизала страшная мысль: а что, если они видели мою лодку? Предположим, что здесь есть люди? Ведь если так, то они вернутся с целой ватагой своих соплеменников и съедят меня. А если не найдут, то все равно увидят мои поля и выгоны, разорят мои пашни, угонят моих коз, и я умру с голоду.

Таким образом, страх вытеснил из моей души всякую надежду на бога, все мое упование на него, которое основывалось на столь чудесном доказательстве его благости ко мне; как будто тот, кто доселе питал меня в пустыне, был не властен сберечь для меня блага земные, которыми я был обязан его же щедротам. Я упрекал себя в лени, благодаря которой я сеял лишь столько, чтобы мне хватало на год, точно не могло произойти какой нибудь случайности, которая помешала бы мне собрать посеянный хлеб. И я дал себе слово вперед быть умнее и, в предупреждение возможности остаться без хлеба, сеять с таким расчетом, чтобы мне хватало хлеба на два, на три года.

Какое игралище судьбы человеческая жизнь! И как странно меняются с переменой обстоятельств тайные пружины, управляющие нашими влечениями! Сегодня мы любим то, что завтра будем ненавидеть; сегодня ищем то, чего завтра будем избегать. Завтра нас будет приводить в трепет одна мысль о том, чего мы жаждем сегодня. Я был тогда наглядным примером этого рода противоречий. Я — человек, единственным несчастьем которого было то, что он изгнан из общества людей, что он один среди безбрежного океана, обреченный на вечное безмолвие, отрезанный от мира, как преступник, признанный небом не заслуживающим общения с себе подобными, недостойным числиться среди живых, — я, которому увидеть лицо человеческое казалось, после спасения души, величайшим счастьем, какое только могло быть ниспослано ему провидением, воскресением из мертвых, — я дрожал от страха при одной мысля о том, что могу столкнуться с людьми, готов был лишиться чувств от одной только тени, от одного только следа человека, ступившего на мой остров!

В самом разгаре моих страхов, когда я бросался от предположения к предположению и ни на чем не мог остановиться, мне как то раз пришло в голову, не сам ли я раздул всю эту историю с отпечатком человеческой ноги и не мой ли это собственный след, оставленный в то время, когда я в предпоследний раз ходил смотреть свою лодку и потом возвращался домой. Положим, возвращался я обыкновенно другою дорогой: но разве не могло случиться, что я изменил своему обыкновению в тот раз. Это было давно, и мог ли я с уверенностью утверждать, что шел именно той, а не этой дорогой. Конечно, я постарался уверить себя, что так оно и было, что это мой собственный след и что в этом происшествии я разыграл дурака, поверявшего в им же созданный призрак, испугавшегося страшной сказки, которую он сам сочинил.

После этого я стал приободряться и выходить из дому, — ибо первые трое суток после сделанного мною злосчастного открытия я не высовывал носа из своей крепости, так что начал даже голодать: я не держал дома больших запасов провизии, и на третьи сутки у меня оставались только ячменные лепешки да вода. Меня мучило также, что мои козы, которых я обыкновенно доил каждый вечер, остаются недоенными: я знал, что бедные животные должны от этого страдать, и, кроме того, боялся, что у них может пропасть молоко. И мои опасения оправдались: многие козы захворали и почти перестали доиться.

Итак, ободрив себя уверенностью, что это след моей собственной ноги, и что я воистину испугался собственной тени, я начал снова ходить на дачу доить коз. Но если бы вы видели, как несмело я шел, с каким страхом озирался назад, как я был всегда начеку, готов в каждый момент бросить свою корзину и пуститься наутек, спасая свой живот, вы приняли бы меня или за великого преступника, который не знает, куда ему спрятаться от своей совести, или за человека, только что пережившего жестокий испуг (как оно, впрочем, и было).

Но после того, как я выходил в течение двух или трех дней и не открыл ничего подозрительного, я сделался смелее. Я положительно начинал приходить к заключению, что я сам насочинял себе страхов; но чтобы уже не оставалось никаких сомнений, я решил еще раз сходить на тот берег и сличить таинственный след с отпечатком моей ноги: если бы оба следа оказались тожественными, я мог бы быть уверен, что я испугался самого себя. Но когда я пришел на то место, где был таинственный след, то для меня, во первых, стало очевидным, что, когда я в тот раз вышел из лодки и возвращался домой, я никоим образом не мог очутиться в этой стороне берега, а во вторых, когда я для сравнения поставил ногу на след, то моя нога оказалась значительно меньше его. И опять меня обуял панический страх: я весь дрожал, как в лихорадке; целый вихрь новых догадок закружился у меня в голове. Я ушел домой в полном убеждении, что на моем острове недавно побывали люди или, по крайней мере, один человек. Я даже готов был допустить, что остров обитаем, хотя до сих пор я этого и не знал; а отсюда следовало, что меня каждую минуту могут захватить врасплох. Но я совершенно не знал, как оградить себя от этой опасности.

К каким только нелепым решениям ни приходит человек под влиянием страха! Страх отнимает у нас способность распоряжаться теми средствами, какие разум предлагает нам на помощь. Если дикари, рассуждал я, найдут моих коз и увидят мои поля с растущим на них хлебом, они будут постоянно возвращаться на остров за новой добычей; а если они заметят мое жилье, то непременно примутся разыскивать его обитателей и доберутся до меня. Поэтому первой моей мыслью было переломать изгороди всех моих загонов и выпустить весь окот, затем перекопать оба поля и таким образом уничтожить всходы риса и ячменя, наконец, снести свою дачу, чтобы неприятель не мог открыть никаких признаков присутствия на острове человека.

Этот план сложился у меня в первую ночь по возвращении моем из только что описанной экспедиции на тот берег, под неостывшим еще впечатлением сделанных мною новых открытий. Страх опасности всегда страшнее опасности уже наступившей, и ожидание зла в десять тысяч раз хуже самого зла. Для меня же всего ужаснее было то, что в этот раз я не находил облегчения в смирении и молитве. Я уподобился Саулу, скорбевшему не только о том, что на него идут филистимляне, но и о том, что бог покинул его. Я не искал утешения там, где мог его найти, я не взывал к богу в печали моей. А обратись я к богу, как делал это прежде, я бы легче перенес это новое испытание, я бы смелее взглянул в глаза опасности, мне грозившей.

Так велико было мое смятение, что я не мог заснуть всю ночь. Зато под утро, когда мой дух ослабел от долгого бдения, я уснул крепким сном и, проснувшись, почувствовал себя гораздо лучше, чем все эти дни. Теперь я начал рассуждать спокойнее, и, по зрелом размышлении, вот к чему я пришел. Мой остров, богатый растительностью и лежащий недалеко от материка, был, конечно, не до такой степени заброшен людьми, как я воображал до сих пор, и хотя постоянных жителей на нем не было, но представлялось весьма вероятным, что дикари с материка приезжали на него иногда в своих пирогах; возможно было и то, что их пригоняло сюда течением или ветром: во всяком случае, они могли здесь бывать. Но так как за пятнадцать лет, которые я прожил на острове, я до последнего времени не открыл и следа присутствия на нем людей, то, стало быть, если дикари и приезжали сюда, они тотчас же снова уезжали и никогда не имели намерения водвориться здесь.

Следовательно, единственная опасность, какая могла мне грозить, была опасность наткнуться на них в один из этих редких наездов. Но так как они приезжали сюда не по доброй воле, а их пригоняло ветром, то они спешили поскорее убраться домой, проведя на острове всего какую нибудь ночь, чтобы не упустить отлива и успеть вернуться засветло.

Значит, мне нужно было только обеспечить себе безопасное убежище на случай их высадки на остров.

Мне пришлось теперь горько пожалеть, зачем я расширил пещеру за своей палаткой и вывел из нее ход наружу, за пределами моего укрепления. И вот, подумав, я решил построить вокруг моего жилья еще одну ограду, тоже полукругом, на таком расстоянии от прежней стены, чтобы выход из пещеры пришелся внутри укрепления. Впрочем, мне даже не понадобилось воздвигать новую стену: двойной ряд деревьев, которые я лет двенадцать назад посадил вдоль старой ограды, представлял уже и сам по себе надежный оплот, так часто были насажены деревья, и так сильно они разрослись. Оставалось только забить кольями промежутки между ними, чтобы превратить весь этот полукруг в сплошную, крепкую стену. Так я и сделал.

Теперь моя крепость была окружена двумя стенами. Внутреннюю стену, как уже знает читатель, я укрепил земляной насыпью футов в десять толщиной. Это было еще тогда, когда я расширял пещеру: по мере того, как я выкапывал землю, я сваливал ее к ограде и плотно утаптывал. Наружная же стена, как уже оказано, состояла из двойного ряда деревьев, между которыми я набил кольев, заложив пустое пространство внутри кусками старых канатов, обрубками дерева и всем, что только могло придать прочности моему брустверу и что оказалось у меня под рукой. Но я оставил в наружной стене семь небольших отверстий, настолько узких, что еле можно было просунуть в них руку. Эти отверстия должны были служить мне бойницами. Я вставил в каждое из них по мушкету (я уже говорил, что перевез к себе с корабля семь мушкетов). Мушкеты были у меня установлены на подставках, как пушки на лафетах, так что в какие нибудь две минуты я мог разрядить все семь ружей. Много месяцев тяжелой работы потратил я на возведение этого укрепления: мне все казалось, что я не могу считать себя в безопасности, пока оно не будет готово.

Но мои труды не кончились на этом. Огромную площадь за наружной стеной я засадил теми похожими на иву деревьями, которые так хорошо принимались. Я думаю, что посадил их не менее двадцати тысяч штук. Но между первыми деревьями и стеной я оставил довольно большое свободное пространство, чтобы мне было легче заметить неприятеля, если бы таковой вздумал атаковать мою крепость, и чтобы он не мог подкрасться к ней под прикрытием деревьев.

Через два года перед моим жильем была уже молодая рощица, а еще лет через пять, шесть его обступал высокий лес, почти непроходимый, так часто были насажены в нем деревья, и так густо они разрослись. Никому в мире не пришло бы теперь в голову, что за этим лесом скрыто человеческое жилье. Чтобы входить в мою крепость и выходить из нее (так как я не оставил аллеи в лесу), я пользовался двумя лестницами, приставляя одну из них к сравнительно невысокому выступу в скале, на который ставил другую лестницу, так что, когда обе лестницы были убраны, ни одна живая душа не могла проникнуть ко мне, не сломав себе шею. Но даже допуская, что какому нибудь смельчаку удалось бы благополучно спуститься с горы в мою сторону, он очутился бы все таки не в самой крепости, а за пределами ее наружной стены.

Итак, я принял для своей безопасности все меры, какие только могла мне подсказать моя изобретательность, и, как читатель (вскоре увидит, они были не совсем бесполезны, хотя в то время, когда я приводил их в исполнение, опасность, от которой я хотел себя оградить, была скорее воображаемой, внушенной моими страхами.

Но, прилагая все старания для ограждения себя от врагов, я в то же время не забрасывал и других своих дел. Я по-прежнему тщательно ходил за моим маленьким стадом. Мои козы кормили и одевали меня, а это избавляло меня от необходимости охотиться и таким образом сберегало не только мой порох, но мои силы и время. Выгода была так ощутительна, что мне, понятно, не хотелось лишиться ее и потом начинать все сначала.

Чтобы избежать этого несчастья, по зрелом размышлении я решил, что у меня только два способа сохранить коз: или загонять на ночь все стадо в пещеру (которую пришлось бы выкопать нарочно для этой цели), или устроить еще два или три отдельных загончика подальше один от другого, но непременно в укромных местах, где бы их было трудно найти, и поместить в каждом из них по полдюжине молодых коз; тогда, если бы даже главное стадо погибло вследствие какой нибудь несчастной случайности, у меня все таки осталось бы несколько коз, и я мог бы без особенных хлопот развести новое стадо. В конце концов, я остановился на последнем проекте, как на более разумном, хотя осуществление его требовало немало времени и труда.

Я исходил весь остров, отыскивая самые глухие места, и, наконец, выбрал один уголок, так хорошо укрытый от нескромных взоров, что лучше нельзя было и желать. Это была небольшая полянка в низине, в чаще леса — того самого леса, где я заблудился, когда возвращался домой с восточной части острова. Вся полянка занимала около трех акров; лес обступал ее со всех сторон почти сплошной стеной, образуя как бы естественную ограду; во всяком случае, устройство ограды потребовало от меня гораздо меньше труда, чем в других местах.

Я немедленно принялся за работу, и недели через четыре мой новый загон был огорожен настолько плотно, что можно было перевести в него коз. Теперь это не представляло большого труда, так как новые поколения коз, вырешенные в огороженных загонах, привыкли ко мне и утратили свою природную дикость. Я, не откладывая, отделил от стада десять коз и двух козлов и перевел их в новый загон. После того я употребил еще некоторое время на окончательное укрепление изгороди, но делал это не торопясь, очень медленно.

И все эти труды, все эти хлопоты порождены были страхом, обуявшим меня при виде отпечатка человеческой ноги на песке! Ибо до сих пор я никогда не видел ни одной человеческой души ни на острове, ни близко от него. После своего несчастного открытия уже два года я распростился со своей прежней безмятежной жизнью, чему легко поверят все те, кто испытал, что такое жизнь под вечным гнетом страха. С сожалением должен прибавить, что постоянная душевная тревога, в которой я пребывал в этот период, весьма дурно отразилась и на моих религиозных чувствах. Каждый вечер я ложился с той мыслью, что, может быть, не доживу до утра, что ночью на меня нападут дикари, что они убьют меня и съедят, и этот страх до такой степени угнетал мою душу, что лишь в редкие минуты я мог обращаться к творцу с подобающим смирением и спокойным, умиленным духом. Если я и молился, то скорее как человек, который взывает к богу в своем отчаянии, потому что видит свою близкую гибель. И я могу удостоверить на основании личного опыта, что к молитве больше располагает мирное настроение духа, когда мы чувствуем признательность, любовь и умиление, и что подавленный страхом человек так же мало предрасположен к подлинно молитвенному настроению, как к раскаянию на смертном одре; страх — болезнь, расслабляющая душу, как расслабляет тело физический недуг, а как помеха молитве страх действует даже сильнее телесного недуга, ибо молитва есть духовный, а не телесный акт.

Но возвращаюсь к рассказу. Обеспечив себя таким образом живым провиантом, я стал подыскивать другое укромное местечко для новой партии коз. Как то раз, во время этих поисков, я добрался до западной оконечности острова, где никогда не бывал до тех пор. Не доходя до берега, я поднялся на пригорок, и когда передо мной открылось море, мне показалось, что вдали виднеется лодка. В одном из сундуков, перевезенных мною с нашего корабля, я нашел несколько подзорных трубок, но их со мной не было, и я не мог различить, была ли то действительно лодка, хотя проглядел все глаза, всматриваясь в даль. Спускаясь к берегу с пригорка, я уже ничего не видал; так я до сих пор не знаю, что это был за предмет, который я принял за лодку. Но с того дня я дал себе слово никогда не выходить из дому без подзорной грубы.

Добравшись до берега (это была часть острова, где, как уже оказано, я раньше не бывал), я не замедлил убедиться, что следы человеческих ног совсем не такая редкость на моем острове, как я воображал. Да, я убедился, что, не попади я по особенной милости провидения на ту сторону острова, куда не приставали дикари, я бы давно уже знал, что посещения ими моего острова — самая обыкновенная вещь, и что западные его берега служат им не только постоянной гаванью вовремя дальних морских экскурсий, но и местом, где они справляют свои каннибальские пиры.

То, что я увидел, когда спустился с пригорка и подошел к берегу моря, буквально ошеломило меня. Весь берег был усеян человеческими костями; черепами, скелетами, костями рук и ног. Не могу выразить, какой ужас охватил мою душу при виде этой картины. Мне было известно, что дикие племена часто воюют между собой. Должно быть, думал я, после каждой стычки победители привозят с материка своих военнопленных на это побережье, где, по зверскому обычаю всех дикарей-людоедов, убивают и съедают их. В одном месте я заметил круглую, плотно убитую площадку, по середине которой виднелись остатки костра: здесь то, вероятно, и заседали бесчеловечные варвары, справляя свои ужасные пиры.

Все это до того меня поразило, что я даже не сразу вспомнил об опасности, которой подвергался, оставаясь на этом берегу: ужас перед возмутительным извращением человеческой природы, способной дойти до такой зверской жестокости, вытеснил из моей души всякий страх за себя. Я не раз слыхал о подобных проявлениях зверства, но никогда до тех пор мне не случалось видеть их самому. С крайним омерзением отвернулся я от ужасного зрелища: я ощущал страшную тошноту и, вероятно, лишился бы чувств, если б сама природа не пришла мне на помощь, очистив мой желудок обильной рвотой.

Ни одной минуты лишней не оставался я в этом ужасном месте: как только я был в силах стоять на ногах, я поднялся на пригорок со всевозможной поспешностью и побрел назад к своему жилью.

Отойдя немного от этой части острова, я остановился, чтобы опомниться и собраться с мыслями. В глубоком умилении поднял я глаза к небу и, обливаясь слезами, возблагодарил создателя за то, что он судил мне родиться в иной части света, где нет таких зверей в человеческом образе.

В этом умиленном настроении вернулся я в свой замок и с того дня стал меньше бояться дикарей. На основании своих наблюдений я убедился, что эти варвары никогда не приезжали на остров за добычей — потому ли, что ни в чем не нуждались, или, может быть, потому, что не рассчитывали чем нибудь поживиться в таком пустынном месте: в лесистой части острова они несомненно бывали не раз, но, вероятно, не нашли там для себя ничего подходящего. Достоверно было одно: я прожил на острове без малого восемнадцать лет и до последнего времени ни разу не находил человеческих следов, из чего следовало, что я мог прожить здесь еще столько же и не попасться на глаза дикарям, разве что наткнулся бы на них по собственной неосторожности. Но этого нечего было опасаться, так как единственной моей заботой было как можно лучше скрывать все признаки моего присутствия на острове и как можно реже выползать из своей норы, по крайней мере, до тех пор, пока мне не представится лучшее общество, чем общество каннибалов.

Однако, ужас и отвращение, внушенное мне этими дикими извергами и их бесчеловечным обычаем пожирать друг друга, повергли меня в мрачное настроение, и около двух лет я просидел безвыходно в той части острова, где были расположены мои земли, то-есть две мои усадьбы — крепость под горой и лесная дача — и та полянка в чаще леса, на которой я устроил загон, при чем этот последний я посещал только ради коз: мое отвращение к этим отродьям ада было таково, что я лучше согласился бы увидеть дьявола, чем встречаться с ними. За это время я ни разу не сходил взглянуть на свою пирогу: я даже стал подумывать о сооружении другой лодки, так как окончательно решил, что не стану и пытаться привести свою лодку с той стороны острова. Я не имел ни малейшего желания столкнуться в море с дикарями, ибо знал, какая участь меня ожидает, если я попадусь им в руки.

Между тем, время и уверенность в том, что дикари не могут открыть мое убежище, сделали свое дело: я перестал их бояться и зажил своей прежней мирной жизнью с той лишь разницею, что теперь я стал осторожнее и принимал все меры, чтоб не попасться неприятелю на глаза. Главное, я остерегался стрелять, чтобы не привлечь внимания дикарей, если бы они случайно находились на острове. К счастью, я мог теперь обходиться без охоты, так как вовремя позаботился обзавестись домашним скотом; несколько диких коз, которых я съел за это время, были пойманы мной силками или западнями, так что за два года я, кажется, не сделал ни одного выстрела, хотя никогда не выходил без ружья. Больше того, я всегда засовывал за пояс пару пистолетов, найденных мной на корабле, и подвешивал на ремне через плечо остро отточенный тесак. Таким образом, вид у меня был теперь самый устрашающий; ружье, топор, пара пистолетов и огромный тесак без ножен.

Итак, если откинуть в сторону необходимость быть всегда настороже, жизнь моя, как я уже сказал, вошла на некоторое время в свое прежнее покойное русло. Оценивая свое положение, я с каждым днем все больше убеждался, что оно далеко не плохо по сравнению с участью многих других, да, наконец, и сам я мог быть поставлен в гораздо более печальные условия, если бы так судил мне господь. Насколько меньше роптали бы мы на судьбу и насколько больше были бы признательны провидению, если бы, размышляя о своем положении, брали для сравнения худшее, а не лучшее, как мы это делаем, когда желаем оправдать свои жалобы.

В моем теперешнем положении я почти ни в чем не испытывал недостатка: мне кажется, что страх этих извергов-дикарей и, как последствие страха, вечная забота о своей безопасности сделали меня более равнодушным к житейским удобствам и притупили мою изобретательность Я, например, так и не привел в исполнение одного своего проекта, который некоторое время сильно занимал меня. Мне очень хотелось попробовать сделать из ячменя солод и сварить пиво. Затея была довольно фантастическая, и я часто упрекал себя за свою наивность. Мне было хорошо известно, что для осуществления ее мне многого не хватает и достать невозможно. Прежде всего бочек для хранения пива, которых, как уже знает читатель, я никогда не мог сделать, хотя потратил много недель и месяцев на бесплодные попытки добиться толку в этой работе. Затем у меня не было ни хмеля, ни дрожжей, ни котла, так что даже варить его было не в чем. И тем не менее я твердо убежден, что не нагони на меня тогда эти проклятые дикари столько страху, я приступил бы к осуществлению моей затеи и, может быть, добился бы своего, ибо, раз уже я затевал какое нибудь дело, я редко бросал его, не доведя до конца. Но в те времена моя изобретательность направилась в совсем другую сторону. День и ночь я думал только о том, как бы мне истребить несколько этих чудовищ во время их зверских развлечений и, если можно, спасти несчастную жертву, обреченную на съедение, которую они привезут с собой. Мне хотелось, если не удастся истребить этих извергов, хотя напугать их хорошенько и, таким образом, отвадить от посещения моего острова. Но моя книга вышла бы слишком объемистой, если бы я задумал рассказать все хитроумные планы, какие слагались по этому поводу в моей голове. Однако, это была пустая трата времени. Чтобы наказать людоедов, надо вступить с ними в бой, а что мог сделать один человек с двумя-тремя десятками этих варваров, вооруженных копьями и луками, из которых они умели попадать в цель не хуже, чем я из ружья.

Приходило мне в голову подвести мину под то место, где они разводили огонь, и заложить в нее пять-шесть фунтов пороху. Когда они зажгут свой костер, порох воспламениться и взорвет все, что окажется поблизости. Но мне, во первых, было жалко пороху, которого у меня оставалось немного, а во вторых, я не, мог быть уверен, что взрыв произойдет именно тогда, когда они соберутся у костра. В противном случае, какой был бы из этого толк? Самое большее, что некоторых из них опалило бы порохом. Конечно, они испугались бы, но настолько ли, чтобы перестать появляться на острове? Так я и бросил эту затею. Думал я также устроить в подходящем месте засаду: спрятаться с тремя заряженными ружьями и выпалить в самую середину их кровавой оргии с полной уверенностью, что положишь на месте или ранишь двух-трех человек каждым выстрелом, а потом выскочить из засады и напасть на них с пистолетами и тесаком. Я не сомневался, что при таком способе действия сумею управиться со всеми своими врагами, будь их хоть двадцать человек. Я несколько недель носился с этой мыслью: она до такой степени меня поглощала, что часто мне снилось, будто я стреляю в дикарей или бросаюсь на них из засады.

Одно время я до того увлекся этим проектом, что потратил несколько дней на поиски подходящего места для предполагаемой засады против дикарей. Я даже начал посещать место их сборищ и освоился с ним. В те минуты, когда моя душа жаждала мести и ум был полон кровожадных планов избиения отвратительных выродков, пожирающих друг друга, вид страшных следов кровавой расправы человека с человеком подогревал мою злобу.

Место для засады было, наконец, найдено, то-есть, собственно говоря, я подыскал два укромных местечка: с одного из них я предполагал стрелять в дикарей, другое же должно было служить мне пунктом для предварительных наблюдений. Это был выступ на склоне холма откуда я мог, оставаясь невидимым, следить за каждой приближавшейся к острову лодкой. Завидев издали пирогу с дикарями, я мог, прежде чем они успели бы высадиться, незаметно пробраться в ближний лесок. Там в одном дереве было такое большое дупло, что я легко мог в нем спрятаться. Сидя в этом дупле, я мог отлично наблюдать за дикарями и, улучив момент, когда они столпятся в кучу и будут таким образом представлять удобную цель, стрелять, но уже без промаха, так, чтобы уложить первым же выстрелом трех-четырех человек.

Как только было выбрано место засады, я стал готовиться к походу. Я тщательно осмотрел и привел в порядок свои пистолеты, оба мушкета и охотничье ружье. Мушкеты я зарядил семью пулями каждый: двумя большими кусками свинца и пятью пистолетными пулями; в охотничье ружье я всыпал хорошую горсть самой крупной дроби. Затем я заготовил пороху и пуль еще для трех зарядов и собрался в поход.

Когда мой план кампании был окончательно разработан и даже неоднократно приведен в исполнение в моем воображении, я начал ежедневно совершать экскурсии к вершине холма, который находился более чем в трех милях от моего замка. Я целыми часами смотрел, не видно ли в море каких нибудь судов и не подходит ли к острову пирога с дикарями. Месяца два или три я самым добросовестным образом отправлял мою караульную службу, но, наконец, это мне надоело, ибо за все три месяца я ни разу не увидел ничего похожего на лодку, не только у берега, но и на всем пространстве океана, какое можно охватить глазом через подзорную трубу.

До тех пор, пока я аккуратно посещал свой наблюдательный пост, мое воинственное настроение не ослабевало, и я не находил ничего предосудительного в жестокой расправе, которую собирался учинить. Избиение двух-трех десятков почти безоружных людей казалось мне самой обыкновенной вещью. Ослепленный негодованием, которое породило в моей душе отвращение к противоестественным нравам местного населения, я даже не задавался вопросом, заслуживают ли они такой кары. Я не подумал о том, что, по воле провидения, они не имеют в жизни иных руководителей, кроме своих извращенных инстинктов и зверских страстей. Я не подумал, что если премудрое провидение терпит на земле таких людей и терпело их, быть может, несколько столетий, если оно допускает существование столь бесчеловечных обычаев и не препятствует целым племенам совершать ужасные деяния, на которые могут быть способны только выродки, окончательно забытые небом, то, стало быть, не мне быть им судьей. Но когда, как уже сказано, мои ежедневные бесплодные выслеживания начали мне надоедать, тогда стал изменяться и мой взгляд на задуманное мною дело. Я стал спокойнее и хладнокровнее относиться к этой затее; я спросил себя, какое я имею право брать на себя роль судьи и палача этих людей. Пускай они преступны; но коль скоро сам бог в течение стольких веков предоставляет им творить зло безнаказанно, то, значит, на то его воля. Как знать? — быть может, истребляя друг друга, они являются лишь исполнителями его приговоров. Во всяком случае, мне эти люди не сделали зла; по какому же праву я хочу вмешаться в их племенные распри? На каком основании я должен отомстить за кровь, которую они так неразборчиво проливают? Я рассуждал следующим образом: «Почем я знаю, осудит ли их господь? Несомненно одно: в глазах каннибалов каннибализм не есть преступление, их разум не находит ничего предосудительного в этом обычае, и совесть не упрекает их за него. Они грешат по неведению и, совершая свой грех, не бросают этим вызова божественной справедливости, как делаем мы, когда грешим. Для них убить военнопленного — такая же обыкновенная вещь, как для нас зарезать быка, и человеческое мясо они едят так же спокойно, как мы баранину».

Эти размышления привели меня к неизбежному выводу, что я был неправ, произнося свой строгий приговор над дикарями-людоедами, как над убийцами. Теперь мне было ясно, что они не более убийцы, чем те христиане, которые убивают военнопленных или, — что случается еще чаще, — предают мечу, никому не давая пощады, целые армии, даже когда неприятель положил оружие и сдался.

А потом еще мне пришло в голову, что, каких бы зверских обычаев ни придерживались дикари, меня это не касается. Меня они ничем не обидели, так за что же мне было их убивать? Вот если б они напали на меня и мне пришлось бы защищать свою жизнь, тогда другое дело. Но пока я не был в их власти, пока они не знали даже о моем существовании и, следовательно, не могли иметь никаких коварных замыслов против меня, до тех пор я не имел права на них нападать. Это было бы нисколько не лучше поведения испанцев, прославившихся своими жестокостями в Южной Америке; где они истребили миллионы людей. Положим, эти люди были идолопоклонники и варвары; но, при всех своих варварских обычаях и кровавых религиозных обрядах вроде человеческих жертвоприношений, перед испанцами они ни в чем не провинились. Недаром же в наше время все христианские народы Европы и даже сами испанцы возмущаются этим истреблением американских народностей и говорят о нем, как о бойне, как об акте кровавой и противоестественной жестокости, который не может быть оправдан ни перед богом, ни перед людьми. С тех времен самое имя испанца внушает ужас всякой человеческой душе, исполненной человеколюбия и христианского сострадания, как будто Испания такая уж страна, которая производит людей, неспособных проникнуться христианскими правилами, чуждых всякому великодушному порыву, не знающих самой обыкновенной жалости к несчастным, свойственной благородным сердцам.

Эти рассуждения охладили мой пыл, и я. стал понемногу отказываться от своей затеи, придя к выводу, что я не вправе убивать дикарей и что мне нет никакой надобности вмешиваться в их дела, пока они не трогают меня. Мне нужно заботиться только о предотвращении их нападения; если же они меня откроют и нападут на меня, я сумею исполнить свой долг.

С другой стороны, я подумал, что осуществление моего плана не только не принесет мне избавления от дикарей, но приведет меня к гибели. Ведь только в том случае я могу быть уверен, что избавился от них, если мне удастся перебить их всех до единого, и не только всех тех, которые высадятся в следующий раз, но и всех, которые будут являться потом. Если же хотя бы один из них ускользнет и расскажет дома о случившемся, они нагрянут ко мне тысячами отомстить за смерть своих соплеменников! И я таким образом навлеку на себя верную гибель, которая в настоящее время вовсе мне не угрожала.

Взвесив все эти доводы, я решил, что вмешиваться в дело варваров было бы с моей стороны и безнравственно и неблагоразумно и что мне следует всячески скрываться от них и как можно лучше заметать свои следы, чтоб они не могли догадаться, что на острове обитает человеческое существо.

В таком состоянии духа я пробыл около года. Все это время я был так далек от каких либо поползновений расправиться с дикарями, что ни разу не взбирался на холм посмотреть, не видно ли их и не оставили ли они каких нибудь следов своего недавнего пребывания на берегу: я боялся, как бы при виде этих извергов во мне снова не заговорило желание хорошенько проучить их и я не соблазнился удобным случаем напасть на них врасплох. Я только увел оттуда свою лодку и переправил ее на восточную сторону острова, где для нее нашлась очень удобная бухточка, защищенная со всех сторон отвесными скалами. Я знал, что, благодаря течению, дикари ни за что не решатся высадиться в этой бухточке.

Я перевел свою лодку со всей ее оснасткой, с самодельной мачтой и самодельным парусом и чем то вроде якоря (впрочем, это приспособление едва ли можно было назвать якорем или даже кошкой; лучшего я сделать не мог). Словом, я убрал с того берега все до последней мелочи, чтобы не оставалось никаких признаков лодки или человеческого жилья на острове.

Кроме того, я, как уже сказано, жил более замкнуто, чем когда либо, и без крайней необходимости не выползал из своей норы. Правда, я регулярно ходил доить коз и присматривать за своим маленьким стадом в лесу, но это было в противоположной стороне острова, так что я не подвергался ни малейшей опасности. Можно было с уверенностью оказать, что дикари приезжали на остров не за добычей и, следовательно, не ходили вглубь острова. Я не сомневался, что они не раз побывали на берегу и до и после того, как, напуганный сделанным мною открытием, я стал осторожнее. Я с ужасом думал о том, какова была бы моя участь, если бы, не подозревая о грозящей мне опасности, я случайно наткнулся на них в то время, когда, полунагой и почти безоружный (я брал тогда с собой только ружье, зачастую заряженное одной мелкой дробью), я беззаботно разгуливал по всему острову в поисках за дичью, обшаривая каждый кустик. Что было бы со мной, если бы вместо отпечатка человеческой ноги я увидел вдруг человек пятнадцать-двадцать дикарей и они погнались бы за мной и, разумеется, настигли бы меня, потому что дикари бегают очень быстро?

Меня теперь все чаще посещала одна мысль, неоднократно приходившая мне в голову, и раньше, с того времени, как я впервые уразумел, как неустанно печется о нас милосердный господь, охраняя нас от опасностей, уснащающих наш жизненный путь. Как часто мы, сами того не ведая, непостижимым образом избавляемся от грозящих нам бед! В минуты сомнения, когда человек колеблется, когда он, так сказать, стоит на распутье, не зная, по какой ему дороге идти, и даже тогда, когда он выбрал дорогу и уже готов вступить на нее, какой то тайный голос удерживает его. Казалось бы, все — природные влечения, симпатии, здравый смысл, даже ясно сознанная определенная цель — зовет его на эту дорогу, а между тем его душа не может стряхнуть с себя необъяснимого влияния, неизвестно откуда исходящего давления неведомой силы, не пускающей его туда, куда он был намерен идти. И потом всегда оказывается, что, если б он пошел по той дороге, которую выбрал сначала и которую, по его собственному сознанию, должен был выбрать, она привела бы его к гибели. Под влиянием этих и подобных им размышлений у меня сложилось такое правило жизни: в минуты колебания смело следуй внушению внутреннего голоса, если услышишь его, хотя бы кроме этого голоса ничто не побуждало тебя поступить так, как он советует тебе. В доказательство безошибочности этого Правила я мог бы привести множество примеров из своей жизни, особенно из последних лет моего пребывания на злополучном острове, не считая многих случаев, которые прошли для меня незамеченными и на которые я непременно обратил бы внимание, если бы всегда смотрел на эти вещи такими глазами, как смотрю теперь. Но никогда не поздно поумнеть, и я не могу не посоветовать всем рассудительным людям, чья жизнь сложилась так же, хотя бы и не до такой степени необычайно, как моя, никогда не пренебрегать внушениями этого божественного тайного голоса, от какого бы невидимого разума он ни исходил. Для меня несомненно — хотя я и не могу этого объяснить, — что в этих таинственных указаниях мы должны видеть доказательство общения душ, существования связи между телесным и бесплотным миром. Мне представится случай привести несколько замечательных примеров этого общения при дальнейшем описании моей одинокой жизни на этом печальном острове.

Я думаю, читателю не покажется страшным, когда я ему скажу, что сознание вечно грозящей опасности, под гнетом которого я жил последние годы, и никогда не подкидавшие меня страх и тревога убили во мне всякую изобретательность и положили конец всем моим затеям касательно увеличения моего благосостояния и моих домашних удобств. Мне было не до забот об улучшении моего стола, когда я только и думал, как бы спасти свою жизнь. Я не смел ни вбить гвоздя, ни расколоть полена, боясь, что дикари могут услышать стук. Стрелять я и подавно не решался по той же причине. Но, главное, на меня нападал неописуемый страх всякий раз, когда мне приходилось разводить огонь, так как дым, который днем виден да большом расстоянии, всегда мог выдать меня. В виду этого я даже перенес в новое помещение все те поделки (в том числе и гончарную мастерскую), для которых требовался огонь. Я забыл сказать, что как то раз я, к несказанной моей радости, нашел природную пещеру в скале, очень просторную внутри, куда, я уверен, ни один дикарь не отважился бы забраться, даже если бы он находился у самого входа в нее; только человеку, который, как я, нуждался в безопасном убежище, могла прийти фантазия залезть в эту дыру.

Устье пещеры находилось под высокой скалой, у подножия которой я рубил толстые сучья на уголь. Но прежде, чем продолжать, я должен объяснить, зачем мне понадобился древесный уголь.

Как уже сказано, я боялся разводить огонь подле моего жилья — боялся из за дыма; а между тем не мог же я не печь хлеба, не варить мяса, вообще обходиться без стряпни. Вот я и придумал заменить дрова углем, который почти не имеет дыма. Я видел в Англии, как добывают уголь, пережигая толстые сучья под слоем дерна. То же стал делать и я. Я производил эту работу в лесу и перетаскивал домой готовый уголь, который и жег вместо дров без риска выдать дымом свое местопребывание.

Так вот в один из тех дней, когда я работал в лесу топором, я вдруг заметил за большим кустом небольшое углубление в скале. Меня заинтересовало, куда может вести этот ход; я пролез в него, хоть и с большим трудом, и очутился в пещере высотой в два человеческих роста. Но сознаюсь, что вылез оттуда гораздо скорее, чем залез. И немудрено: всматриваясь в темноту (так как в глубине пещеры было совершенно темно), я увидал два горящих глаза какого то существа — человека или дьявола, не знаю, — они сверкали, как звезды, отражая слабый дневной свет, проникавший в пещеру снаружи и падавший на них.

Немного погодя, я, однако, опомнился и обозвал себя дураком. Кто прожил двадцать лет один одинешенек среди океана, тому не стать бояться черта, сказал я себе. Наверное уж в этой пещере нет никого страшнее меня! И, набравшись храбрости, захватил горящую головню и снова залез в пещеру. Но не успел я ступить и трех шагов, освещая себе путь головешкой, как попятился назад, перепуганный чуть ли не больше прежнего: я услышал громкий вздох, как вздыхают от боли, затем какие то прерывистые звуки вроде бормотанья и опять тяжкий вздох. Я оцепенел от ужаса; холодный пот проступил у меня по всему телу, и волосы встали дыбом, так что, будь на мне шляпа, я не ручаюсь, что она не свалилась бы с головы... Тем не менее я не потерял присутствия духа: стараясь ободрить себя тою мыслью, что всевышний везде может меня защитить, я снова двинулся вперед и при свете факела, который я держал над головой, увидел на земле огромного страшного старого козла. Он лежал неподвижно и тяжело дышал в предсмертной агонии; по-видимому, он околевал от старости.

Я пошевелил его ногой, чтобы заставить подняться. Он попробовал встать, но не мог. Пускай его лежит, покуда жив, подумал я тогда; если он меня напугал, то, наверно, не меньше напугает каждого дикаря, который вздумает сунуться сюда.

Оправившись от испуга, я стал осматриваться кругом. Пещера была очень маленькая — около двенадцати квадратных футов, — крайне бесформенная — ни круглая, ни квадратная, — было ясно, что здесь работала одна природа, без всякого участия человеческих рук. Я заметил также в глубине ее отверстие, уходившее еще дальше под землю, но настолько узкое, что пролезть в него можно было только ползком. Не зная, куда ведет этот ход, я не захотел без свечи проникнуть в него, но решил прийти сюда снова на другой день со свечами, с трутницей, которую я смастерил из ружейного замка, и горящим углем в миске.

Так я и сделал. Я взял с собой шесть больших свечей собственного изделия (к тому времени я научился делать очень хорошие свечи из козьего жиру; только в отношении фитилей встречал затруднение, пользуясь для них то старыми веревками, то волокнами растения, похожего на крапиву) и вернулся в пещеру. Подойдя к узкому ходу в глубине пещеры, о котором было сказано выше, я принужден был стать на четвереньки и ползти в таком положении десять ярдов, что было, к слову сказать, довольно смелым подвигом с моей стороны, если принять во внимание, что я не знал, куда ведет ход и что ожидает меня впереди. Миновав самую узкую часть прохода, я увидел, что он начинает все больше расширяться, и тут глаза мои были поражены зрелищем, великолепнее которого я на моем острове ничего не видал. Я стоял в просторном гроте футов в двадцать вышиной; пламя моих двух свечей отражалось от стен и свода, и они отсвечивали тысячами разноцветных огней. Были ли то алмазы или другие драгоценные камни, или же — что казалось всего вернее — золото?

Я находился в восхитительном, хотя и совершенно темном, гроте с сухим и ровным дном, покрытым мелким песком. Нигде никаких признаков плесени или сырости; нигде ни следа отвратительных насекомых и ядовитых гадов. Единственное неудобство — узкий ход, но для меня это неудобство было преимуществом, так как я хлопотал о безопасном убежище, а безопаснее этого трудно было сыскать.

Я был в восторге от своего открытия и решил, не откладывая, перенести в мой грот. все те свои вещи, которыми я особенно дорожил, и прежде всего порох и все запасное оружие, а именно: два охотничьих ружья (всех ружей у меня было три) и три из восьми находившихся в моем распоряжении мушкетов. Таким образом в моей крепости осталось только пять мушкетов, которые у меня всегда были заряжены и стояли на лафетах, как пушки, у моей наружной ограды, но всегда были к моим услугам, если я собирался в какой нибудь поход.

Перетаскивая в новое помещение порох и запасное оружие, я заодно откупорил и бочонок с подмоченным порохом. Оказалось, что вода проникла в бочонок только на три, на четыре дюйма кругом; подмокший порох затвердел и ссохся в крепкую корку, в которой остальной порох лежал, как ядро ореха в скорлупе. Таким образом, я неожиданно разбогател еще фунтов на шестьдесят очень хорошего пороху. Это был весьма приятный сюрприз. Весь этот порох я перенес в мой грот для большей сохранности, и никогда не держал в своей крепости более трех фунтов на всякий случай. Туда же, то-есть в грот, я перетащил и весь свой запас свинца, из которого я делал пули.

Я воображал себя в то время одним из древних великанов, которые, говорят, жили в расщелинах скал и в пещерах, неприступных для простых смертных. Пусть хоть пятьсот дикарей рыщут по острову, разыскивая меня: они не откроют моего убежища, говорил я себе, а если даже и откроют, так все равно не посмеют проникнуть ко мне.

Старый козел, которого я нашел издыхающим в устье пещеры, на другой же день околел. Во избежание зловония от разлагающегося трупа я закопал его в яму, которую вырыл тут же, в пещере, подле него: это было легче, чем вытаскивать его вон.

Шел уже двадцать третий год моего житья на острове, и я успел до такой степени освоиться с этой жизнью, что если бы не страх дикарей, которые могли потревожить меня, я бы охотно согласился провести здесь весь остаток моих дней до последнего часа, когда я лег бы и умер, как старый козел в пещере. Я придумал себе несколько маленьких развлечений, благодаря которым время протекало для меня гораздо веселее, чем прежде. Во первых, как уже знает читатель, я научил говорить своего Попку, и он так мило болтал, произносил слова так раздельно и внятно, что было большим удовольствием слушать его. Он прожил у меня не менее двадцати шести лет. Как долго жил он потом, — я не знаю: впрочем, я слышал в Бразилии, что попугаи живут по сто лет. Может быть, верный мой Попка и теперь еще летает по острову, призывая бедного Робина Крузо. Не дай бог ни одному англичанину попасть на мой остров и услышать его; бедняга, с которым случилось бы такое несчастье, наверное, принял бы моего Попку за дьявола. Мой пес был моим верным и преданным другом в течение шестнадцати лет; он околел от старости. Что касается моих кошек, то, как я уже говорил, они так расплодились, что я принужден был стрелять по ним несколько раз, иначе они загрызли бы меня и уничтожали бы все мои запасы. Когда две старых кошки, взятых мной с корабля, издохли, я продолжал распугивать остальных выстрелами и не давал им есть, так что в заключение все они разбежались в лес и одичали. Я оставил у себя только двух или трех любимиц, которых приручил и потомство которых неизменно топил, как только оно появлялось на свет; они стали членами моей разношерстной семьи. Кроме того, я всегда держал при себе двух-трех козлят, которых приучал есть из своих рук. Было у меня еще два попугая, не считая старого Попки: оба они тоже умели говорить и оба выкликали: «Робин Крузо», но далеко не так хорошо, как первый. Правда и то, что на него я потратил гораздо больше времени и труда. Затем я поймал и приручил несколько морских птиц, названий котороых я не знал. Всем им я подрезал крылья, так что они не могли улететь. Те молодые деревца, которые я насадил перед своею крепостью, чтоб лучше скрыть ее на случай появления дикарей, разрослись в густую рощу, и мои птицы поселились в этой роще и плодились, что меня очень радовало. Таким образом, повторяю, я чувствовал себя покойно и хорошо и был бы совершенно доволен своею судьбою, если б мог избавиться от страха дикарей.

Но судьба судила иначе, и пусть все, кому доведется прочесть эту повесть, обратят внимание на то, как часто в течение нашей жизни зло, которого мы всего более страшимся и которое, когда оно нас постигло, представляется нам верхом человеческих испытаний, — как часто это зло становится вернейшим и единственным путем избавиться от преследующих нас несчастий. Я мог бы привести много примеров из моей собственной жизни в подтверждение правильности моих слов, но особенно замечательны в этом отношении события последних лет моего пребывания на острове.

Итак, шел двадцать третий год моего заточения. Наступил декабрь — время южного солнцестояния (потому что я не могу назвать зимой такую жаркую пору), а для меня — время уборки хлеба, требовавшей постоянного моего присутствия на полях. И вот, однажды, выйдя из дому перед рассветом, я был поражен, увидев огонь на берегу, милях в двух от моего жилья и, к великому моему ужасу, не в той стороне острова, где по моим наблюдениям высаживались посещавшие его дикари, а в той, где жил я сам.

Я был буквально сражен тем, что увидел, и притаился в своей роще, не смея ступить дальше ни шагу, чтобы не наткнуться на нежданных гостей. Но и в роще я не чувствовал себя спокойно: я боялся, что, если дикари начнут шнырять по острову и увидят мои поля с растущим на них хлебом или что нибудь из моих работ, они сейчас же догадаются, что на острове живут люди, и не успокоятся, пока не разыщут меня. Подгоняемый страхом, я живо вернулся в свою крепость, поднял за собой лестницу, чтоб замести свои следы, и начал готовиться к обороне.

Я зарядил все мои пушки (как назвал я мушкеты, стоявшие у меня на лафетах вдоль наружной стены) и все пистолеты и решил защищаться до последнего вздоха. В этом положении я пробыл два часа, не получая никаких вестей извне, так как у меня не было лазутчиков, которых я бы мог послать на разведку.

Просидев еще несколько времени и истощив свое воображение, я не в силах был выносить долее неизвестность и полез на гору тем способом, который был описан выше, то-есть при помощи лестницы, приставляя ее к уступу горы, спускавшейся в мою сторону. Добравшись до самой вершины, я вынул из кармана подзорную трубу, которую захватил с собой, лег брюхом на землю и, направив трубу на то место берега, где я видел огонь, стал смотреть. Я увидел человек десять голых дикарей, сидевших кружком подле костра. Конечно, костер они развели не для того, чтоб погреться, так как стояли страшные жары, а, вероятно, Затем, чтобы состряпать свой варварский обед из человечьего мяса. Дичина, наверно, была уже заготовлена, но живая или убитая — я не знал.

Дикари приехали в двух лодках, которые теперь лежали на берегу: было время отлива, и они, видимо, дожидались прилива, чтобы пуститься в обратный путь. Вы не можете себе представить, в какое смятение повергло меня это зрелище, а главное то, что они высадились на моей стороне острова, так близко от моего жилья. Впрочем, потом я немного успокоился, сообразив, что, вероятно, они всегда приезжают во время прилива и что, следовательно, во все время прилива я смело могу выходить, если только они не высадились до его начала. Это наблюдение успокоило меня, и я, как ни в чем не бывало, продолжал уборку урожая.

Как я ожидал, так и вышло: лишь только начался прилив, дикари сели в лодки и отчалили. Я забыл сказать, что за час или за полтора до отъезда они плясали на берегу: я ясно различал в трубку их странные телодвижения и прыжки. Я видел также, что все они были нагишом, но были ли то мужчины или женщины — не мог разобрать.

Как только они отчалили, я спустился с горы, вскинул на плечи оба свои ружья, заткнул за пояс два пистолета, тесак без ножен и, не теряя времени, отправился к тому холму, откуда открыл первые признаки этих людей. Добравшись туда (что заняло не менее двух часов времени, так как я был навьючен тяжелым оружием и не мог идти скоро), я взглянул в сторону моря и увидел еще три лодки с дикарями, направлявшиеся от острова к материку.

Это открытие подействовало на меня удручающим образом, особенно когда, спустившись к берегу, я увидел остатки только что справлявшегося там ужасного пиршества: кровь, кости и куски человеческого мяса, которое эти звери пожрали с легким сердцем, танцуя и веселясь. Меня охватило такое негодование при виде этой картины, что я снова стал обдумывать план уничтожения первой же партии этих варваров, которую я увижу на берегу, как бы ни была она многочисленна.

Не подлежало, однако, сомнению, что дикари посещают мой остров очень редко: прошло пятнадцать слишком месяцев со дня последнего их визита, и за все это время я не видел на их самих, ни свежих следов человеческих ног, вообще ничего такого, что бы указывало на недавнее их присутствие на берегу. В дождливый же сезон они наверно совсем не бывали на моем острове, так как, вероятно, не отваживались выходить из дому, по крайней мере, так далеко. Тем не менее все эти пятнадцать месяцев я не знал покоя, ежеминутно ожидая, что ко мне нагрянут незваные гости и нападут на меня врасплох. Отсюда я заключаю, что ожидание зла несравненно хуже самого зла. особенно когда этому ожиданию и этим страхам не предвидится конца.

Все это время я был в самом кровожадном настроении и все свои свободные часы (которые, к слову сказать, я мог бы употребить с гораздо большей пользой) придумывал, как бы мне напасть на них врасплох в ближайший же их приезд, особенно, если они опять разделятся на две партии, как это было в последний раз. Но я упустил из виду, что, если я перебью всю первую партию, положим, в десять или двенадцать человек, мне на другой день или через неделю или, может быть, через месяц придется иметь дело с новой партией, а там опять с новой, и так без конца, пока я сам не превращусь в такого же, если не худшего, убийцу, как эти дикари-людоеды.

Мои дни проходили теперь в вечной тревоге. Я был уверен, что рано или поздно мне не миновать лап этих безжалостных зверей, и, когда какое нибудь неотложное дело выгоняло меня из моей норы, я совершал свой путь с величайшими предосторожностями и поминутно озирался кругом. Вот когда я оценил удобство иметь домашний скот: моя мысль держать коз в загонах была поистине счастливая мысль. Стрелять я не смел, особенно в той стороне острова, где обыкновенно высаживались дикари: я боялся всполошить их своими выстрелами, потому что если бы они на этот раз убежали от меня, то, наверное, явились бы снова через несколько дней уже на двухстах или трехстах лодках, и я знал, что меня тогда ожидало.

Но, как уже сказано, только через год и три месяца я снова увидел дикарей, о чем я вскоре расскажу. Возможно, впрочем, что дикари не раз побывали на острове в течение этого года, но должно быть они никогда не оставались надолго, во всяком случае я их не видел; но в мае двадцать четвертого года моего пребывания на острове (как выходило по моим вычислениям) у меня произошла замечательная встреча с ними, о чем в своем месте.

Не могу выразить, каким тревожным временем были для меня эти пятнадцать месяцев. Я плохо спал, каждую ночь видел страшные сны и часто вскакивал, проснувшись в испуге. Иногда мне снилось, что я убиваю дикарей и придумываю оправдания для этой расправы. Я и днем не знал ни минуты покоя. Но оставим на время эту тему.

В середине мая, а именно 16-го, если верить моему жалкому деревянному календарю, на котором я продолжал отмечать числа, с утра до вечера бушевала сильная буря с грозой, и день сменился такою же бурною ночью. Я читал библию, погруженный в серьезные мысли о своем тогдашнем положении. Вдруг я услышал пушечный выстрел и, как мне показалось, со стороны моря.

Я вздрогнул от неожиданности; но эта неожиданность не имела ничего общего с теми сюрпризами, которые судьба посылала мне до сих пор. Нового рода были и мысли, пробужденные во мне этим выстрелом. Боясь потерять хотя бы секунду драгоценного времени, я сорвался с места, мигом приставил лестницу к уступу горы и стал карабкаться наверх. Как раз в тот момент, когда я взобрался на вершину, передо мной блеснул огонек выстрела, в через полминуты раздался второй пушечный выстрел. По направлению звука я без труда различил, что стреляют в той части моря, куда когда то меня угнало течением вместе с моей лодкой.

Я догадался, что это какой нибудь погибающий корабль подает сигналы о своем бедственном положении, и что невдалеке находится другой корабль, к которому он взывает о помощи. Несмотря на все свое волнение я сохранил присутствие духа и успел сообразить, что, если я не могу выручить из беды этих людей, зато они, может быть, меня выручат. Не теряя времени, я собрал весь валежник, какой нашелся поблизости, сложил его в кучу и зажег. Сухое дерево сразу занялось, несмотря на сильный ветер, и так хорошо разгорелось, что с корабля, — если только это действительно был корабль, — не могли не заметить моего костра. И он был, несомненно, замечен, потому что, как только вспыхнуло пламя, раздался новый пушечный выстрел, потом еще и еще, все с той же стороны. Я поддерживал костер всю ночь до рассвета, а когда совсем рассвело и небо прояснилось, я увидел в море, с восточной стороны острова, но очень далеко от берега, не то парус, не то кузов корабля, — я не мог разобрать даже в подзорную трубу из-за тумана, который на море еще не совсем рассеялся.

Весь день я наблюдал за видневшимся в море предметом и вскоре убедился, что он неподвижен. Я заключил отсюда, что это стоящий на якоре корабль. Легко представить, как не терпелось мне удостовериться в правильности моей догадки; я схватил ружье и побежал на юго-восточный берег к скалам, у которых я когда-то был унесен течением. Погода между тем совершенно прояснилась, и, придя туда, я, к великому моему огорчению, отчетливо увидел кузов корабля, наскочившего ночью на подводные рифы, которые я заметил во время путешествия в лодке; так как эти рифы преграждали путь морскому течению и порождали как бы встречное течение, то я обязан избавлением от самой страшной опасности, которой я когда либо подвергался за всю свою жизнь.

Таким образом то, что является спасением для одного, губит другого. Должно быть эти люди, кто б они ни были, не зная о существовании рифов, совсем закрытых водой, наскочили на них ночью благодаря сильному в.-с.-в. ветру. Если бы на корабле заметили остров (а, я думаю, его едва ли заметили), то спустили бы шлюпки и попытались бы добраться до берега. Но то обстоятельство, что там палили из пушек, особенно после того, как я зажег свой костер, породило во мне множество предположений: то я воображал, что, увидев мой костер, они сели в шлюпку и стали грести к берегу, но не могли выгрести из за волнения и потонули, то мне казалось, что они лишились всех своих шлюпок еще до момента крушения, что могло случиться вследствие многих причин: например, при сильном волнении, когда судно зарывается в воду, очень часто приходится выбрасывать за борт или ломать шлюпки. Возможно было и то, что погибший корабль был лишь одним из двух или нескольких судов, следовавших по одному направлению, и что, услыхав сигнальные выстрелы, эти последние корабли подобрали всех бывших на нем людей. Наконец, могло случиться и так, что, опустившись в шлюпку, экипаж корабля попал в упомянутое выше течение и был унесен в открытое море на верную смерть и что теперь эти несчастные умирают от голода и готовы съесть друг друга.

Так как все это были простые догадки, то в моем положении я мог только пожалеть несчастных. Благотворной для меня стороной этого печального происшествия было то, что оно послужило лишним поводом возблагодарить провидение, которое так неусыпно заботилось обо мне, покинутом и одиноком, и определило так, что из экипажей двух кораблей, разбитых у этих берегов, не спаслось ни души, кроме меня. Я получил, таким образом, новое подтверждение того; что, несмотря на всю бедственность и ужас нашего положения, в нем всегда найдется за что поблагодарить провидение, если мы сравним его с положением еще более ужасным.

А каково именно было, по всей вероятности, положение экипажа разбившегося корабля; трудно было допустить, чтобы кому нибудь из людей удалось спастись в такую страшную бурю, если только их не подобрало другое судно, находившееся поблизости. Но ведь это была лишь возможность, да и то очень слабая; по крайней мере, никаких следов другого корабля я не видел.

Где я найду слова, чтобы передать ту страстную тоску, те горячие желания, которые овладели мной, когда я увидел корабль. С моих губ помимо моей воли беспрестанно слетали слова: «Ах, если бы хоть два или три человека... нет, хоть бы один из них спасся и приплыл ко мне! Тогда у меня был бы товарищ, был бы живой человек, с которым я мог бы разговаривать». Ни разу за все долгие годы моей отшельнической жизни не испытал я такой настоятельной потребности в обществе людей и ни разу не почувствовал так больно своего одиночества.

Есть тайные пружины страстных влечений, которые, будучи приведены в движение каким либо видимым предметом или же предметом, хотя бы и невидимым, но оживленным в нашем сознании силой воображения, увлекают душу к этому предмету с такой неистовой силой, что его отсутствие становится невыносимым.

Таким именно было мое горячее желание, чтобы хоть один человек из экипажа разбившегося корабля спасся. «Ах, хоть бы один! Хоть бы один!» Я повторял эти слова тысячу раз. И желание мое было так сильно, что, произнося их, я судорожно сжимал руки, и пальцы мои вонзались в ладони, так что, находись у меня там мягкий предмет, я невольно раздавил бы его; и я так крепко стискивал зубы, что потом не сразу мог разжать их.

Пускай ученые доискиваются причины этого рода явлений, я же только описываю факт, который так поразил меня, когда я его обнаружил. Но хоть я не берусь объяснить его происхождение, все же он был, несомненно, результатом страстного желания и нарисованных моим воображением картин счастья, которое сулила мне встреча с кем либо из моих братьев-христиан.

Но надо мной или тяготел злой рок, или же люди, что плыли на разбившемся корабле, были обречены на погибель, только мне не суждено было тогда изведать это счастье. Так до последнего года моего житья на острове я и не узнал, спасся ли кто нибудь с погибшего корабля. Я только сделал через несколько дней одно печальное открытие: нашел на берегу против того места, где разбился корабль, труп утонувшего юнги. На нем были короткие холщевые штаны, синяя холщовая же рубаха и матросская куртка. Ни по каким признакам нельзя были определить его национальность; в карманах у него не оказалось ничего, кроме двух золотых монет да трубки, и, разумеется, последней находке я обрадовался гораздо больше, чем первой.

После бури наступил полный штиль, и мне очень хотелось попробовать добраться в лодке до корабля. Я был уверен, что найду там много такого, что может мне пригодиться; но собственно не это прельщало меня, а надежда, что может быть на корабле осталось какое нибудь живое существо, которое я могу спасти от смерти и таким образом, скрасить свою печальную жизнь. Эта мысль овладела всей моей душой: я чувствовал, что ни днем, ни ночью не буду знать покоя, пока не попытаюсь добраться в лодке до корабля, положившись на волю божию. Импульс, увлекавший меня, был так силен, что я не мог противиться, принял его за указание свыше и чувствовал бы угрызение совести, если бы не исполнил его.

Под влиянием этого импульса я поспешил вернуться в свой замок и стал готовиться к поездке. Я взял хлеба, большой кувшин пресной воды, компас, бутылку рому (которого у меня оставался еще изрядный запас), корзину с изюмом и, навьючив на себя всю эту кладь, отправился к своей лодке, выкачал из нее воду, спустил в море, сложил в нее все, что принес, и вернулся домой за новым грузом. На этот раз я взял большой мешок рису, второй большой кувшин с пресной водой, десятка два небольших ячменных ковриг, или, вернее, лепешек, бутылку козьего молока, кусок сыру и зонтик, который должен был служить мне тентом. Все это я с великим трудом, — в поте лица моего, можно сказать, — перетащил в лодку и, помолившись богу, чтобы он направил мой путь, отчалил. Стараясь держаться поближе к берегу, я прошел на веслах все расстояние до северо-восточной оконечности острова. Отсюда мне предстояло пуститься в открытое море. Рисок был большой. идти или нет? Я взглянул на быструю струю морского течения, огибавшего остров на некотором расстоянии от берега, вспомнил свою первую экскурсию, вспомнил, какой страшной опасности я тогда подвергался, и решимость начала мне изменять: я знал, что, если я попаду в струю течения, меня унесет далеко от берега и я могу даже потерять из виду мой островок; а тогда стоит подняться свежему ветру, чтобы мою лодчонку залило водой.

Эти мысли так меня обескуражили, что я готов был отказаться от своего предприятия. Я причалил к берегу в маленькой бухточке, вышел из лодки и сел на пригорок, раздираемый желанием побывать на корабле и страхом перед опасностями, меня ожидающими. В то время, как я был погружен в свои размышления, на море начался прилив, и волей неволей я должен был отложить свое путешествие на несколько часов. Тогда мне пришло в голову, что хорошо бы воспользоваться этим временем и, забравшись на какое нибудь высокое место, удостовериться, как направляется течение при приливе и нельзя ли будет воспользоваться этим течением на обратном пути с корабля на остров. Не успел я это подумать, как увидал невдалеке горку, невысокую, но на открытом месте, так что с нее должно было быть видно море, по обе стороны острова и направление течений. Поднявшись на эту горку, я не замедлил убедиться, что течение отлива идет с южной стороны острова, а течение прилива — с северной стороны и что, следовательно, при возвращении с корабля мне нужно будет держать курс на север острова, и я доберусь до берега вполне благополучно.

Ободренный этим открытием, я решил пуститься в путь на следующее же утро, как только начнется отлив. Переночевал я в лодке, укрывшись упомянутой матросской шинелью, а на утро вышел в море. Сначала я взял курс прямо на север и шел этим курсом, пока не попал в струю течения, направлявшегося на восток. Меня понесло очень быстро, но все же не с такой быстротой, с какой несло меня южное течение в первую мою поездку. Тогда я совершенно не мог управлять лодкой, теперь же свободно действовал рулевым веслом и несся прямо к кораблю. Я добрался до него менее чем через два часа.

Грустное зрелище открылось мне: корабль (по типу — испанский) застрял между двух утесов. Вся корма была снесена; грот и фок-мачту срезало до основания, но бушприт и вообще носовая часть уцелела. Когда я подошел к борту, на палубе показалась собака. Увидев меня, она принялась выть и визжать, а когда я поманил ее, спрыгнула в воду и подплыла ко мне. Я взял ее в лодку. Бедное животное буквально умирало от голода. Я дал ей хлеба, и она набросилась на него, как наголодавшийся за зиму волк. Когда она наелась, я поставил перед ней воду, и она стала так жадно лакать, что наверное лопнула бы, если бы дать ей волю.

Затем я поднялся на корабль. Первое, что я там увидел, были два трупа; они лежали у входа в рубку, крепко сцепившись руками. По всей вероятности, когда корабль наскочил на камень, его все время обдавало водой, так как была сильная буря, и весь экипаж захлебнулся, как если бы он пошел на дно. Кроме собаки, на корабле не было ни одного живого существа, и все оставшиеся на нем товары подмокли. Я видел в трюме какие то бочонки, с вином или с водкой — не знаю, но они были так велики, что я не пытался их достать. Было там еще несколько сундуков, должно быть принадлежавших матросам; два сундука я переправил на лодку, не открывая.

Если бы вместо носовой части уцелела корма, я бы, наверно, воротился с богатой добычей: по крайней мере, судя по содержимому двух взятых мною сундуков, можно было предположить, что корабль вез очень ценные вещи. Вероятно, он шел из Буэнос-Айреса или Рио-де-ла-Платы мимо берегов Бразилии в Гавану или вообще в Мексиканский залив, а оттуда в Испанию. Несомненно, на нем были большие богатства, но в этот момент никому от них не было проку, а что сталось с людьми, я тогда не знал.

Кроме сундуков, я взял еще бочонок с каким то спиртным напитком. бочонок был небольшой — около двадцати галлонов вместимостью, — но все-таки мне стоило большого труда перетащить его в лодку. В каюте я нашел несколько мушкетов и фунта четыре пороху в пороховнице; мушкеты я оставил, так как они были мне не нужны, а порох взял. Я взял также лопаточку для угля и каминные щипцы, в которых очень нуждался, — затем два медных котелка, медный кофейник и рашпер. Со всем этим грузом и собакой я отчалил от корабля, так как уже начинался прилив, и в тот же день к часу ночи вернулся на остров, изможденный до последней степени.

Я провел ночь в лодке, а утром решил перенести свою добычу в новый грот, чтобы не тащить ее к себе в крепость. Подкрепившись едой, я выгрузил на берег привезенные вещи и произвел им подробный осмотр. В бочонке оказался ром, но, говоря откровенно, весьма неважный, совсем не такой, как тот, что был у нас в Бразилии; зато в сундуках я нашел много полезных вещей, например: изящной работы погребец, уставленный бутылками какой то особенной формы, с серебряными пробками (в каждой бутылке было до трех пинт очень хорошего ликеру); затем две банки отличного варенья, так плотно закупоренных, что в них не попало ни капли морской воды, и еще две банки, содержимое которых подмокло. В том же сундуке лежало несколько штук совсем еще крепких рубах, которые были для меня очень приятной находкой; затем около полуторы дюжины белых полотняных носовых платков и столько же цветных шейных; первым я очень обрадовался, представив себе, как будет приятно в жаркие дни утирать вспотевшее лицо тонким полотном. На дне сундука я нашел три больших мешка с деньгами;

всего в трех мешках было тысяча сто пиастров, а в одном оказалось еще шесть золотых дублонов, завернутых в бумагу, и несколько небольших слитков золота весом, я думаю, около фунта.

В другом сундуке было несколько пар платья, но поплоше. Вообще, судя по содержимому этого сундука, я полагаю, что он принадлежал корабельному канониру: в нем оказалось около двух фунтов прекрасного пороху в трех пузырьках, должно быть для охотничьих ружей. В общем в эту поездку я приобрел очень немного полезных мне вещей. Деньги же не представляли для меня никакой ценности, это был ненужный сор, и все свое золото я бы охотно отдал за три, за четыре пары английских башмаков и чулок, которых я не носил уже несколько лет. Правда, я раздобыл четыре пары башмаков за эту поездку: две пары снял с двух мертвецов, которых нашел на корабле, да две оказались в одном из сундуков. Конечно, башмаки пришлись мне очень кстати, но ни по удобству, ни по прочности они не могли сравниться с английской обувью: это были скорее туфли, чем башмаки. Во втором сундуке я нашел еще пятьдесят штук разной монеты, но не золотой. Вероятно, первый сундук принадлежал офицеру, а второй — человеку победнее.

Тем не менее я принес эти деньги в пещеру а спрятал, как раньше спрятал те, которые нашел на нашем корабле. Было очень жаль, что я не мог завладеть богатствами, содержавшимися в корме погибшего корабля: наверное, я мог бы нагрузить ими лодку несколько раз. Если бы мне удалось вырваться отсюда в Англию, деньги остались бы в сохранности в гроте и, вернувшись, я захватил бы их.

Переправив в мой грот все привезенные вещи, я воротился на лодку, отвел ее на прежнюю стоянку и вытащил на берег, а сам отправился прямой дорогой на свое старое пепелище, где все оказалось в полной неприкосновенности. Я снова зажил своей прежней мирной жизнью, справляя помаленьку свои домашние дела. Но, как уже знает читатель, в последние годы я был осторожнее, чаще производил рекогносцировку и реже выходил из дому. Только восточная сторона острова не внушала мне опасений: я знал, что дикари никогда не высаживаются на том берегу; поэтому, отравляясь в ту сторону, я мог не принимать таких предосторожностей и не тащить на себе столько оружия, как в тех случаях, когда мой путь лежал в одну из других частей острова.

Так прожил я почти два года, но все эти два года в моей несчастной голове (видно, уж так она была устроена, что от нее всегда плохо приходилось моему телу) копошились всевозможные планы, как бы мне бежать с моего острова. Иногда я решал предпринять новую экскурсию к обломкам погибшего корабля, хотя рассудок говорил мае, что там не могло остаться ничего такого, что окупило бы риск моей поездки; иногда затевал другие поездки. И я убежден, что, будь в моем распоряжении такой баркас, как тот, на котором я бежал из Салеха, я пустился бы в море очертя голову, даже не заботясь о том, куда меня занесет. Все обстоятельства моей жизни могут служить предостережением для тех, кого коснулась страшная язва рода людского, от которой, насколько мне известно, проистекает половина всех наших бед: я разумею недовольство положением, в которое поставили нас бог и природа. Так, не говоря уже о моем неповиновении родительской воле, бывшем, так сказать, моим первородным грехом, я в последующие годы шел той же дорогой, которая и привела к моему теперешнему печальному положению. Если б судьба, так хорошо устроившая меня в Бразилии, наделила меня более скромными желаниями и я довольствовался медленным ростом моего благосостояния, то за это время — я имею в виду время, которое я прожил на острове — я сделался бы может быть, одним из самых крупных бразильских плантаторов. Я убежден, что при тех улучшениях, которые я уже успел двести за недолгий срок моего хозяйничанья и которые я еще ввел бы со временем, я нажил бы тысяч сто мойдоров. Нужно ли мне было бросать налаженное дело, благоустроенную плантацию, которая с каждым годом разрасталась и приносила все больший и больший доход, ради того, чтобы ехать в Гвинею за неграми, между тем как при некотором терпении я дождался бы времени, когда наши местные негры расплодились бы, и я мог бы покупать их у рабопромышленников, не трогаясь с места? Правда, это обходилось бы немного дороже, но стоило ли из за небольшой разницы в цене подвергаться такому страшному риску?

Но, видно, глупить — удел молодежи, как удел людей зрелого возраста, умудренных дорого купленным опытом — осуждать безрассудства молодежи. Так было и со мной. Однако, недовольство своим положением так глубоко укоренилось во мне, что я непрестанно измышлял планы бегства из этого пустынного места. Переходя теперь к изложению последней части моего пребывания на необитаемом острове, я считаю нелишним рассказать читателю, в какой форме у меня впервые зародилась эта безумная затея и что я предпринял для ее осуществления.

Итак, после поездки к обломкам погибшего корабля я вернулся в свою крепость, поставил, как всегда, свой фрегат в безопасное место и зажил по старому. Правда, у меня было теперь больше денег, но я не стал от этого богаче, ибо деньги в моем положении были мне так же мало нужны, как перуанским индейцам до вторжения в Перу испанцев.

Однажды ночью, в мартовский период дождей, на двадцать четвертом году своей отшельнической жизни, я лежал в своем гамаке, совершенно здоровый, не угнетаемый мрачными мыслями, в отличном самочувствии, но не мог сомкнуть глаз ни на минуту.

Невозможно, да нет и надобности перечислять все мои мысли, вихрем мчавшиеся в ту ночь по большой дороге мозга — памяти. Перед моим умственным взором прошла, если можно так выразиться, в миниатюре вся моя жизнь до и после прибытия моего на необитаемый остров. Припоминая шаг за шагом весь этот второй период моей жизни, я сравнивал мои первые безмятежные годы с тем состоянием тревоги, страха и грызущей заботы, в котором я жил с того дня, как открыл след человеческой ноги на песке. Не то, чтоб я воображал, что до моего открытия дикари не появлялись в пределах моего царства: весьма возможно, что и в первые годы моего житья на острове их перебывало там несколько сот человек. Но в то время я этого не знал, никакие страхи не нарушали моего душевного равновесия, я был покоен и счастлив, потому что не сознавал опасности, и хотя от этого она была, конечно, не менее велика, но для меня ее все равно что не существовало. Эта мысль навела меня на дальнейшие поучительные размышления о бесконечной благости провидения, в своих заботах о нас положившего столь узкие пределы нашему знанию. Совершая свой жизненный путь среди неисчислимых опасностей, вид которых, если бы был доступен нам, поверг бы в трепет нашу душу и отнял бы у нас всякое мужество, мы остаемся спокойными потому, что окружающее сокрыто от наших глаз и мы не видим отовсюду надвигающихся на нас бед.

От этих размышлений я естественно перешел к воспоминанию о том, какой опасности я подвергался на моем острове в течение стольких лет, как беззаботно я разгуливал по своим владениям и сколько раз может быть лишь какой нибудь холм, ствол дерева, наступление ночи или другая случайность спасали меня от худшей из смертей, от дикарей-людоедов, для которых я был бы такою же дичью, как для меня коза или черепаха, и которые убили и съели бы меня так же просто, нисколько не считая, что они совершают преступление, как я убил бы голубя или кулика. Я был бы несправедлив к себе, если бы не сказал, что сердце мое при этой мысли наполнилось самой искренней благодарностью к моему великому покровителю. С великим смирением я признал, что своей безопасностью я был обязан исключительно его защите, без которой мне бы не миновать зубов безжалостных людоедов.

Затем мои мысли приняли новое направление. Я начал думать о каннибализме, стараясь уяснить себе это явление. Я спрашивал себя, как мог допустить премудрый промыслитель всего сущего, чтобы его создания дошли до такого зверства, — вернее, до извращения человеческой природы, которое хуже зверства, ибо надо быть хуже зверей, чтоб пожирать себе подобных. Но это был праздный вопрос, на который я в то время не мог найти ответа. Тогда я стал думать о том, в какой частя света живут эти дикари, как далеко от моего острова их земли, ради чего они пускаются в такую даль и что у них за лодки; и, наконец, не могу ли я найти способ переправиться к ним, как они переправлялись ко мне.

Я не давал себе труда задумываться над тем, что я буду делать, когда переправлюсь на материк, что меня ожидает, если дикари поймают меня, и могу ли я надеяться спастись, если они на меня нападут. Я не спрашивал себя даже, есть ли у меня хоть какая нибудь возможность добраться до материка, не быв замеченным ими; я не думал и о том, как я устроюсь со своим пропитанием и куда направлю свой путь, если мне посчастливится ускользнуть от врагов. Ни один из этих вопросов не приходил мне в голову: до такой степени я был поглощен мыслью попасть в лодке на материк. Я смотрел на свое тогдашнее положение, как на самое несчастное, хуже которого может быть одна только смерть. Мне казалось, что, если я доберусь до материка или пройду в своей лодке вдоль берега, как это я сделал в Африке, до какой нибудь населенной страны, то может быть мне окажут помощь; а может быть я встречу европейский корабль, который меня подберет. Наконец, в худшем случае, я умру, и со смертью кончатся все мои беды. Конечно, все эти мысли были плодом расстроенного ума, встревоженной души, изнывавшей от нетерпения, доведенной до отчаяния долгими страданиями, обманувшейся в своих надеждах в тот момент, когда предмет ее вожделений был, казалось, так близок. Я говорю о своем посещении обломков погибшего корабля, на котором я рассчитывал найти живых людей, узнать от них, где я нахожусь и каким способом отсюда вырваться. Я был глубоко взволнован этими мыслями; все мое душевное спокойствие, которое я почерпал в покорности провидению, пропало без следа. Я не мог думать ни о чем другом, будучи весь поглощен планом путешествия на материк; он захватил меня так властно и так неудержимо, что я не в силах был противиться ему.

План этот волновал мои мысли часа два или больше; вся кровь моя кипела, и пульс бился, словно я был в лихорадке, от одного только возбуждения моего ума, пока, наконец, сама природа не пришла мне на выручку: истощенный столь долгим напряжением, я погрузился в глубокий сон. Казалось бы, что меня и во сне должны были преследовать те же бурные мысли, но на деле вышло не так: то, что мне приснилось, не имело никакого отношения к моему волнению. Мне снилось, будто, выйдя как обыкновенно поутру из своей крепости, я вижу на берегу две пироги и подле них одиннадцать человек дикарей. С ними был еще двенадцатый — пленник, которого они собирались убить и съесть. Вдруг этот пленник в самую последнюю минуту вскочил, вырвался и побежал что есть мочи. И я подумал во сне, что он бежит в рощицу подле крепости, чтобы спрятаться там. Увидя, что он один и никто за ним не гонится, я вышел к нему навстречу и улыбнулся ему, стараясь его ободрить, а он бросился передо мной на колени, умоляя спасти его. Тогда я указал ему на мою лестницу, предложил перелезть через ограду, повел его в свою пещеру, и он стал моим слугой. Имея в своем распоряжении этого человека, я оказал себе: «Вот когда я могу, наконец, переправиться на материк. Теперь мне нечего бояться: этот человек будет служить мне лоцманом; он научит меня, что мне делать и где добыть провизию; он знает ту страну и скажет мне, в какую сторону я должен держать путь, чтобы не быть съеденным дикарями, и каких мест мне следует избегать». С этою мыслью я проснулся, — проснулся под свежим впечатлением сна, оживившего мою душу надеждой на избавление. Тем горше было мое разочарование и уныние, когда я вернулся к действительности и понял, что это был только сон.

Тем не менее виденный сон навел меня на мысль, что единственным для меня средством вырваться из моей тюрьмы было захватить кого нибудь из дикарей, посещавших мой остров, и притом, если можно, одного из тех несчастных, обреченных на съедение, которых они привозили с собой в качестве пленников. Но было важное затруднение, мешавшее осуществлению этого плана: для того, чтобы захватить нужного мне дикаря, я должен был напасть на весь отряд людоедов и перебить их всех до одного, а предприятие такого рода было не только отчаянным шагом, имевшим очень мало надежды на успех, но самая позволительность его внушала мне большие сомнения: моя душа содрогалась при одной мысли о том, что мне придется пролить столько человеческой крови, хотя бы и ради собственного избавления. Нет надобности повторять те доводы, которые я приводил против такого поступка, они были изложены мной раньше. И хотя я приводил себе также и противоположные доводы, говоря, что это мои смертельные враги, которые не дадут мне спуску, очутись я в их власти, и что попытка освободиться от жизни, худшей, чем смерть, была бы только актом самосохранения, самозащиты, совершенно так, как если бы эти люди первые напали на меня, все же, повторяю, одна мысль о пролитии человеческой крови до такой степени ужасала меня, что я никак не мог с ней примириться.

Долго в моей душе шла борьба, но, наконец, страстная жажда освобождения одержала верх над всеми доводами совести и рассудка, и я решил захватить одного из дикарей, чего бы это мне ни стоило. Оставалось только придумать, каким образом привести в исполнение этот план. Но сколько я ни ломал голову, ничего у меня не выходило. В конце концов, я порешил подстеречь дикарей, когда они высадятся на остров, предоставив остальное случаю и тем соображениям, какие будут подсказаны обстоятельствами

Согласно этому решению я принялся караулить, и так часто выходил из дому, что мне смертельно наскучило: в самом деле, более полутора года провел я в напрасном ожидании. Все это время я почти ежедневно ходил на южную и западную оконечности острова смотреть, не подъезжают ли к берегу лодки с дикарями, но лодок не показывалось. Эта неудача очень меня огорчала и волновала, но, не в пример другим подобным случаям, мое желание достигнуть намеченной цели на этот раз нисколько не ослабевало, напротив, чем больше оттягиваюсь его осуществление, тем больше оно обострялось. Словом, насколько я прежде был осторожен, стараясь не попасться на глаза дикарям, настолько же нетерпеливо я теперь искал встречи с ними.

В своих мечтах я воображал, что справлюсь даже не с одним, а с двумя-тремя дикарями и сделаю их своими рабами, готовыми беспрекословно исполнять все мои приказания, поставив их в такое положение, чтобы они не могли нанести мне вреда. Я долго тешился этой мечтой, но случая осуществить ее все не представлялось, ибо дикари очень долго не показывались.

Прошло уже полтора года с тех пор, как я составил свой замысел, и начал уже считать его неосуществимым. Представьте же себе мое изумление, когда однажды ранним утром я увидал на берегу, на моей стороне острова, по меньшей мере пять индейских пирог. Все они стояли пустые: приехавшие в них дикари куда то скрылись. Я знал, что в каждую лодку садится обыкновенно по четыре, по шесть человек, а то и больше, и сознаюсь, меня немного смущала многочисленность прибывших гостей. Я решительно не знал, как я справлюсь один с двумя-тремя десятками дикарей. Обескураженный, расстроенный, я засел в своей крепости, однако, сделал все заранее обдуманные приготовления для атаки и решил действовать, если будет нужно. Я долго ждал, прислушиваясь, не доносится ли шум со стороны дикарей, но, наконец, сгорая от нетерпения узнать, что происходит, поставил ружье под лестницей и полез на вершину холма обыкновенным своим способом — прислоняя лестницу к уступу. Добравшись до вершины, я стал таким образом, чтобы голова моя не высовывалась над холмом, и принялся смотреть в подзорную трубу. Дикарей было не менее тридцати человек. Они развели на берегу костер и что то стряпали на огне. Я не мог разобрать, как они стряпали и что именно, я видел только, что они плясали вокруг костра с нелепыми ужимками и прыжками.

Вдруг несколько человек отделились от танцующих и побежали в ту сторону, где стояли лодки, и вслед затем я увидел, что они тащат к костру двух несчастных, очевидно, предназначенных на убой, которые, должно быть, лежали связанные в лодках. Одного из них сейчас же повалили, ударив по голове чем то тяжелым (дубиной или деревянным мечем, какие употребляют дикари), и тащившие его люди немедленно принялись за работу: распороли ему живот и начали его потрошить. Другой пленник стоял тут же, ожидая своей очереди. В этот момент несчастный, почувствовав себя на свободе, очевидно, исполнился надеждой на спасение: он вдруг ринулся вперед и с невероятной быстротой пустился бежать по песчаному берегу прямо ко мне, то-есть в ту сторону, где было мое жилье.

Сознаюсь, я страшно перепугался, когда увидел, что он бежит ко мне, тем более, что мне показалось, будто вся ватага бросилась его догонять. Итак, первая половина моего сна сбывалась на яву: преследуемый дикарь будет искать убежища в моей роще; но я не мог рассчитывать, чтобы сбылась и другая половина моего сна, то-есть чтобы остальные дикари не стали преследовать свою жертву и не нашли бы ее там. Тем не менее, я остался на своем посту и очень ободрился, увидев, что за беглецом гонится всего два или три человека; я окончательно успокоился, когда стало ясно, что он бежит гораздо быстрее своих преследователей, расстояние между ними все увеличивается и, если ему удастся продержаться еще полчаса, они его не поймают.

От моей крепости бежавших отделяла бухточка, о которой я неоднократно упоминал в начале моего рассказа, — та самая, куда я причаливал со своими плотами, когда перевозил вещи с нашего корабля. Я ясно видел, что беглец должен будет переплыть ее, иначе ему не уйти от погони. Действительно, он, не задумываясь, бросился в воду, в каких нибудь тридцать взмахов переплыл бухточку, вылез на другой берег и, не сбавляя шагу, побежал дальше. Из трех его преследователей только двое бросились в воду, а третий не решился; он постоял на том берегу, поглядел вслед двум другим, потом повернулся и медленно пошел назад: он избрал себе благую часть, как увидит сейчас читатель.

Я заметил, что двум дикарям, гнавшимся за беглецом, понадобилось вдвое больше времени, чем ему, чтобы переплыть бухточку. И тут то я всем существом моим почувствовал, что пришла пора действовать, если я хочу приобрести слугу, а может быть товарища или помощника; само провидение, подумал я, призывает мена спасти жизнь несчастного. Не теряя времени я сбежал по лестницам к подножию горы, захватил оставленные мною внизу ружья, затем с такой же поспешностью взобрался опять на гору, спустился с другой ее стороны и побежал к морю наперерез бегущим дикарям. Так как я взял кратчайший путь, к тому же вниз по склону холма, то скоро оказался между беглецом и его преследователями. Услышав мои крики, беглец оглянулся и в первый момент испугался меня, кажется, еще больше, чем своих врагов. Я сделал ему знак воротиться, а сам медленно пошел навстречу преследователям. Когда передний поравнялся со мной, я неожиданно бросился на него и сшиб с ног ударом ружейного приклада. Стрелять я боялся, чтобы не привлечь внимания остальных дикарей, хотя на таком большом расстоянии они едва ли могли услышать мой выстрел или увидеть дым от него. Когда передний из бежавших упал, его товарищ остановился, видимо испугавшись, я же быстро побежал к нему. Но когда, приблизившись, я заметил, что он держит в руках лук и стрелу и целится в меня, мне оставалось только предупредить его: я выстрелил и положил его на месте. Несчастный беглец, видя, что оба его врага упали замертво (как ему казалось), остановился, но был до того напугай огнем и треском выстрела, что растерялся, не зная, идти ли ему ко мне или убегать от меня, хотя, вероятно, больше склонялся к бегству; тогда я стал опять кричать ему и делать знаки подойти ко мне, и он меня понял: сделал несколько шагов и остановился, потом снова сделал несколько шагов и снова остановился. Тут я заметил, что он весь дрожит, как в лихорадке, бедняга, очевидно, считал себя моим пленником, с которым я поступлю точно так же, как поступил с его врагами. Тогда я опять поманил его к себе и вообще старался ободрить его, как умел. Он подходил те ближе и ближе, через каждые десять-двенадцать шагов падая на колени в знак благодарности за спасение его жизни. Я ласково ему улыбался я продолжал манить его рукой. Наконец, подойдя совсем близко, он снова упал на колени, поцеловал землю, прижался к ней лицом, взял мою ногу и поставил ее себе на голову. Последнее, по-видимому, означало, что он клянется быть моим рабом до гроба. Я поднял его, потрепал по плечу и всячески старался показать, что ему нечего бояться меня. Но начатое мной дело еще не было доведено до конца:

дикарь, которого я повалил ударом приклада, был не убит, а только оглушен, и я заметил, что он начинает приходить в себя. Я указал на него спасенному мной человеку, обращая его внимание на то, что враг его жив. На это он сказал мне несколько слов на своем языке, и хоть я ровно ничего не понял, но самые звуки его речи были для меня сладостной музыкой: ведь за двадцать пять слишком лет впервые услыхал я человеческий голос (если не считать моего собственного). Но было не время предаваться таким размышлениям: оглушенный мною дикарь оправился настолько, что уже сидел на земле, и я заметил, что мой дикарь очень испугался. Желая его успокоить, я прицелился в его врага из другого ружья. Но тут мой дикарь (так я буду называть его впредь) стал показывать мне знаками, чтобы я дал ему висевший у меня через плечо обнаженный тесак. Я дал ему его. Он тотчас же подбежал к своему врагу и одним взмахом снес ему голову. Он сделал это так ловко и проворно, что ни один немецкий палач не мог бы сравниться с ним. Такое уменье владеть тесаком очень удивило меня у человека, который в своей жизни видел должно быть только деревянные мечи. Впоследствии я, впрочем, узнал, что дикари выбирают для своих мечей такое крепкое и тяжелое дерево и так их оттачивают, что одним ударом могут отрубать голову и руки. Сделав свое дело, мой дикарь вернулся ко мне с веселым и торжествующим видом, исполнил ряд непонятных мне телодвижений и положил подле меня тесак и голову убитого врага.

Но больше всего он был поражен тем, как я убил другого индейца на таком большом расстоянии. Он указывал на убитого и знаками просил позволения сходить взглянуть на него. Я позволил, и он сейчас же побежал туда. Он остановился над трупом в полном недоумении: поглядел на него, повернул его на один бок, потом на другой, осмотрел рану. Пуля попала прямо в грудь, и крови было немного, но, по всей вероятности, произошло внутреннее кровоизлияние, потому что смерть наступила мгновенно. Сняв с мертвеца его лук и колчан со стрелами, мой дикарь воротился ко мне. Тогда я повернулся и пошел, приглашая его следовать за мной и стараясь объяснить ему знаками, что оставаться опасно, так как за ним может быть новая погоня.

Дикарь ответил мне тоже знаками, что следовало бы прежде зарыть мертвецов, чтобы его враги не нашли их, если придут на это место. Я выразил свое согласие, и он сейчас же принялся за дело. В несколько минут он голыми руками выкопал в песке настолько глубокую яму, что в ней легко мог поместиться один человек; затем он перетащил в эту яму одного из убитых и завалил его землей. Так же проворно распорядился он и с другим мертвецом; словом, вся процедура погребения заняла у него не более четверти часа. Когда он кончил, я опять сделал ему знак следовать за мной и повел его не в крепость мою, а совсем в другую сторону — в дальнюю часть острова к моему новому гроту. Таким образом, я не дал своему сну сбыться в этой части: дикарь не искал убежища в моей роще.

Когда мы с ним пришли в грот, я дал ему хлеба, кисть винограда и напоил водой, в чем он сильно нуждался после быстрого бега. Когда он подкрепился, я знаками пригласил его лечь и уснуть, показав ему в угол пещеры, где у меня лежала большая охапка рисовой соломы и одеяло, не раз служившие мне постелью. Бедняга не заставил себя долго просить: он лег и мгновенно заснул. Это был красивый малый высокого роста, безукоризненного сложения, с прямыми и длинными руками и ногами, небольшими ступнями и кистями рук. На вид ему можно было дать лет двадцать шесть. В его лице не было ничего дикого и свирепого: это было мужественное лицо, обладавшее, однако, мягким и нежным выражением европейца, особенно, когда он улыбался. Волосы у него были черные, длинные и прямые, не имевшие ничего общего с курчавыми, как овечья шерсть, волосами негров; лоб высокий и открытый; цвет кожи не черный, а смуглый, но не того противного желто-бурого оттенка, как у бразильских виргинских индейцев, а скорее оливковый, очень приятный для глаз и неподдающийся описанию. Овал лица он вмел округленный, нос небольшой, но совсем не приплюснутый. Ко всему этому у него были быстрые блестящие глаза, хорошо очерченный рот с тонкими губами и правильной формы, белые, как слоновая кость, превосходные зубы. Проспав шля, вернее, продремав около получаса, он проснулся и вышел ко мае. Я в это время доил коз в загоне подле грота. Как только он меня увидел, он подбежал ко мне и распростерся передо мной, выражая всей своей позой самую смиренную благодарность и производя при этом множество самых странных телодвижений. Припав лицом к земле, он опять поставил себе на голову мою ногу, как уже делал это раньше, и вообще всеми доступными ему способами стирался доказать мне свою бесконечную преданность и покорность и дать мне понять, что с этого дня он будет мне слугой на всю жизнь. Я понял многое из того, что он хотел мне сказать, и в свою очередь постарался объяснять ему, что я им очень доволен. Тут же я начал говорить с ним и учить отвечать мне. Прежде всего я объявил ему, что его имя будет *Пятницей,* так как в этот день неделя я спас ему жизнь. Затем я научил его произносить слово «господин» и дал понять, что это мое имя; научил также произносить *да* и *нет* и растолковал значение этих слов. Я дал ему молока в глиняном кувшине, предварительно отпив его сам и обмакнув в него хлеб; я дал ему также лепешку, чтобы он последовал моему примеру; он с готовностью повиновался и знаками показал мне, что угощение пришлось ему очень по вкусу.

Я переночевал с ним в гроте, но как только рассвело, дал ему знак следовать за мной. Я показал ему, что хочу его одеть, чему он, по-видимому, очень обрадовался, так как был совершенно наг. Когда мы проходили мимо того места, где были зарыты убитые нами дикари, он указал мне на приметы, которыми он для памяти обозначил могилы, и стал делать мне знаки, что нам следует откопать оба трупа и съесть их. В ответ на это я постарался как можно выразительнее показать свой гнев и свое отвращение, — показать, что меня тошнит при одной мысли об этом, и повелительным жестом приказал ему отойти от могил, что он и исполнил с величайшей покорностью. После этого я повел его на вершину холма посмотреть, ушли ли дикари. Вытащив подзорную трубу, я навел ее, на то место побережья, где они были накануне, но их и след простыл: не было видно ни одной лодки. Ясно было, что они уехали, не потрудившись поискать своих пропавших товарищей.

Но я не удовольствовался этим открытием; набравшись храбрости и воспылав любопытством, я велел своему слуге следовать за мной, вооружив его своим тесаком и луком со стрелами, которым, как я уже успел убедиться, он владел мастерски. Кроме того, я дал ему нести одно из моих ружей, а сам взял два других, и мы пошли к тому месту, где накануне пировали дикари: мне хотелось собрать теперь более точные сведения о них. На берегу моим глазам предстала такая страшная картина, что у меня замерло сердце и кровь застыла, в жилах. В самом деле, зрелище было ужасное, по крайней мере, для меня, хотя Пятница остался совершенно равнодушен к нему. Весь берег был усеян человеческими костями, земля обагрена кровью; повсюду валялись недоеденные куски жареного человеческого мяса, огрызки костей и другие остатки кровавого пиршества, которым эти изверги отпраздновали свою победу над врагом. Я насчитал три человеческих черепа, пять рук; нашел в разных местах кости от трех или четырех ног и множество частей скелета. Пятница знаками рассказал мне, что дикари привезли для пиршества четырех пленных; троих они съели, а четвертый был он сам. Насколько можно было понять из его объяснений, у этих дикарей произошло большое сражение с соседним племенем, к которому принадлежал он, Пятница. Враги Пятницы взяли много пленных и развезли в разные места, чтобы попировать над ними и съесть их, совершенно так же, как сделала та партия дикарей которая привезла своих пленных на мой остров.

Я приказал Пятнице собрать все черепа, кости и куски мяса, свалить их в кучу, развести костер и сжечь. Я заметил, что моему слуге очень хотелось полакомиться человеческим мясом и что его каннибальские инстинкты очень сильны. Но я выказал такое негодование при одной мысли об этом, что он не посмел дать им волю. Всеми средствами я постарался дать понять ему, что убью его, если он ослушается меня.

Уничтожив остатки кровавого пиршества, мы вернулись в крепость, и я не откладывая привился обшивать моего слугу. Прежде всего я дал ему холщовые штаны, которые достал из найденного мной на погибшем корабле сундука бедного канонира; после небольшой переделки они пришлись ему как раз впору. Затем я сшил ему куртку из козьего меха, приложив все свое умение, чтобы она вышла получше (я был в то время уже довольно сносным портным), и в заключение смастерил для него шапку из заячьих шкурок, очень удобную и довольно изящную. Таким образом, мой слуга был на первое время весьма сносно одет и остался очень доволен тем, что теперь стал похож на своего господина. Правда, сначала ему было стеснительно и неловко во всей этой сбруе; особенно мешали ему штаны; да и рукава теснили ему подмышками и натирали плечи, так что пришлось переделать их там, где они беспокоили его. Но мало-помалу он привык к своему костюму и чувствовал себя в нем хорошо.

На другой день я стал думать, где бы мне его поместить. Чтобы устроить его поудобнее и в то же время чувствовать себя спокойно, я поставил ему маленькую палатку в свободном пространстве между двумя стенами моей крепости — внутренней и наружной; так как сюда выходил наружный ход из моего погреба, то я устроил в нем настоящую дверь из толстых досок, в прочном наличнике, и приладил ее таким образом, что она отворялась внутрь, и на ночь запирал на засов; лестницы я тоже убирал к себе; таким образом, Пятница никоим образом не мог проникнуть ко мне во внутреннюю ограду, а если бы вздумал попытаться, то непременно нашумел бы и разбудил меня.

Дело в дом, что все пространство моей крепости за внутренней оградой, где стояла моя палатка, представляло крытый двор. Крыша была сделана из длинных жердей, одним концом упиравшихся в гору. Для большей прочности я укрепил эти жерди поперечными балками и густо переплел рисовой соломой, толстой как камыш; в том же месте крыши, которое я оставил незакрытым для того, чтобы входить по лестнице, я приладил откидную дверцу, которая падала с громким стуком при малейшем напоре снаружи. Все оружие я на ночь брал к себе.

Но все эти предосторожности были совершенно излишни; никто еще не имел такого любящего, такого верного и преданного слуги, какого имел я в липе моего Пятницы: ни раздражительности, ни упрямства, ни своеволия; всегда ласковый и услужливый, он был привязан ко мне, как к родному отцу. Я уверен, что если бы понадобилось, он пожертвовал бы ради меня жизнью. Он дал мне столько доказательств своей преданности, что у меня исчезли всякие сомнения на его счет, и я скоро пришел к убеждению, что мне незачем ограждаться от него.

Размышляя обо всем этом, я с удивлением убеждался, что, хотя по неисповедимому велению вседержителя множество его творений и лишены возможности дать благое применение своим душевным способностям, однако они одарены ими в такой же мере, как и мы. Как и у нас, у них есть разум, чувство привязанности, доброта, сознание долга, признательность, верность в дружбе, способность возмущаться несправедливостью, вообще все нужное для того, чтобы творить и воспринимать добро; и когда богу бывает угодно дать им случай для надлежащего применения этих способностей, они пользуются им с такою же, даже с большей готовностью, чем мы.

Но возвращаюсь к моему новому товарищу. Он мне очень нравился, и я вменил себе в обязанности, научить его всему, что могло быть полезным ему, а главное говорить и понимать меня, когда я говорил. Он оказался таким способнейшим учеником, всегда веселым, всегда прилежным; он так радовался, когда понимал меня, или когда ему удавалось объяснить мне свою мысль, что для меня было истинным удовольствием заниматься с ним. С тех пор, как он был со мной, мне жилось так легко и приятно, что, если б только я мог считать себя в безопасности от других дикарей, я, право, без сожаления согласился бы остаться на острове до конца моей жизни.

Дня через два или три после того, как я привел Пятницу в мою крепость, мне пришло в голову, что если я хочу отучить его от ужасной привычки есть человеческое мясо, то надо отбить у него вкус к этому блюду и приучить к другой пище. И вот однажды утром, отправляясь в лес, я взял его с собой. У меня было намерение зарезать козленка из моего стада, принести его домой и сварить, но по дороге я увидел под деревом дикую козу с парой козлят. «Постой!» сказал я Пятнице, схватив его за руку, и сделал ему знак не шевелиться; потом прицелился, выстрелил и убил одного из козлят. Бедный дикарь, который видел уже, как я убил издали его врага, но не понимал, каким образом это произошло, был страшно поражен: он задрожал, зашатался; я думал, он сейчас лишится чувств. Он не видел козленка, в которого я целился, но приподнял полу своей куртки и стал щупать, не ранен ли он. Бедняга вообразил, вероятно, что я хотел убить его, так как упал передо мной на колени, стал обнимать мои ноги и долго говорил мне что то на своем языке. Я, конечно, не понял его, но было ясно, что он просит не убивать его.

Мне скоро удалось его убедить, что я не имею ни малейшего намерения причинить ему вред. Я взял его за руку, засмеялся и, указав на убитого козленка, велел сбегать за ним, что он и исполнил. Покуда он возился с козленком и выражал свое недоумение по поводу того, каким способом тот убит, я снова зарядил ружье. Немного погодя, я увидел на дереве, на расстоянии ружейного выстрела от меня, большую птицу, которую я принял за ястреба. Желая дать Пятнице маленький наглядный урок, я подозвал его к себе, показал ему пальцем сперва на птицу, которая оказалась не ястребом, но попугаем, потом на ружье, потом на землю под тем деревом, на котором сидела птица, приглашая его смотреть, как она упадет. Вслед затем я выстрелил, и он, действительно, увидел, что попугай упал. Пятница и на этот раз перепугался, несмотря на все мои объяснения; удивление его было тем большим, что он не видел, как я зарядил ружье, и, вероятно, думал, что в этом оружии сидит какая то волшебная разрушительная сила, приносящая смерть на любом расстоянии человеку, зверю, птице, вообще всякому живому существу. Еще долгое время он не мог совладать с изумлением, в которое его повергал каждый мой выстрел. Мне кажется, если б я ему только позволил, он стал бы воздавать божеские почести мне и моему ружью. Первое время он не решался дотронуться до ружья, но зато разговаривал с ним, как с живым существом, когда находился подле него. Он признался мне потом, что просил ружье не убивать его.

Но возвратимся к событиям описываемого дня. Когда Пятница немного опомнился от испуга, я приказал ему принести мне убитую дичь. Он сейчас же пошел, но замешкался, отыскивая птицу, потому что, как оказалось, я не убил попугая, а только ранил, и он отлетел довольно далеко от того места, где я его подстрелил. В конце концов. Пятница все таки нашел его и принес; так как я видел, что Пятница все еще не понял действия ружья, то воспользовался его отсутствием, чтобы снова зарядить ружье, в расчете, что нам попадется еще какая нибудь дичь, но больше ничего не попадалось.

Я принес козленка домой и в тот же вечер снял с него шкуру и выпотрошил его; потом, отрезав хороший кусок свежей козлятины, сварил ее в глиняном горшке, и у меня вышел отличный бульон. Поевши сперва сам, я угостил затем Пятницу. Ему очень понравилось, только он удивился, зачем я ем суп и мясо с солью. Он стал показывать мне знаками, что с солью не вкусно. Взяв в рот щепотку соли, он принялся отплевываться и сделал вид, что его тошнит от нее, а потом выполоскал рот водой. Тогда и я в свою очередь положил в рот кусочек мяса без соли и начал плевать, показывая, что мне противно есть без соли. Но это не произвело на Пятницу никакого впечатления: я так и не мог приучить его солить мясо или суп. Лишь долгое время спустя он начал класть соль в кушанье, да и то немного.

Накормив таким образом моего дикаря вареным мясом и супом, я решил угостить его на другой день жареным козленком. Изжарил я его особенным способом, над костром, как это делается иногда у нас в Англии. По бокам костра я воткнул в землю две жерди, укрепил между ними поперечную жердь, повесил на нее большой кусок мяса и поворачивал его до тех пор, пока он не изжарился. Пятница пришел в восторг от моей выдумки; но удовольствию его не было границ, когда он попробовал моего жаркого: самыми красноречивыми жестами он дал мне понять, как ему нравится это блюдо и, наконец, объявил, что никогда больше не станет есть человеческого мяса, чему я, конечно, очень обрадовался.

На следующий день я засадил его за работу: заставил молотить и веять ячмень, показав наперед, как я это делаю. Он скоро понял и стал работать очень усердно, особенно, когда узнал, что это делается для приготовления из зерна хлеба: я замесил при нем тесто и испек хлеб.

В скором времени Пятница был вполне способен заменить меня в этой работе.

Так как теперь я должен был прокормить два рта вместо одного, то мне необходимо было увеличить свое поле и сеять больше зерна. Я выбрал поэтому большой участок земли и принялся его огораживать. Пятница не только весьма усердно, но и с видимым удовольствием помогал мне в этой работе. Я объяснил ему назначение ее, сказав, что это будет новое поле для хлеба, потому что нас теперь двое и хлеба надо вдвое больше. Его очень тронуло то, что я так забочусь о нем: он всячески старался мне растолковать, что он понимает, насколько мне прибавилось дела теперь, когда он со мной, и что лишь бы я ему дал работу и указывал, что надо делать, а уж он не побоится труда

Это был самый счастливый год моей жизни на острове. Пятница научился довольно сносно говорить по английски: он знал названия почти всех предметов, которые я мог спросить у него, и всех мест, куда я мог послать его. Он очень любил разговаривать, так что нашлась, наконец, работа для моего языка, столько лет пребывавшего в бездействии, по крайней мере, что касается произнесения членораздельных звуков. Но, помимо удовольствия, которое мне доставляли наши беседы, самое присутствие этого парня было для меня постоянным источником радости, до такой степени он пришелся мне по душе. С каждым днем меня все больше и больше пленяли его честность и чистосердечие. мало-помалуя всем сердцем привязался к нему, да и он с своей стороны так меня полюбил, как, я думаю, никого не любил до этого.

Как то раз мне вздумалось разузнать, не страдает ли он тоской по родине и не хочется ли ему вернуться туда. Так как в то время он уже настолько свободно владел английским языком, что мог отвечать почти на все мои вопросы, то я спросил его, побеждало ли когда нибудь в сражениях племя, к которому он принадлежал. Он улыбнулся и ответил: «Да, да, мы всегда биться лучше», то-есть всегда бьемся лучше других — хотел он сказать. Затем между нами произошел следующий диалог:

Господин. Так вы всегда лучше бьетесь, говоришь ты. А как же вышло тогда, что ты попался в плен, Пятница?

Пятница. А наши все таки много побили.

Господин. Но если твое племя побило тех, то как же вышло, что тебя взяли?

Пятница. Их было больше, чем наших, в том месте, где был я. Они схватили один, два, три и меня. Наши побили их в другом месте, где я не был; там наши схватили — один, два, три, много тысяч.

Господин. Отчего же ваши не пришли вам на помощь и не освободили вас?

Пятница. Те увели один, два. три и меня и посадили в лодку, а у наших в то время не было лодки.

Господин. А скажи мне, Пятница, что делают ваши с теми людьми, которые попадутся к ним в плен. Тоже куда нибудь увозят на лодках и съедают потом, как те, чужие.

Пятница. Да, наши тоже кушают людей; все кушают.

Господин. А куда они их увозят?

Пятница. Разные места — куда хотят.

Господин. А сюда привозят?

Пятница. Да, да, и сюда. Разные места.

Господин. А ты здесь бывал с ними?

Пятница. Бывал. Там бывал (указывает на северо-западную оконечность острова, служившую, по-видимому, местом сборища его соплеменников).

Таким образом, оказывалось, что мой слуга, Пятница, бывал раньше в числе дикарей, повещавших дальние берега моего острова, и принимал участие в таких же каннибальских пирах, как тот, на который он был привезен в качестве жертвы. Когда некоторое время спустя я собрался с духом сводить его на тот берег, о котором я уже упоминал, он тотчас же узнал местность и рассказал мне, что один раз, когда он приезжал на мой остров со своими, они на этом самом месте убили и съели двадцать человек мужчин, двух женщин и ребенка. Он не знал, как сказать по английски «двадцать», и чтобы объяснить мне, сколько человек они тогда съели, положил двадцать камешков один подле другого и просил меня сосчитать.

Я рассказываю об этих беседах с Пятницей, потому что они служат введением к дальнейшему. После описанного диалога я спросил его, далеко ли до земли от моего острова и часто ли погибают их лодки, переплывая это расстояние. Он отвечал, что путь безопасен и что ни одна лодка не погибала, потому что невдалеке от нашего острова проходит течение и по утрам ветер всегда дует в одну сторону, а к вечеру — в другую.

Сначала я думал, что течение, о котором говорил Пятница, находится в зависимости от прилива и отлива, но потом узнал, что оно составляет продолжение течения могучей реки Ориноко, впадающей в море неподалеку от моего острова, который, таким образом, как я узнал впоследствии, приходится против ее устья. Полоса же земли к северо-западу от моего острова, которую я принимал за материк, оказалась большим островом Тринидадом, лежащим к северу от устья той же реки. Я засыпал Пятницу вопросами об этой земле и ее обитателях: каковы там берега, каково море, какие племена живут поблизости. Он с величайшей готовностью рассказал все, что знал сам. Спрашивая я его также, как называются различные племена, обитающие в тех местах, но большого толку не добился. Он твердил только одно: «Кариб, кариб». Нетрудно было догадаться, что он говорит о караибах, которые, как показано на наших географических картах, обитают именно в этой части Америки, занимая всю береговую полосу от устья Ориноко до Гвианы и дальше, до Св. Марты. Пятница рассказал мне еще, что далеко «за луной», то-есть в той стране, где садится луна или другими словами, к западу от его родины, живут такие же, как я, белые бородатые люди (тут он показал на мои длинные бакенбарды, о которых я рассказывал раньше), что эти люди убили много людей. Я понял, что он говорит об испанцах, прославившихся на весь мир своими жестокостями в Америке, где во многих племенах память о них передается от отца к сыну.

На мой вопрос, не знает ли он, есть ли какая нибудь возможность переправиться к белым людям с нашего острова, он отвечал: «Да, да, это можно: надо плыть на „два лодка“. Я долго не понимал, что он хотел оказать своими „двумя лодками“, но, наконец, хотя и с великим трудом, догадался, что он имеет в виду большое судно величиной в две лодки.

Этот разговор очень утешил меня: с того дня у меня возникла надежда, что рано или поздно мне удастся вырваться из моего заточения и что мне поможет в этом мой бедный дикарь.

В течение моей долгой совместной жизни с Пятницей, когда он научился обращаться ко мне и понимать меня, я не упускал случаев насаждать в его душе основы религии. Как то раз я его спросил «Кто тебя сделал?» Бедняга не понял меня: он подумал, что я спрашиваю, кто его отец. Тогда я взялся за него с другого конца: я спросил его, кто сделал море и землю, по которой мы ходим, кто сделал горы и леса. Он отвечал: «Старик по имени *Бенамуки,* который живет высоко, высоко». Он ничего не мог сказать мне об этой важной особе, кроме того, что он очень стар, гораздо старше моря и земли, старше луны и звезд. Когда же я спросил его, почему все существующее не поклоняется этому старику, если он создал все, лицо Пятницы приняло серьезное выражение, и он простодушно ответил: «Все на свете говорит ему: *О* ». Затем я спросил его, что делается с людьми его племени, когда они уходят отсюда. Он сказал; «Все они идут к Бенамуки». «И те, кого они съедают, — продолжал я — тоже идут к Бенамуки?» «Да», отвечал он.

Так начал я учить его познавать истинного бога. Я оказал ему, что великий творец всего сущего живет на небесах (тут я показал рукой на небо) и правит миром тою же в частью и тем же провидением, каким он создал его, что он всемогущ, может сделать с нами все, что захочет, все дать и все отнять. Так постепенно я открывал ему глаза. Он слушал с величайшим вниманием. С радостным умилением принял он мой рассказ об Иисусе Христе, посланном на землю для искупления наших грехов, о наших молитвах богу, который всегда слышит нас, хоть он и на небесах. Один раз он сказал мне:

«Если ваш бог живет выше солнца и все таки слышит вас, значит он больше Бенамуки, который не так далеко от нас и все таки слышит нас только с высоких гор, когда мы поднимаемся, чтобы разговаривать с ним». «А ты сам ходил когда нибудь на те горы беседовать с ним?» спросил я. «Нет, — отвечал он, — молодые никогда не ходят, только старики, который; мы называем Увокеки (насколько я мог понять из его объяснений, их племя называет так свое духовенство или жрецов). Увокеки ходят туда и говорят там *О!* (на его языке это означало: молятся), а потом приходят домой и возвещают всем, что им говорил Бенамуки». Из всего этого я заключил, что обман практикуется духовенством даже среди самых невежественных язычников и что искусство облекать религию тайной, чтобы обеспечить почтение народа к духовенству, изобретено не только в Риме, но, вероятно, всеми религиями на свете.

Я всячески старался объяснить Пятнице этот обман и сказал ему, что уверения их стариков, будто они ходят на горы говорить *О* богу Бенамуки и будто он возвещает им там свою волю, — пустые враки, и что если они и беседуют с кем нибудь на горе, так разве с злым духом. Тут я подробно распространился о дьяволе, о его происхождении, о его восстании против бога, о его ненависти к людям и причинах ее; рассказал, как он выдает себя за бога среди народов, не просвещенных словом божьим, и заставляет их поклоняться ему; к каким он прибегает уловкам, чтобы погубить человеческий род, как он тайком проникает в нашу душу, потакая нашим страстям, как он умеет ставить нам западни, приспособляясь к нашим склонностям и заставляя таким образом человека быть собственным своим искусителем и добровольно идти на погибель.

Оказалось, что привить ему правильные понятия о дьяволе не так то легко, как правильные понятия о божественном существе. Природа помогала всем моим аргументам и воочию доказывала ему, что необходима великая первая причина, высшая управляющая сила, тайно руководящее нами провидение, что по всей справедливости следует воздавать поклонение тому, кто создал нас, и тому подобное. Но ничего такого не было в понятии о злом духе, о его происхождении, о его сущности, о его природе, и — главным образом — в представлении о том, что он склонен не делать зло и влечь нас ко злу. Как то раз бедняга задал мне один совершенно естественный и невинный вопрос и так смутил меня, что я почти ничего не сумел ему ответить. Я много говорил ему о силе бога, о его всемогуществе, о его страшном возмездии за грехи, о том, что он — пожирающий огонь для творящих неправду, о том, что, подобно тому, как он сотворил нас всех, так он может в одну минуту уничтожить и нас и весь мир, и Пятница все время слушал меня очень внимательно.

После этого я рассказал ему о том, что дьявол — враг божий в сердцах человеческих, что он пускает в ход всю свою злобу и хитрость, чтобы сокрушить благие планы провидения, разрушить в мире царство Христово, и тому подобное. «Ну вот», — сказал Пятница, — «ты говоришь, что бог — такой большой, такой сильный; он такой же сильный и могучий, как и дьявол?» — «Да, да», — отвечал я, — «бог еще сильнее дьявола; бог выше дьявола, и потому мы молим бога, чтобы он покорил нам дьявола, помог нам противиться его искушениям та гасить его огненные стрелы».

«Но», — возразил Пятница, — «если бог такой сильный, такой крепкий, как дьявол, почему бог не убей дьявола и не сделай, чтобы он не делай больше зла?»

Его вопрос до странности поразил меня; ведь как никак, хотя я был теперь уже старик, но в богословии я был только начинающий доктор и не очень то хорошо умел отвечать на казуистические вопросы и разрешать затруднения. Сначала я не знал, что ему сказать, сделал вид, что не слышал его, и переспросил, что он сказал. Но он слишком серьезно добивался ответа, чтобы позабыть свой вопрос, и повторил его такими же точно ломаными словами, как и раньше. К этому времени я немного собрался с духом и сказал: «В конце концов бог жестоко его накажет; ему предстоит суд, и его бросят в бездонную пропасть, где он будет жить в вечном огне». Это не удовлетворило Пятницу, и он опять обратился ко мне, повторяя мои слова. «В конце концов предстоит суд. Мой не понимай. Отчего не убить дьявола сейчас? Отчего не убить его давно давно?» «А ты лучше спроси», — отвечал я, — «почему бог не убил тебя или меня, когда мы делали дурные вещи, оскорбляющие его; нас пощадили, чтобы мы раскаялись и получили прощение». Он немного задумался. «Хорошо, хорошо», — оказал он, очень растроганный, — «это хорошо; значит, я, ты, дьявол, все злые люди, — все сохраняйся, раскаявайся, бог всех прощай». Тут он опять совсем сбил меня с толку. Это показало мне, что простые понятия, заимствованные от природы, могут привести разумных существ к познанию бога и научить их благоговению и почитанию высшего божественного существа, ибо это свойственно нашей природе, по что только божественное откровение может дать познание Иисуса Христа и дарованного нам искупления и уяснить, что такое посредник нового завета, ходатай перед престолом бога: только откровение свыше, повторяю я, может образовать в душе эти понятия и научить ее, что евангелие нашего господа и спасителя Иисуса Христа и дух божий, обещанный людям его, как руководитель и очиститель, — совершенно необходимые учителя душ человеческих, обучающие их спасительному познанию бога и средствам спасения.

Поэтому я перевел разговор между мною и моим учеником на другую тему и поспешно поднялся с места, делая вид, что должен сейчас же идти по какому то делу; затем я отослал его подальше и стал горячо молиться богу, прося его, чтобы он помог мне научить опасению этого бедного дикаря, вдохновил своим духом сердце этого жалкого невежественного создания, даровал ему свет познания бога во Христе, обратил его к себе и научил меня так изложить ему слово божие, чтобы совесть его окончательно убедилась, глаза открылись и душа его была спасена. Когда Пятница опять подошел ко мне, я начал с ним долгую беседу об искуплении человека спасителем мира и об учении евангелия, возвещенном с неба, то-есть о раскаянии перед богом и о вере в нашего всеблагого господа Иисуса. Потом по мере сил я объяснил ему, почему наш искупитель не принял ангельского облика, а произошел от семени Авраамова; я сказал, что по этой причине падшие ангелы не могут надеяться на спасение, что он пришел только для того, чтобы спасти погибших овец дома Израилева и т.д.

Бог свидетель, что во всех методах, которые я применял для обучения этого бедного создания, я проявлял больше искренности, чем уменья; я должен признать, — думаю, что к тому же выводу придут все, поступающие по тому же принципу, — что, истолковывая ему различные вещи, я сам обучался многим вещам, которые я не знал или которых я раньше по-настоящему не обдумывал, во которые естественно приходили мне на ум, когда я углублялся в них, чтобы растолковать их бедному дикарю. При этом случае я размышлял о них с большей любовью, чем когда бы «то ни было, так что независимо от того, получал ли от этого пользу бедняга или нет, я то уж во всяком случае имел все основания быть благодарным за его появление. Горе мое смягчалось, мое жилище стало казаться мне необыкновенно уютным; и когда я размышлял о том, что в этой одинокой жизни, на которую я был обречен, не только сам я обратился к небу и начал искать помощи у руки, приведшей меня сюда, но и стал, по воле провидения, орудием, которое спасло жизнь, а может быть и душу бедного дикаря, дало ему познание истинной религии и христианского учения, помогло ему узнать Иисуса Христа, а значит и жизнь вечную, — когда я размышлял обо всем этом, каждая частица моей души проникалась тайной радостью и я не раз приходил в восторг при мысли о том, что я очутился в этом месте, между тем как раньше я часто считал это самым страшным несчастьем, какое только могло со мной приключиться.

Беседы с Пятницей до такой степени наполняли все мои свободные часы и так тесна была наша дружба, что я не заметил, как пролетели последние три года моего искуса, которые мы прожили вместе. Я был вполне счастлив, если только в подлунном мире возможно полное счастье. Дикарь стал добрым христианином, — гораздо лучшим, чем я; надеюсь, впрочем, и благодарю за это создателя, что, если я был и грешнее этого дитяти природы, однако мы оба одинаково были в покаянном настроении и уповали на милосердие божие. Мы могли читать здесь слово божие, и, внимая ему, мы были так же «близки богу, как если бы жили в Англии.

Что касается разных тонкостей в истолковании того или другого библейского текста, — тех богословских комментариев, из за которых возгорелось столько опоров и вражды, то нас они не занимали. Так же мало интересовались мы вопросами церковного управления и тем, какая церковь лучше. Все эти частности нас не касались, да и кому они нужны? Я, право, не вижу, какая польза была бы нам от того, что мы изучили бы все спорные пункты нашей религии, породившие на земле столько смуты, и могли бы высказать свое мнение по каждому из них. Слово божие было нашим руководителем на пути к опасению, а может ли быть у человека более надежный руководитель? Однако я должен возвратиться к повествовательной части моего рассказа и изложить все события по порядку.

Когда мы с Пятницей познакомились ближе и он не только мог понимать почти все, что я ему говорил, но и сам стал довольно бегло, хотя и ломаным языком, изъясняться по английски, я рассказал ему историю моих похождений, по крайней мере то, как я попал на мой остров, сколько лет прожил на нем и как провел эти годы. Я открыл ему тайну пороха и пуль, потому что для него это было действительно тайна, и научил стрелять. Я подарил ему нож, от которого он пришел в полное восхищение, и сделал ему портупею вроде тех, на кадетах у нас в Англии носят тесаки: только вместо тесака я вооружил его топором, так как он мог служить не только оружием во многих случаях, во и рабочим инструментом

Я рассказал Пятнице об европейских странах, в частности об Англии, объяснив, что я оттуда родом; описал, как мы живем, как совершаем богослужение, как обращаемся друг с другом, как торгуем во всех частях света, переправляясь по морю на кораблях. Я рассказал ему о крушении корабля, на котором я побывал, и показал ему место, где находились его остатки, унесенные сейчас в море. Показал я ему также остатки лодки, в которой мы спасались и которую потом, как я уже говорил, выбросило на мой остров. Эта лодка, которую я был не в силах сдвинуть с места, теперь совсем развалилась. Увидев ее, Пятница задумался и долго молчал. Я спросил его, о чем он думает, и он ответил: «Я видел лодка, как эта: плавала то место, где мой народ». Я долго не понимал, что он хотел сказать; наконец, после долгих расспросов выяснилось, что точно такую лодку прибило к берегу в той земле, где живет его племя. Я подумал, что какой нибудь европейский корабль потерпел крушение около тех берегов, и эту лодку с него сорвало волнением. Но почему то мне не пришло в голову, что лодка могла быть с людьми, и, продолжая свои расспросы, я осведомился только о лодке.

Пятница описал мне ее очень подробно, но, лишь когда он с оживлением прибавил в конце: «Белые люди не потонули, — мы их спасли», я уяснил себе все значение происшествия, о котором он говорил, и спросил его, были ли в лодке белые люди. «Да, — ответил он, — полная лодка белых людей». «Сколько их было?» Он насчитал по пальцам семнадцать. «Где же они? Что с ними сталось?» Он отвечал: «Они живы; живут у наших, наши места».

Это навело меня на новую догадку: не с того ли самого корабля, что разбился в виду моего острова, были эти семнадцать человек? Убедившись, что корабль наскочил на скалу и ему грозит неминуемая гибель, все они покинули его и пересели в шлюпку, а потом их прибило к земле дикарей, где они и остались. Я стал допытываться у Пятницы, наверно ли он знает, что белые люди живы. Он с живостью отвечал: «Наверно, наверно» и прибавил, что скоро будет четыре года, как они живут у его земляков, и что те не только не обижают, но даже кормят их. На мой вопрос, каким образом могло случиться, что дикари не убили и не съели белых людей, он ответил: «Белые люди стали нам братья», — т.е., насколько я понял его, заключили с ними мир, и прибавил: «Наши кушают людей только на войне» (только военнопленных из враждебных племен — должно было это означать).

Прошло довольно много времени после этого рассказа. Как то в ясный день, поднявшись на вершину холма в восточной части острова, откуда, если припомнит читатель, я много лет тому назад увидел материк Америки, Пятница долго вглядывался вдаль по тому направлению и вдруг принялся прыгать, плясать и звать меня, потому что я был довольно далеко от него. Я подошел и спросил, в чем дело. «О, радость! о, счастье!» воскликнул он. «Вот там, смотри… отсюда видно… моя земля, мой народ!»

Все лицо его преобразилось от радости: глаза блестели; он весь был охвачен неудержимым порывом: казалось, он так бы и полетел туда, к своим. Это наблюдение навело меня на размышления, благодаря которым я стал относиться с меньшим доверием к моему слуге Я был убежден, что при первой возможности Пятница вернется на родину и там позабудет не только свою новую веру, но и все, чем т мне обязан, и, пожалуй, даже предаст меня своим соплеменникам: приведет их сотню или две на мой остров, они убьют меня и съедят, я он будет пировать вместе с ними с таким же легким сердцем, как прежде, когда все они приезжали сюда праздновать свои победы над дикарями враждебных племен.

Но, думая так, я был жестоко несправедлив к честному парню, о чем потом очень жалел. Подозрительность с каждым днем возрастала, а сделавшись осторожнее, я естественно начал чуждаться Пятницы и стал к нему холоднее. Так продолжалось несколько недель, но, повторяю, я был совершенно неправ: у этого честного, добродушного малого не было и в помышлении ничего дурного; он не погрешил тогда против правил христианской морали, не изменил нашей дружбе, в чем я и убедился, наконец, к великой своей радости.

Пока я подозревал его в злокозненных замыслах против меня, я понятно пускал в дело всю свою дипломатию, чтобы заставить его проговориться; но каждое его слово дышало такою простодушной искренностью, что мне стало стыдно моих подозрений; я успокоился и вернул свое доверие моему другу. А он даже не заметил моего временного к нему охлаждения, и это было для меня только лишним доказательством его искренности.

Однажды, когда мы с Пятницей опять поднялись на этот самый холм (только в этот раз на море стоял туман и берегов материка не было видно), я спросил его: «А что, Пятница, хотелось бы тебе вернуться на родину к своим?» «Да, — отвечал он, — я был бы много рад воротиться к своим». «Что ж бы ты там делал?» продолжал я. «Превратился бы опять в дикаря и стал бы, как прежде, есть человеческое мясо?» Его лицо приняло серьезное выражение; он покачал головой и ответил:

«Нет, нет. Пятница оказал бы там им всем, живите хорошо; молитесь богу, кушайте хлеб, козлиное мясо, молоко, не кушайте человека». «Ну, если ты им это скажешь, они тебя убьют». Он взглянул на меня все так же спокойно и сказал: «Нет, не убьют; они будут рады учить доброе» — будут рады научиться добру, хотел он сказать. Затем он прибавил: «Они много учились от бородатых людей, что приехали на лодке». «Так тебе хочется воротиться домой?» повторил я свой вопрос. Он улыбнулся и оказал; «Я не могу плыть так далеко». Когда же я предложил сделать для него лодку, он отвечал, что с радостью поедет, если я поеду с ним. «Как же мне ехать? — возразил я. — Ведь они меня съедят!» — «Нет, нет, не съедят, — проговорил он с жаром, — я сделаю так, что не съедят, я сделаю, что они буду» тебя много любить». Мой честный Пятница хотел этим оказать, что он расскажет своим землякам, как я убил его врагов и спас ему жизнь, я что за это они полюбят меня. После того он рассказал мне на своем ломаном языке, с какой добротой относились они к семнадцати белым бородатым людям, которых прибило к берегу в их земле.

С того времени, признаюсь, у меня засела мысль попробовать переправиться на материк и разыскать там бородатых людей, о которых говорил Пятница; не могло быть сомнения, что это испанцы или португальцы, и я был уверен что, если только мне удастся присоединиться к ним, мы сообща отыщем способ добраться до какой нибудь цивилизованной страны, между тем как, находясь в одиночестве, на острове, в сорока милях от материка, я не имел никакой надежды на освобождение. И вот, спустя несколько дней, я опять завел с Пятницей тот же разговор. Я сказал, что дам ему лодку, чтоб он мог вернуться на родину, и повел его на противоположную оконечность острова, где стоял мой фрегат. Вычерпав из него воду (для большей сохранности он был у меня затоплен), я подвел его к берегу, показал ему, и мы оба сели в него.

Пятница оказался превосходным гребцом, лодка шла у него почти так же быстро, как у меня. Когда мы отошли от берега, я ему оказал: «Ну, что же. Пятница, поедем к твоим землякам?» Он посмотрел на меня недоумевающим взглядом: очевидно, лодка казалась ему слишком маленькой для такого далекого путешествия. Тогда я сказал ему, что у меня есть лодка побольше, и на следующий день повел его к месту, где была моя первая лодка, которую я не мог спустить на воду. Пятница нашел величину этой лодки достаточной. Но так как со дня постройки этой лодки прошло двадцать два или двадцать три года и все это время она оставалась под открытым небом, где ее припекало солнце и мочило дождем, то вся она рассохлась и прогнила. Пятница заявил, что такая лодка будет вполне подходящей и на нее можно будет нагрузить довольно еды, довольно хлеба, довольно питья.

В общем мое намерение предпринять поездку на материк вместе с Пятницей настолько окрепло, что я предложил Пятнице построгать такую же точно лодку, и ему можно будет уехать на ней домой. Он не ответил ни слова, но стал очень сумрачный и грустный. Когда же я спросил, что с ним, он сказал: «За что господин сердится на Пятницу? Что я сделал?» «С чего ты взял, что я сержусь на тебя? Я нисколько не сержусь», сказал я. «Не сержусь, не сержусь!» повторил он ворчливо. «А зачем отсылаешь Пятницу домой?» «Да ведь сам же ты говорил, что тебе хочется домой», заметил я. «Да, хочется, — отвечал он, — но только, чтоб оба. Господин не поедет — Пятница не поедет: Пятница не хочет без господина». Одним словом, он и слышать не хотел о том, чтобы покинуть меня. «Но послушай, Пятница, — продолжал я, — зачем же я поеду туда? Что я там буду делать?» Он живо повернулся ко мне: «Много делать, хорошо делать: учить диких людей быть добрыми, кроткими, смирными; говорить идя про бога, чтоб молились ему; делать им новую жизнь». «Увы, мой друг! — вздохнул я на это, — ты сам не знаешь, что говоришь. Куда уж такому невежде, как я, учить добру других!» «Неправда!» воскликнул он с жаром. «Меня учил добру, их будешь учить». «Нет, Пятница, — сказал я решительным тоном, —

поезжай без меня, а я останусь здесь один и буду жить, как жил прежде». Он опять затуманился; потом вдруг подбежал к лежавшему невдалеке топору, который обыкновенно носил, схватил его и протянул мне. «Зачем ты даешь мне топор?» опросил я. Он отвечал: «Убей Пятницу». «Зачем же мне тебя убивать?» спросил я. «А зачем гонишь Пятницу прочь?» напустился он на меня. «Убей Пятницу — не гони прочь». Он был искренно огорчен: я заметил на глазах его слезы. Словом, привязанность его ко мне и его решимость были настолько очевидны, что я тут же сказал ему и часто повторял потом, что никогда не прогоню его, пока он хочет оставаться со мной.

Таким образом, я окончательно убедился, что Пятница навеки предан мне, что единственным источником его желания вернуться на родину была горячая любовь к своим соплеменникам и надежда, что я научу их добру. Но, не будучи преувеличенно высокого мнения о своей особе, я не имел ни малейшего намерения браться за такое трудное дело, как просвещение дикарей.

Впрочем, желание мое вырваться из моего заточения было от этого ничуть не слабее.

Особенно усилилось мое нетерпение после разговора с Пятницей, из которого я узнал, что семнадцать бородатых людей живут так близко от меня. Поэтому, не откладывая долее, я стал искать с Пятницей подходящее толстое дерево, из которого можно было бы сделать большую пирогу или лодку и пуститься на ней в путь. На острове росло столько строевого лесу, что из него можно было выстроить целую флотилию кораблей, а не то что пирог и лодок. Но чтобы избежать промаха, который я сделал при постройке первой лодки, самое существенное было найти дерево, которое росло бы близко к берегу, и нам не стоило бы особенного труда спустить лодку на воду.

После долгих поисков Пятница нашел, наконец, вполне подходящий для нас экземпляр; он гораздо больше меня понимал в этом деле. Я и по сей день не знаю, какой породы было срубленное нами дерево; цветом и запахом оно очень напоминало так называемый сумах или никарагву. Пятница стоял за то, чтобы выжечь внутренность колоды, как это делают при постройке своих пирог дикари; но я сказал ему, что будет проще выдолбить ее плотницкими инструментами, и, когда я показал ему, как это делается, он согласился, что мой способ практичнее. Мы живо принялись за дело, и через месяц усиленного труда лодка была готова. Мы обтесали ее снаружи топорами (Пятница мигом научился этой работе), и вышла настоящая морская лодка. Но после того понадобилось еще около двух недель, чтобы спустить наше сооружение на воду, так как мы двигали ее на деревянных катках буквально дюйм за дюймом.

Когда лодка была спущена на воду, я удивился, как ловко, несмотря на ее величину, управляемся с ней Пятница, как быстро он заставляет ее поворачиваться и как хорошо гребет. Я спросил его, можем ли мы пуститься в море в такой лодке. «О, да, — ответил он, — в такой лодке не страшно плыть даже в самый большой ветер». Но, прежде чем пускаться в путь, я пошел осуществить еще одна намерение, о котором Пятница не знал, а именно снабдить лодку мачтой, парусом, якорем и канатом. Сделать мачту было не трудно; на острове росло много кедров, прямых, как стрела. Я выбрал одно молоденькое деревцо, росшее поблизости, велел Пятнице срубить его и дал ему указания, как очистить ствол от ветвей и обтесать его. Но над парусом мне пришлось поработать самому. У меня оставались еще старые паруса или, лучше сказать, куски парусов; но так как они лежали уже более двадцати шести лет и я не особенно заботился о том, чтобы сохранить их в целости, не думая, что они могут когда нибудь пригодиться, то был уверен, что все они сгнили. И действительно, большая часть их оказалась гнильем; но все же я нашел два куска покрепче и принялся за шитье, на которое потратил много труда, так как даже иголок у меня не было; в конце концов, я все же состряпал, во первых, довольно безобразное подобие большого треугольного паруса, какие употребляются в Англии, во вторых, маленький парус — так называемый блинд. Такими парусами я хорошо умел управлять, потому что они были на том баркасе, на котором я совершил рассказанные мной в начале этой книги побег от берберов.

Около двух месяцев провозился я над оснасткой нашего судна, но зато работа была сделана чисто. Кроме двух упомянутых парусов, я смастерил еще третий, который укрепил на носу, и который должен был помогать нам поворачивать лодку при перемене галса. Но, главное, я сделал и приладил руль, что должно было значительно облегчать управление лодкой. Я был неискусный корабельный плотник, но, понимая всю пользу и даже необходимость такого приспособления, как руль, я не пожалел труда на его изготовление; хотя если учесть все мои неудавшиеся опыты, то, я думаю, он отнял у меня почти столько же времени, как и постройка всей лодки.

Когда все было готово, я стал учить Пятницу управлению лодкой, потому что, хоть он был и очень хорошим гребцом, но ни о руле, ни о парусах не имел никакого понятия. Он был совершенно поражен, когда увидел, как я действую рулем, и как парус надувается то с одной, то с другой стороны в зависимости от перемены галса. Тем не менее, он очень скоро постиг всю эту премудрость и сделался искусным моряком. Одному только он никак не мог научиться — употреблению компаса: это было выше его понимания. Но так как в тех широтах в сухие сезоны почти никогда не бывает ни туманов, ни пасмурных дней, то в компасе для нашей поездки не представлялось особенной надобности. Днем мы могли править на берег, который был виден вдали, а ночью держать путь по звездам Другое дело в дождливый сезон, но в дождливый сезон все равно нельзя было путешествовать ни морем, ни сухим путем.

Наступил двадцать седьмой год моего пленения. Впрочем, три последние года можно было смело выкинуть из счета, ибо с появлением на острове моего милого Пятницы в мое жилище вошла радость и осветила мою печальную жизнь. Двадцать шестую годовщину этой жизни я отпраздновал благодарственной молитвой, как я в прежние годы: я благодарил создателя за те великие милости, которыми он взыскал меня в моем одиночестве. И если мне было за что благодарить его прежде, то уже теперь и подавно: теперь мне были даны новые доказательства того, как печется обо мне провидение; теперь мне уж недолго оставалось томиться в пустыне: освобождение было близко; по крайней мере, я был твердо убежден, что мне не придется прожить и года на моем острове. Несмотря, однако, на такую уверенность, я не забрасывал своего хозяйства: я попрежнему копал землю и засевал ее, по-прежнему огораживал новые поля, ходил за своим стадом, собирал и сушил виноград, — словом, делал все необходимое, как и раньше.

Между тем, приближался дождливый сезон, когда я обыкновенно большую часть дня просиживал дома. Нашу поездку пришлось отложить, а пока необходимо было позаботиться о безопасности нашей новой лодки. Мы привели ее в ту бухточку, куда, как было сказано, я приставал со своими плотами в начале своего пребывания на острове. Дождавшись прилива, я подтянул лодку к самому берегу, ошвартовал ее и приказал Пятнице выкопать маленький бассейн такой величины и глубины, чтобы она поместилась в нем, как в доке, С наступлением отлива мы отгородили ее крепкой плотиной, чтобы закрыть доступ в док со стороны моря. А чтобы предохранить лодку от дождей, мы прикрыли ее толстым слоем веток, под которыми она стояла, как под крышей. Теперь мы могли спокойно дождаться ноября или декабря, чтобы предпринять наше путешествие.

Как только прекратились дожди и погода установилась, я начал деятельно готовиться к дальнему плаванию. Я заранее рассчитал, какой запас провизии нам может понадобиться, я заготовил все, что нужно. Недели через две я предполагал открыть док и опустить лодку на море. Как то утром я по обыкновению был занят сборами в дорогу и отослал Пятницу на берег моря поискать черепаху: яйца и мясо этого животного давали нам еды на неделю. Не успел Пятница уйти, как сейчас же прибежал назад. Как полоумный, не слыша под собой земли, он буквально перелетел ко мне за ограду и, прежде чем я успел спросить его, в чем дело, закричал: «Господин! Господин! Беда! Плохо!» — «Что с тобой, Пятница? Что случилось?» спросил я в тревоге «Там, около берега, одна, две, три… одна, две, три лодки!» Зная его манеру считать, я подумал, что всех лодок было шесть, но, как потом оказалось, их было только три. «Ну что ж такое, Пятница? Чего ты так испугался?» сказал я, стараясь его ободрить. Бедняга был вне себя; вероятно, он вообразил, что дикари явились за ним, что они разыщут его и съедят. Он так дрожал, что я не знал, что с ним делать. Я успокаивал его, как умел: говорил, что во всяком случае я подвергаюсь такой же опасности, как и он, что если съедят его, так и меня вместе с ним. «Но мы постоим за себя, мы будем драться», прибавил я. «Готов ты драться?» «Я, стрелять? — отвечал он, — но их много, очень много». «Не беда, — сказал я, — одних мы убьем, а остальные испугаются выстрелов и разбегутся. Я буду защищать тебя. Но обещаешь ли ты, что не струсишь, а главное, будешь делать все, что я тебе прикажу?» Он отвечал: «Я умру, если ты велишь, господин». После этого я принес из потреба рому и дал ему выпить (я так бережно расходовал свой ром, что у меня оставался еще порядочный запас). Затем мы собрали все наше огнестрельное оружие, привели его в порядок и зарядили. Два охотничьих ружья, которые мы всегда брали с собой, выходя из дому, я зарядил самой крупной дробью; в мушкеты (четыре числом) положил по пяти маленьких пуль и по два кусочка свинцу, а пистолеты зарядил двумя пулями каждый. Кроме того, я вооружился, как всегда, тесаком без ножен, а Пятницу вооружил топором.

Приготовившись таким образом к бою, я взял подзорную трубу и поднялся на гору для рекогносцировки. Направив трубу на берег моря, я скоро увидел дикарей: их было двадцать один человек, трое пленных и три лодки. Было ясно, что вся эта ватага явилась на острив с единственной целью отпраздновать свою победу над врагом варварским пиром. Ужасное пиршество, но для этих извергов подобные банкеты были в порядке вещей.

Я заметил также, что на этот раз они высадились не там, где высаживались три года тому назад в день бегства Пятницы, а гораздо ближе к моей бухточке. Здесь берега были низкие, и почти к самому морю подступал густой лес. Меня взбесило, что дикари расположились так близко к моему жилью, хотя, конечно, главной причиной охватившего меня гнева было мое негодование перед кровавым делом, для которого они явились на остров. Спустившись с горы, я объявил Пятнице мое решение напасть на этих зверей и перебить их всех до единого и еще раз спросил его, будет ли он мне помотать. Он теперь совершенно оправился от испуга (чему, быть может, отчасти способствовал выпитый им ром) и с бодрым видом повторил, что умрет, когда я прикажу умереть.

В этом состоянии гневного возбуждения я поделил между нами приготовленное оружие, и мы тронулись в путь. Пятнице я дал один из пистолетов, который он заткнул себе за пояс, и три ружья, а сам взял все остальное. На всякий случай я захватил в карман бутылочку рому, а Пятнице дал нести большой мешок с запасным порохом и пулями. Я приказал ему следовать за мной, не отставая ни на шаг, и строго запретил заговаривать со мной и стрелять, пока я не прикажу. Нам пришлось сделать большой крюк, чтоб обогнуть бухточку и подойти к берегу со стороны леса, потому что только с этой стороны можно было незаметно подкрасться к неприятелю на расстояние ружейного выстрела.

Пока мы шли, я имел время поразмыслить в воинственном предприятии, задуманном мной, и моя решимость начала ослабевать. Немногочисленность неприятеля смущала меня: в борьбе с этими голыми, почти что безоружными людьми все шансы победы были несомненно на моей стороне, будь я даже один. Нет, меня терзало другого рода сомнение — сомнение в своей правоте. «С какой стати, — спрашивал я себя, — и ради чего я собираюсь обагрить руки человеческой кровью? Какая крайность гонит меня? И кто, наконец, дал мне право убивать людей, не сделавших и не хотевших сделать мне никакого зла? Чем, в самом деле, они провинились передо мной? Их варварские обычаи меня не касаются; это — несчастное наследие, перешедшее к ним от предков, проклятие, которым их покарал господь. Но если господь их покинул, если в своей премудрости он рассудил за благо уподобить их скотам, то во всяком случае меня он не уполномочивал быть их судьею, а тем более палачом. И, наконец, национальные пороки не подлежат отмщению отдельных людей. Словом, с какой точки зрения ни взгляни, расправа с людоедами не мое дело. Еще для Пятницы тут можно найти оправдание: это его исконные враги; они воюют с его соплеменниками, а на войне позволительно убивать. Ничего подобного нельзя сказать обо мне». Все эти доводы, не раз приходившие мне в голову и раньше, показались мне теперь до такой степени убедительными, что я решил не трогать пока дикарей, а засевши в лесу в таком месте, чтобы видеть все, что происходит на берегу, выжидать и начать наступательные действия лишь в том случае, если сам бог даст мне явное указание, что такова его воля.

С этим решением я вошел в лес. Пятница следовал за мной по пятам. Мы шли со всевозможными предосторожностями — в полном молчании и стараясь как можно тише ступать. Подойдя к опушке с того края, который был ближе к берегу, так что только несколько рядов деревьев отделяло нас от дикарей, я остановился, тихонько подозвал Пятницу и, указав ему толстое дерево почти на выходе из леса, велел взобраться на это дерево и посмотреть, видно ли оттуда дикарей и что они делают. Он сделал, как ему было сказано, и сейчас же воротился, чтоб сообщить, что все отлично видно, что дикари сидят вокруг костра и едят мясо одного из привезенных ими пленников, а другой лежит связанный тут же на песке, и они, наверное, сейчас же убьют его. Вся моя душа запылала гневом при этом известии. Но я буквально пришел в ужас, когда Пятница сказал мне, что второй пленник, которого дикари собираются съесть, не их племени, а один из бородатых людей, которые приехали в его землю на лодке и о которых он мне уже говорил. Подойдя к дереву, я ясно увидел в подзорную трубу белого человека. Он лежал неподвижно, потому что его руки и ноги были стянуты гибкими прутьями тростника или другого растения в таком роде. На нем была одежда, но не только поэтому, а и по лицу нельзя было не признать в нем европейца.

Ярдов на пятьдесят ближе к берегу, на пригорке, на расстоянии приблизительно половины ружейного выстрела от дикарей, росло другое дерево, к которому можно было подойти незамеченным ими, так как все пространство между ним и тем местом, где мы стояли, было почти сплошь покрыто густой зарослью какого то кустарника. Сдерживая бушевавшую во мне ярость, я потихоньку пробрался за кустами к этому дереву и оттуда, как на ладони, увидел все, что происходило на берегу.

У костра, сбившись в плотную кучку, сидело девятнадцать человек дикарей. В нескольких шагах от этой группы, подле распростертого на земле европейца, стояли двое остальных и, нагнувшись над ним, развязывали ему ноги: очевидно, они были только что посланы за ним. Еще минута — и они зарезали бы его, как барана, и затем, вероятно, ровняли бы его на части и принялись бы жарить его. Нельзя было терять ни минуты. Я повернулся к Пятнице, «Будь наготове», сказал я ему. Он кивнул головой. «Теперь смотри на меня, и что я буду делать, то делай и ты.» С этими словами я положил на землю охотничье ружье и один из мушкетов, а паз другого мушкета прицелился в дикарей. Пятница тоже прицелился. «Готов ты?» спросил я его. Он отвечал утвердительно. «Ну, так пли!» сказал я и выстрелил.

Прицел Пятницы оказался вернее моего: он убил двух человек и ранил троих, я же только двоих ранил и одного убил. Легко себе представить, какой переполох произвели наши выстрелы в толпе дикарей. Все уцелевшие вскочили на ноги и заметались по берегу, не зная, куда кинуться, в какую сторону бежать. Они не могли сообразить, откуда посыпалась на них гибель. Пятница, согласно моему приказанию, не сводил с меня глаз. Тотчас же после первого выстрела я бросил мушкет, схватил охотничье ружье, взвел курок и снова прицелился. Пятница в точности повторил каждое мое движение. «Ты готов?» спросил я опять. «Готов» «Так стреляй, и да поможет нам бог». Два выстрела грянули почти одновременно в середину остолбеневших дикарей, но так как на этот раз мы стреляли из охотничьих ружей, заряженных дробью, то упало только двое. Зато раненых было очень много. Обливаясь кровью, бегали они по берегу с дикими воплями, как безумные. Три человека были, очевидно, тяжело ранены, потому что они вскоре свалились.

Положив на землю охотничье ружье, я взял свой второй заряженный мушкет, крикнул:

«Пятница, за мной!» и выбежал из лесу. Мой храбрый дикарь не отставал от меня ни на шаг. Заметив, что дикари увидали меня, я закричал во всю глотку и приказал Пятнице последовать моему примеру. Во всю прыть (что, к слову сказать, было не слишком быстро, благодаря тяжелым доспехам, которыми я был нагружен) устремился я к несчастной жертве, лежавшей, как уже сказано, на берегу, между костром и морем. Оба палача, уже готовые расправиться со своей жертвой, бросили ее при первых же звуках наших выстрелов. В смертельном страхе они стремглав кинулись к морю и вскочили в лодку, куда к ним присоединились еще три дикаря. Я повернулся к Пятнице и приказал ему стрелять в них. Он мигом понял мою мысль и, пробежав ярдов сорок, чтобы быть ближе к беглецам, выстрелил по ним, и я подумал, что он убил их всех, так как все они повалились кучей на дно лодки; но двое сейчас же поднялись: очевидно, они упали просто со страху. Из трех остальных двое были убиты наповал, а третий был настолько тяжело ранен, что уже не мог встать.

Покуда Пятница расправлялся с пятью беглецами, я вытащил нож и перерезал путы, которыми были стянуты руки и ноги бедного пленника. Освободив его, я помог ему приподняться и опросил его по-португальски, кто он такой Он ответил по латыни: christianus (христианин). От слабости он еле держался на ногах и еле говорил. Я вынул из кармана бутылочку рому и поднес ему ко рту, показывая знаками, чтоб он отхлебнул глоток; потом дал ему хлеба. Когда он поел, я его спросил, какой он национальности, и он отвечал: *Espagniole* (испанец). Немного оправившись, он принялся самыми красноречивыми жестами изъявлять мне свою признательность за то, что я спас ему жизнь. Призвав на помощь все свои познания в испанском языке, я сказал ему по испански: «Сеньор, разговаривать мы будем потом, а теперь надо действовать. Если вы в силах сражаться, то вот вам сабля и пистолет: берите, и ударим на врагов». Испанец с благодарностью принял то и другое и, почувствовав в руках оружие, словно стал другим человеком. Откуда только взялись у него силы? Как ураган, налетел он на своих убийц и в одно мгновение ока изрубил двоих на куски. Правда, несчастные дикари, ошеломленные ружейными выстрелами и внезапностью нападения; были до того перепуганы, что от страха попадали и были так же неспособны бежать, как и сопротивляться нашим пулям. То же самое произошло с шестью дикарями в лодке, в которых выстрелил Пятница: двое из них упали со страху, не будучи даже ранены.

Я держал заряженный мушкет наготове, но не стрелял, приберегая заряд на случай крайней нужды, так как я отдал испанцу мой пистолет и саблю. Наши четыре разряженные ружья остались под деревом на том месте, откуда мы в первый раз открыли огонь; поэтому я подозвал Пятницу и велел ему сбегать за ними. Он мигом слетал туда и обратно. Тогда я отдал ему свой мушкет, а сам стал заряжать остальные ружья, сказав своим обоим союзникам, чтобы, когда им понадобится оружие, они приходили ко мне. Пока я заряжал ружье, между испанцем и одним из дикарей завязался ожесточенный бой. Дикарь набросился на него с огромным деревянным мечем, точно таким, каким предстояло быть убитым испанцу, если б я не подоспел к нему на выручку. Мой испанец оказался таким храбрецом, как я и не ожидал; несмотря на свою слабость, он дрался, как лев, и нанес противнику своей саблей два страшных удара по голове, но дикарь был рослый, сильный малый; схватившись с ним в рукопашную, он скоро повалил испанца (тот был очень слаб) и стал вырывать у него саблю; испанец благоразумно выпустил ее, выхватил, из за пояса пистолет и, выстрелив в дикаря, положил его на месте, прежде чем я, видевший всю эту сцену, успел подбежать на выручку.

Между тем Пятница, предоставленный самому себе, преследовал бегущих дикарей с одним только топором в руке; им он прикончил трех человек, раненных первыми нашими выстрелами; досталось от него и многим другим. Испанец тоже не терял времени даром. Взяв у меня охотничье ружье, он пустился в погоню за двумя дикарями и ранил обоих, но так как долго бежать было ему не под силу, то оба дикаря успели скрыться в лесу. Пятница погнался за ними. Одного он убил, а за другим не мог угнаться: тот оказался проворнее. Несмотря на свои раны, он бросился в море, пустился вплавь за лодкой с тремя его земляками, успевшими отчалить от берега, и нагнал ее. Эти четверо (и в числе их один раненный, про которого мы не знали, жив он или умер) были единственные из двадцати одного человека, которые ушли от наших рук. Вот точный отчет:

3 — убито нашими первыми выстрелами из за дерева.

2 — следующими двумя выстрелами.

2 — убито Пятницей в лодке.

2 — раненных раньше, прикончено им же.

1 — убит им же в лесу. 3 — убито испанцем.

4 — найдено мертвыми в разных местах (убиты при преследовании Пятницей или умерли от ран).

4 — спаслись в лодке (из них один ранен, если не мертв).

21 всего.

Трое дикарей, спасшихся в лодке, работали веслами изо всех сил, стараясь поскорей уйти из под выстрелов. Пятница раза два или три пальнул им в догонку, но, кажется, не попал. Он стал меня убеждать взять одну из их лодок и пуститься за ними в погоню. Меня и самого тревожил их побег: я боялся, что, когда они расскажут своим землякам о том, что случилось на острове, те нагрянут к нам, быть может, на двух— или на трехстах лодках, и одолеют нас количеством. Поэтому я согласился преследовать беглецов на море и, подбежав к одной из лодок, прыгнул в нее, приказав Пятнице следовать за мной. Но каково же было мое изумление, когда, вскочив в лодку, к увидел лежавшего в ней человека, связанного по рукам и ногам, как испанец и, очевидно, тоже обреченного на съедение. Он был полумертв от страха, так как не понимал, что творятся кругом; краснокожие так крепко скрутили его, и он так долго оставался связанным, что не мог выглянуть из за бортов лодки и ело дышал.

Я тотчас же перерезал стягивавшие его путы и хотел помочь ему встать. Но он не держался на ногах: он даже говорить был не в силах, а только жалобно стонал: несчастный, кажется, думал, что его только затем и развязали, чтобы вести на убой.

Когда Пятница подошел к нам, я велел ему объяснить этому человеку, что он свободен, и передал ему бутылочку с ромом, чтоб он дал ему глоток. Радостная весть, в соединении с укрепляющим действием рома, оживила беднягу, и он сел в лодке. Но надо было видеть, что сделалось с Пятницей, когда он услышал его голос и увидел его лицо. Он бросился его обнимать, заплакал, засмеялся; потом стал прыгать вокруг него, затем заплясал; потом опять заплакал, замахал руками, принялся колотить себя по голове и по лицу, — словом, вел себя, как безумный. Долгое время я не мог добиться от него никаких разъяснений, но когда он, наконец, успокоился, то сказал, что это его отец.

Не могу выразить, до чего я был растроган таким проявлением сыновней любви в моем друге. Нельзя было смотреть без слез на эту радость грубого дикаря при виде любимого им отца, спасенного от смерти. Но в то же время нельзя было и не смеяться нелепым выходкам, которыми выражались его радость и любовь. Раз двадцать он выскакивал из лодки и снова вскакивал в нее; то он садился подле отца и, распахнув свою куртку, прижимал его голову к своей груди, словно мать ребенка; то принимался растирать его одеревеневшие руки и ноги. Я посоветовал растереть его ромом, что ему очень помогло.

Теперь о преследовании бежавших дикарей нечего было и думать: они почти скрылись из виду. Таким образом, предполагаемая погоня не состоялась и, надо заметить, к счастью для нас, так как спустя часа два, то-есть прежде, чем мы успели бы проехать четверть пути, задул жестокий ветер, который бушевал потом всю ночь. Он дул с северо-запада, как раз навстречу беглецам, так что, по всей вероятности, они не могли выгрести и больше не увидели родной земли.

Но возвратимся к Пятнице. Он был так поглощен сыновними заботами, что у меня не хватало духа оторвать его от отца. Я дал ему время переварить его радость и тогда только кликнул его. Он подбежал ко мне вприпрыжку с радостным смехом, довольный и счастливый. Я его спросил, дал ли он отцу хлеба. Он покачал головой: «Нет хлеба: подлая собака ничего не оставила, все сама съела». И он показал на себя. Тогда я вынул из своей сумки все, что у меня с собой было провизии — небольшой хлебец и две или три кисти винограду, — и дал ему для его отца. Самому же ему я предложил подкрепить силы остатками рома, но и ром он понес старику. Не успел он войти опять в лодку, как вижу — бежит куда то мой Пятница, сломя голову, точно за ним гонится нечистая сила. Этот парень был замечательно легок на ногу, надо заметить, и, прежде чем я успел опомниться, он скрылся из моих глаз. Я кричал ему, чтоб он остановился, — не тут то было! Так он и исчез. Смотрю — через четверть часа возвращается, но уже не так шибко.

Когда он подошел ближе, я увидал, что он что то несет. Оказалось, что это был кувшин с пресной водой, которую он притащил для отца. Он сбегал для этого домой, в нашу крепость, а кстати уже прихватил еще две ковриги хлеба. Хлеб он отдал мне, а воду понес старику, позволив мне, впрочем, отхлебнуть несколько глотков, так как мне очень хотелось пить. Вода оживила старика лучше всякого рома: он, оказалось, умирал от жажды.

Когда он напился, я подозвал Пятницу и спросил, не осталось ли в кувшине воды. Он отвечал: да, и я велел ему дать напиться испанцу, нуждающемуся в этом не менее его отца. Я передал ему также одну ковригу хлеба из двух принесенных Пятницей. Бедный испанец был очень слаб: он прилег на лужайке под деревом в полном изнеможении. Его палачи так туго стянули ему руки и ноги, что теперь они у него страшно распухли. Когда он утолил жажду свежей водой и поел хлеба, я подошел к нему и дал горсть винограду. Он поднял голову и взглянул на меня с безграничной признательностью; несмотря на отвагу, только что проявленную им в стычке, он был до того истощен, что не мог стоять на ногах, как он ни пытался: ему не позволяли это его распухшие ноги. Я посоветовал ему не насиловать себя понапрасну и приказал Пятнице растереть ему ноги ромом, как он это сделал своему отцу.

Я заметил, что добрый парень при этом поминутно оборачивался взглянуть, сидит ли его отец на том месте, где он его оставил. Вдруг, оглянувшись, он увидел, что старик исчез: он мгновенно сорвался с места и, не говоря ни слова, бросился к лодке так, что только пятки замелькали. Но когда, добежав, он увидел, что отец его просто прилег отдохнуть, он сейчас же воротился к нам. Тогда я сказал испанцу, что мой слуга поможет ему встать и доведет его до лодки, в которой мы доставим его в свое жилище, а там уже позаботимся о нем. Но Пятница был парень крепкий: не долго думая, он поднял его как перышко, взвалил к себе на спину и понес. Дойдя до лодки, он осторожно посадил его сперва на борт, а потом на дно подле своего отца. Потом вышел на берег, столкнул лодку в воду, опять вскочил в нее и взялся за весла. Я пошел пешком. В сильных руках Пятницы лодка так шибко неслась вдоль берега, несмотря на сильный ветер, что я не мог за ней поспеть. Пятница благополучно привел ее в нашу гавань и, оставив в ней обоих инвалидов, побежал за другой лодкой. Он объяснил мне это на бегу, встретив меня на полдороге, и помчался дальше. Положительно ни одна лошадь не могла бы угнаться за этим парнем, так шибко он бегал. И не успел я дойти до бухточки, как он уже явился туда с другой лодкой.

Выскочив на берег, он стал помогать старику и испанцу выйти из лодки, но ни тот, ни другой не были в силах двигаться. Бедный Пятница совсем растерялся, не зная, что с ними делать.

Но я придумал выход из этого затруднения, сказав Пятнице, чтоб он посадил покамест наших гостей на берегу и устроил поудобнее. Я сам на скорую руку сколотил носилки, на которых мы с Пятницей и доставили больных к наружной стене нашей крепости. Но тут мы опять встали втупик, не зная, как нам быть дальше. Перетащить двух взрослых людей через высокую ограду нам было не под силу, а ломать ограду я ни за что не хотел. Пришлось мне снова пустить в ход свою изобретательность, и, наконец, препятствие было обойдено. Мы с Пятницей принялись за работу, и часа через два за наружной оградой, между ней и рощей, у нас красовалась чудесная парусиновая палатка, прикрытая сверху ветками от солнца и дождя. В этой палатке мы устроили две постели из материала, находившегося в моем распоряжении, то-есть из рисовой соломы и четырех одеял, по два на брата: по одному, вместо простыни, и по другому, чтобы укрываться.

Теперь мой остров был заселен, и я считал, что у меня изобилие подданных. Часто я не мог удержаться от улыбки при мысли о том, как похож я на короля. Во первых, весь остров был неотъемлемою моей собственностью, и, таким образом, мне принадлежало несомненное право господства. Во вторых, мой народ был весь в моей власти: я был неограниченным владыкой и законодателем. Все мои подданные были обязаны мне жизнью, и каждый из них в свою очередь, готов был, если б понадобилось, умереть за меня. Замечательно также, что все трое были разных вероисповеданий: Пятница был протестант, его отец — язычник и людоед, а испанец — католик. Я допускал в своих владениях полную свободу совести. Но это между прочим.

Когда мы устроили жилье для наших гостей и водворили их на новоселье, надо было подумать, чем их накормить. Я тотчас же отрядил Пятницу в наш лесной загончик с поручением привести годовалого козленка. Мы разрезали его отделили заднюю часть и порубили ее на мелкие куски, половина которых пошла на бульон, а половина — на жаркое. Обед стряпал Пятница. Он заправил бульон ячменем и рисом, и вышло превосходное, питательное кушанье. Стряпня происходила подле рощицы, за наружной оградой (я никогда не разводил огонь внутри крепости), поэтому стол был накрыт в новой палатке. Я обедал вместе со своими гостями и всячески старался развлечь и приободрить их. Пятница служил мне толмачом не только, когда я говорил с его отцом, но даже с испанцем, так как последний довольно сносно объяснялся на языке дикарей.

Когда мы пообедали или, вернее, поужинали, я приказал Пятнице взять лодку и съездить за нашими ружьями, которые за недосугом мы бросили на поле битвы; а на другой день я послал его зарыть трупы убитых в предупреждение зловония, которое не замедлило бы распространиться от них при тамошней жаре. Я велел ему также закопать ужасные остатки кровавого пиршества; которых было очень много. Я не мог без содрогания даже подумать о том, чтобы зарыть их самому: меня стошнило бы от одного их вида. Пятница пунктуально исполнил все, что я ему приказал: его стараниями были уничтожены все следы посещения дикарей, так что, когда я пришел на место побоища, я не сразу мог его узнать; только по расположению деревьев на опушке леса, подходившего здесь к самому берегу, я убедился, что пиршество дикарей происходило именно здесь. Вскоре я начал беседовать с моими новыми подданными. Прежде всего я велел Пятнице спросить своего отца, как он относится к бегству четырех дикарей и не боится ли, что они могут вернуться на остров с целым полчищем своих соплеменников, которое нам будет не под силу одолеть. Старый индеец отвечал, что, по его мнению, убежавшие дикаря никоим образом не могли выгрести в такую бурю, какая бушевала в ту ночь; что, наверно, все они утонули, а если и уцелели каким нибудь чудом, так их отнесло на юг и прибило к земле враждебного племени, где они все равно неминуемо должны были погибнуть от рук своих врагов. Что же они предприняли бы, если бы благополучно добрались домой, он не знал; но, по его мнению, они были так страшно напуганы нашим неожиданным нападением, грохотом и огнем выстрелов, что наверно рассказали своим, будто товарищи их погибли не от человеческих рук, а были убиты громом и молнией, и будто Пятница и я были двое разгневанных духов, слетевших с небес, чтобы их истребить, а не двое вооруженных людей. По его словам, он сам слышал, как они это говорили друг другу, ибо они не могли представить себе, чтобы простой смертный мог изрыгать пламя, говорить громом и убивать на далеком расстоянии, даже не замахнувшись рукой, как это было в том случае. Старик был прав. Впоследствии я узнал, что никогда после этого дикари не пытались высадиться на моем острове. Очевидно, те четверо беглецов, которых мы считали погибшими, благополучно вернулись на родину и своими рассказами о случившемся с ними напугали своих земляков, и у тех сложилось убеждение, что всякий ступивший на заколдованный остров будет сожжен небесным огнем.

Но в то время я этого не знал, и потому был в постоянной тревоге, ежеминутно ожидая нашествия дикарей. И я и моя маленькая армия были всегда готовы к бою: ведь нас теперь было четверо и, явись к нам хоть сотня дикарей, мы бы не побоялись помериться с ними силами даже в открытом поле.

Мало-помалу, однако, видя, что дикари не показываются, я начал забывать свои страхи, а вместе с тем все чаще и чаще возвращался к давнишней своей мечте о путешествии на материк, тем более, как уверял меня отец Пятницы, я мог рассчитывать в качестве их общего благодетеля на радушный прием у его земляков.

Но после одного серьезного разговора с испанцем я начал сомневаться, стоит ли приводить в исполнение этот план. Из этого разговора я узнал, что хотя дикари действительно приютили у себя семнадцать человек испанцев и португальцев, спасшихся в лодке с погибшего корабля, и не обижают их, но все эти европейцы терпят крайнюю нужду в самом не обходимом, нередко даже голодают. На мои расспросы о подробностях несчастья, постигшего их корабль, мой гость сообщил мне, что корабль их был испанский и шел из

Рио-де-ла-Платы в Гаванну, где должен был оставить свой груз, состоявший, главным образом, из мехов и серебра, и набрать европейских товаров, какие там будут. Он рассказал еще, что по пути они подобрали пятерых матросов португальцев с другого корабля, потерпевшего крушение, что пять человек из их корабельной команды утонуло в первый момент катастрофы, а остальные, пробедствовав несколько дней, в течение которых они не раз глядели в глаза смерти, наконец, пристали к берегу каннибалов, где каждую минуту ожидали, что их съедят дикари. У них было с собой огнестрельное оружие, но они не могли им пользоваться за неимением пороха и пуль: тот, что они взяли с собой в лодку, почти весь был подмочен в пути, а что осталось, они сразу же израсходовали, добывая себе пищу охотой.

Я спросил его, какая, по его мнению, участь ожидает их в земле дикарей и неужели они никогда не пытались выбраться оттуда. Он отвечал, что у них было много совещаний по этому поводу, но все они кончались слезами и отчаянием, так как у них не было судна, ни инструментов для его постройки и никаких припасов.

Тогда я спросил, как, по его мнению, примут они мое предложение совершить попытку бегства и для осуществления этого плана собраться сюда, на мой остров. Я откровенно сказал ему, что больше всего я боюсь предательства и дурного обращения, если я отдам себя в их руки. Ведь благодарность не принадлежит к числу добродетелей, свойственных человеку, и в своих поступках люди руководятся не столько принятыми на себя обязательствами, сколько корыстью. А было бы слишком обидно, сказал я ему, выручить людей из беды только для того, чтобы очутиться их пленником в Новой Испании, откуда еще не выходил целым ни один англичанин, какая бы несчастная звезда или случайность ни забросили его туда; я предпочел бы быть съеденным дикарями, чем попасть в когти духовенства и познакомиться с тюрьмами инквизиции. И я прибавил, что если бы сюда собрались все его товарищи, то, по моему убеждению, при таком количестве рабочих рук нам ничего не стоило бы построить такое судно, на котором мы все могли бы добраться до Бразилии, до островов или до испанских владений к северу отсюда. Но, разумеется, если за мое добро, когда я сам вложу им в руки оружие, они обратят его против меня, — если, пользуясь преимуществом силы, они лишат меня свободы и отвезут к своим соплеменникам, я окажусь еще в худшем положении, чем теперь.

Испанец отвечал с большим чистосердечием, что товарищи его страшно бедствуют и так хорошо сознают всю безнадежность своего положения, что он не допускает и мысли, чтоб они могли дурно поступить с человеком, который протянет им руку помощи; он сказал, что если мне угодно, то он съездит к ним со стариком-индейцем, передаст им мое предложение и привезет мне ответ. Если они согласятся на мои условия, то он возьмет с них торжественную клятву в том, что они беспрекословно будут повиноваться мне, как командиру и капитану; он заставит их поклясться над святыми дарами и евангелием в своей верности мне и готовности последовать за мной в ту христианскую землю, которую я сам укажу им; он отберет от них собственноручно подписанное обязательство и привезет его мне.

Затем он сказал, что хочет сначала поклясться мне в верности сам, — в том, что он не покинет меня, пока жив, или пока я сам не прогоню его, и что при малейшем поползновении со стороны его соотечественников нарушить данную мне клятву, он встанет на мою сторону и будет биться за меня до последней капли крови.

Он, впрочем, не допускал возможности измены со стороны своих земляков; все они, по его словам, были честные, благородные люди. К тому же они терпели большие лишения — ни пищи, ни одежды, в полной власти дикарей я никакой надежды вернуться на родину, — словом, он был уверен, что, если только я, их спасу, они будут готовы положить за меня жизнь.

Уверенность, с какою мой гость ручался за своих соотечественников, рассеяла мои сомнения, в я решил попытаться выручить их, если возможно, и послать к ним для переговоров старика-индейца и испанца. Но когда все было уже готово к их отплытию, сам испанец заговорил о том, что, по его мнению, нам не следует спешить с приведением в исполнение нашего плана. Он выдвинул при этом соображение настолько благоразумное и настолько свидетельствовавшее об его искренности, что я не мог не согласиться с ним и по его совету решил отложить освобождение его товарищей по крайней мере на полгода. Дело заключалось в следующем.

Испанец прожил у нас около месяца и за это время успел присмотреться к моей жизни. Он видел, как я работаю и, с божьей помощью, удовлетворяю свои насущные потребности. Ему было в точности известно, сколько запасено у нас рису и ячменя. Конечно, для меня с избытком хватило бы этого запаса, но уже и теперь, когда моя семья возросла до четырех человек, его надо было расходовать с большой осторожностью. Следовательно, мы и подавно не могли рассчитывать прокормиться, когда у нас прибавится еще четырнадцать оставшихся в живых его товарищей. А ведь вам надо было еще заготовить запасов для дальнего плавания к тому времени, когда мы построим корабль. В виду всех этих, соображений мой испанец находил, что, прежде; чем выписывать гостей, нам следует позаботиться об их пропитании. Вот в чем состоял его план. С моего разрешения, говорил он, они втроем вскопают новый участок земли и высеют все зерно, какое я могу уделить для посева; затем мы будем дождаться урожая, чтобы хватило хлеба на всех его соотечественников, которые прибудут сюда; иначе, перебравшись до времени на наш остров; они попадут из огня да в полымя, и нужда вызовет у нас разногласия. «Вспомните сынов Израиля, — сказал он в заключение своей речи, — сначала они радовались своему освобождению от ига египетского, а потом, когда в пустыне у них не хватило хлеба, возроптали на бога, освободившего их».

Я не мог надивиться благоразумной предусмотрительности моего гостя, как не мог не порадоваться тому, что он так предан мне. Его совет был так хорош, что, повторяю, я принял его, не колеблясь. Не откладывая дела в долгий ящик, мы вчетвером принялись вскапывать новое поле. Работа шла успешно (насколько успешно может идти такая работа при деревянных орудиях), и через месяц, когда наступило время посева, у нас был большой участок возделанной земли, на котором мы посеяли двадцать два бушеля ячменя и шестнадцать мер риса, т. е. все, что я мог уделить на посев. Для еды мы оставили себе в обрез на шесть месяцев, считая с того дня, когда мы приступили к распашке, а не со дня посева, ибо в этих местах от посева до жатвы проходит меньше шести месяцев.

Теперь нас было столько, что дикари могли нам быть страшны лишь в том случае, если б они нагрянули в слишком уж большом количестве. Но мы не боялись дикарей и свободно разгуливали по всему острову. А так как все мы были поглощены одною надеждою-

надеждою на скорое освобождение, — то каждый из нас (по крайней мере могу это сказать о себе) не мог не думать об изыскании средств для осуществления этой надежды. Поэтому во время своих скитаний по острову я отметил несколько деревьев на постройку корабля и поручил Пятнице и отцу его срубить их, а испанца приставил присматривать и руководить их работой. Я показал им доски моего изделия, которые я с такой неимоверной затратой сил вытесывал из больших деревьев, и предложил сделать такие же. Они натесали их около дюжины. Это были крепкие дубовые доски в тридцать пять футов длины, два фута ширины и от двух до четырех дюймов толщины. Можете судить, какое баснословное количество труда было положено на эту работу.

В то же время я старался по возможности увеличить свое стадо. Для этого двое из нас ежедневно ходили ловить диких козлят; Пятница ходил каждый день, а мы с испанцем чередовались. Заприметив где нибудь в укромном местечке козу с сосунками, мы убивали матку, а козлят пускали в стадо. Таким образом у нас прибавилось до двадцати голов скота. Затем нам предстояло еще позаботиться о заготовлении винограда, так как он уже созревал. Мы собрали и насушили его в огромном количестве; я думаю, что, если бы мы были в Аликанте, где вино делается из изюма, мы могли бы наполнить не менее шестидесяти бочонков. Наравне с хлебом изюм составлял главную статью нашего питания, и мы очень любили его. Я не знаю более вкусного, здорового и питательного кушанья.

За всеми этими делами мы не заметили, как подошло время жатвы. Урожай был недурен, — не из самых роскошных, но все же настолько обильный, что мы могли приступить к выполнению нашего замысла. С двадцати двух бушелей посеянного ячменя мы получили двести двадцать; таков же приблизительно был и урожай риса. Этого количества должно было не только хватить на прокормление до следующей жатвы всей нашей общины (считая с шестнадцатью новыми членами), но с таким запасом провианта мы могли смело пуститься в плавание и добраться до любого из государств Америки.

Убрав и сложив хлеб, мы принялись плести большие корзины, чтобы было в чем хранить Зерно. Испанец оказался большим искусником в этом деле и часто бранил меня, почему я не устроил себе плетней для защиты; но я не видел в них никакой нужды.

Когда таким образом продовольствие для ожидаемых гостей было припасено, я разрешил испанцу ехать за ними, снабдив его самыми точными инструкциями. Я строго наказал ему не привозить ни одного человека, не взяв с него в присутствии старика-индейца клятвенного обещания, что он не только не сделает никакого зла тому человеку, который встретит его на острове, — человеку, пожелавшему освободить его и его соотечественников единственно из человеколюбивых побуждений, — но будет защищать его против всяких попыток этого рода и во всем подчиняться ему. Все это должно было быть изложено на бумаге и скреплено собственноручными подписями всех, кто согласится на мои условия. Но, толкуя о письменном договоре, мы с моим гостем упустили из виду, что у его товарищей не было ни бумаги, ни перьев, ни чернил.

С этими инструкциями испанец и старый индеец отправились в путь на той самой лодке, на которой они приехали или, вернее, были привезены на мой остров дикарями в качестве пленников, обреченных на съедение. Я дал обоим по мушкету, пороху и пуль приблизительно на восемь зарядов, с наказом расходовать то и другое как можно экономнее, то-есть стрелять не иначе, как в случаях крайней необходимости.

С какой радостью я снарядил их в дорогу! За двадцать семь слишком лет моего заточения это была с моей стороны первая серьезная попытка вернуть себе свободу. Я снабдил своих послов запасом хлеба и изюма, достаточным для них на много дней, а для их соотечественников на неделю. Наконец, наступил день отплытия. Я условился с отъезжающими, что на обратном пути они подадут сигнал, по которому я мог бы издали признать их лодку, затем пожелал им счастливой дороги, и они отчалили.

Вышли они при свежем ветре в день полнолуния в октябре месяце по приблизительному моему расчету, ибо, потеряв точный счет дней и недель, я уже не мог его восстановить, я не был даже уверен, правильно ли отмечены годы в моем календаре, хотя, проверив его впоследствии, убедился, что я не ошибся в годах.

Уже с неделю ожидал я своих путешественников, как вдруг случилось непредвиденное событие, беспримерное в истории.

В одно прекрасное утро, когда я еще крепко спал в своем убежище, ко мне вбежал Пятница с громким криком: «Господин, господин! Они едут, едут!» Я мигом вскочил, наскоро оделся, перелез через ограду и, не думая об опасности, выбежал в рощицу (которая, к слову сказать, так разрослась, что в описываемое время ее можно было скорее назвать, лесом). Повторяю: не думая об опасности, я сверх обыкновения не взял с собой никакого оружия; но каково же было мое удивление, когда, взглянув в сторону моря, я увидел милях в пяти от берега лодку с треугольным парусом: она держала курс прямо на остров и, подгоняемая попутным ветром, быстро приближалась. При этом шла она не от материка, а с южной стороны острова.

Сделав это открытие, я приказал Пятнице спрятаться в роще, потому что это были не те, кого мы ожидали, и мы не знали — враги это или друзья.

Затем я вернулся домой за подзорной трубой, чтобы лучше рассмотреть. Приставив лестницу, я взобрался на холм, как я всегда это делал, желая произвести рекогносцировку и яснее разглядеть окрестности, не будучи замеченным.

Не успел я взобраться на холм, как тотчас увидел корабль. Он стоял на якоре у юго-восточной оконечности острова, милях в восьми от моего жилья. Но от берега до него было не более пяти миль. Корабль был несомненно английский, да и лодка, как я мог теперь различить, оказалась английским баркасом.

Не могу выразить, в какое смятение повергло меня это открытие. Моя радость при виде корабля, притом английского, — радость ожидания близкой встречи с моими соотечественниками, с друзьями, — была выше всякого описания, а вместе с тем какое то тайное предчувствие, которого я ничем не мог объяснить, предостерегало меня против них. Прежде всего мне казалось странным, что английский купеческий корабль зашел в эти места, лежавшие, как было мне известно, в стороне от всех морских торговых путей англичан. Я знал, что его не могло пригнать бурей, так как за последнее время не было бурь. За каким же делом зашел он сюда? Если это были действительно англичане, то вероятнее всего они явились сюда не с добром, и лучше мне было сидеть в засаде, чем попасть в руки воров и убийц.

Никогда не пренебрегайте тайным предчувствием, предостерегающим вас об опасности, даже в тех случаях, когда вам кажется, что нет никакого основания придавать ему веру. Что предчувствия бывают у каждого из нас, — этого, я думаю, не станет отрицать ни один мало-мальски наблюдательный человек. Не можем мы сомневаться и в том, что такие внушения внутреннего голоса являются откровением невидимого мира, доказывающим общение душ. И если этот таинственный голос предостерегает нас об опасности, то почему не допустить, что внушения его исходят от благожелательной нам силы (высшей или низшей и подчиненной, все равно) для нашего блага.

Случай со мной, о котором я веду теперь речь, как нельзя лучше подтверждает верность этого рассуждения. Если б я тогда не послушался предостерегавшего меня тайного голоса, а бы неминуемо погиб или во всяком случае попал бы в несравненно худшее положение, чем в каком я был раньше.

Вскоре я увидел, что лодка приблизилась к берегу, как бы выбирая место, где бы лучше пристать. К счастью, сидевшие в ней не заметили бухточки, где я когда то приставал с плотами, а причалили в другом месте, приблизительно в полумиле расстояния от нее, говорю — к счастью, потому что, высадись они в этой бухточке, они очутились бы, так сказать, у порога моего жилья, выгнали бы меня и уж, наверно, обобрали бы до нитки.

Когда лодка причалила, и люди вышли на берег, я мог хорошо их рассмотреть. Это были несомненно англичане, по крайней мере, большинство из них. Одного или двух я, правда, принял за голландцев, но ошибся, как оказалось потом. Всех было одиннадцать человек, при чем трое из них были привезены в качестве пленников, потому что у них не было никакого оружия, и мне показалось, что у них связаны ноги: я видел, как четыре или пять человек, выскочившие на берег первыми, вытащили их из лодки. Один из пленников сильно жестикулировал, о чем то умолял; он, видимо, был в страшном отчаянии. Двое других тоже говорили что то, воздевая руки к небу, но в общем были сдержаннее.

Я был в полнейшем недоумении, не зная, чем объяснить эту сцену. Вдруг Пятница крикнул мне на своем невозможном английском языке: «О, господин! Смотри: белые люди тоже кушают человека, как дикие люди». «С чего ты взял, Пятница, что они их съедят?» «Конечно, съедят», отвечал он с убеждением. «Нет, нет, ты ошибаешься, — продолжал я, — боюсь, правда, что они убьют их, но можешь быть уверен, что есть их не станут».

Я с ужасом смотрел на разыгравшуюся передо мной непонятную драму, ежеминутно ожидая, что на моих глазах совершится кровавое дело. Я увидел даже, как над головой одной из жертв сверкнуло какое то оружие — кинжал или тесак. Вся кровь застыла в моих жилах: я был уверен, что бедняга сейчас свалится мертвый. Как я жалел в эту минуту, что со мной нет моего испанца и старика-индейца, отца Пятницы. Я заметил, что ни у кого из разбойников не было с собой ружей. Так хорошо было бы подкрасться к ним теперь и выстрелить по ним в упор. Но скоро мысли мои приняли иное направление.

Я увидел, что, поиздевавшись над тремя связанными пленниками, негодяи разбежались по острову, желая, вероятно, осмотреть местность. Я заметил также, что и троим пленным была предоставлена свобода идти, куда им вздумается. Но все трое сидели на земле, погруженные в размышления, и были, по-видимому, в глубоком отчаянии.

Это напомнило мне первое время моего пребывания на острове. Точно так же и я сидел на берегу, дико озираясь кругом. Я тоже считал себя погибшим. Какие ужасы мерещились мне в первую ночь, когда я забрался на дерево, боясь, чтоб меня не растерзали хищные звери! Как я не знал той ночью о поддержке свыше, которую получу в виде прибитого бурей и приливом ближе к берегу корабля, откуда я запасся всем необходимым для жизни на много, много лет, так точно и эти трое несчастных не знали, что избавление и поддержка близко и что в тот самый момент, когда они считали себя погибшими и свое положение безнадежным, они находились уже почти в полной безопасности.

Лодка подошла к берегу во время прилива, и пока разбойники вели разговоры с тремя пленниками, да пока они шныряли по острову, прошло много времени: начался отлив, и лодка очутилась на мели.

В ней осталось два человека, которые, как я обнаружил впоследствии, сильно подвыпили и вскоре уснули. Когда один из них проснулся и увидел, что лодка стоит на земле, он попробовал столкнуть ее в воду, но не мог. Тогда он стал окликать остальных. Они сбежались на его крики и принялись ему помогать, но песчаный грунт был так рыхл, а лодка так тяжела, что все их усилия спустить ее на воду не привели ни к чему.

Тогда они, как истые моряки, — а моряки, как известно, самый легкомысленный народ в мире, — бросили лодку и снова разбрелись по острову. Я слышал, как один из них, уходя, крикнул двоим оставшимся в лодке: «Джек! Том! Да бросьте вы ее! Чего там возиться! Всплывет со следующим приливом». Это было сказано по английски, так что теперь не оставалось уже никаких сомнений, что эти люди — мои земляки.

Все это время я или выходил на свой наблюдательный пост на вершине горы, или сидел притаившись в своем замке, радуясь, что я так хорошо его укрепил. До начала прилива оставалось не менее десяти часов; к тому времени должно было стемнеть. Тогда я мог незаметно подкрасться к морякам и наблюдать за их движениями, а также подслушать, что они будут говорить.

Тем временем я начал готовиться к бою, но с большей осмотрительностью, так как знал, что теперь мне предстоит иметь дело с более опасным врагом, чем дикари. Пятнице, который сделался у меня превосходным стрелком, я тоже приказал вооружиться. Ему я отдал три мушкета, а себе взял два охотничьих ружья. В своей мохнатой куртке из козьих шкур и такой же шапке, с обнаженной саблей у бедра и с двумя ружьями за спиной я имел поистине грозный вид.

Как уже сказано, я решил было ничего не предпринимать, пока не стемнеет. Но часа в два, когда жара стала нестерпимой, я заметил, что все моряки разбрелись по лесам и, вероятно, уснули. Что же касается до трех несчастных пленников, то им было не до сна. Все трое сидели они под большим деревом, не более как в четверти мили от меня и, как мне казалось, вне поля зрения остальных.

Тут я решил показаться им и разузнать что нибудь о их положении. Я немедленно отправился в путь в только что описанном наряде, с Пятницей на почтительном расстоянии от меня. Мой слуга был тоже вооружен до зубов, как и я, но все таки меньше походил на выходца с того света.

Я подошел к трем пленникам совсем близко и, прежде чем они успели заметить меня, громко спросил их по-испански: «Кто вы, господа?»

Они вздрогнули от неожиданности и обернулись на голос, но, кажется, еще больше перепугались, увидя подходившее к ним звероподобное существо. Ни один из них не ответил ни слова, и мне показалось, что они собираются бежать. Тогда я заговорил с ними по английски. «Господа, — начал я, — не пугайтесь: быть может, вы найдете друга там, где меньше всего ожидали встретить его». «Если так, то значит, его посылает нам само небо, — отвечал мне торжественно один из троих, снимая передо мной шляпу, — потому что мы не можем надеяться на человеческую помощь». «Всякая помощь от бога, сударь», сказал я. «Однако, угодно ли вам указать чужому человеку, как помочь вам, ибо вы, по-видимому, находитесь в очень незавидном положении. Я видел, как вы высаживались, видел, как вы о чем то умоляли приехавших с вами негодяев и как один из них замахнулся кинжалом».

Бедняга залился слезами и пролепетал, весь дрожа: «Кто со мной говорит: человек или бог? Обыкновенный смертный или ангел?» — «Да не смущают вас такого рода сомнения, сударь, — отвечал я, — можете быть уверены, что перед вами простой смертный. Поверьте, что если бы бог послал ангела вам на помощь, он был бы не в таком одеянии и иначе вооружен. Итак, прошу вас, отбросьте ваш страх. Я — человек, англичанин, и хочу вам помочь.

Как видите, нас только двое, я и мой слуга, но у нас есть ружья и заряды. Говорите же прямо: чем мы можем вам служить? Что с вами произошло?»

«Слишком долго рассказывать все, как было», отвечал он. «Наши злодеи близко. Но вот вам, сударь, вся наша история в коротких словах. Я — капитан корабля; мой экипаж взбунтовался; едва удалось убедить этих людей не убивать меня; наконец, они согласились высадить меня на этот пустынный берег с моим помощником и одним пассажиром, которых вы видите перед собой. Мы были уверены в нашей гибели, так как считали эту землю необитаемой. Да и теперь еще мы не знаем, что нам думать о нашей встрече с вами».

— «Где эти звери — ваши враги?» опросил я. «В какую сторону они пошли?» «Вот они лежат под деревьями, сударь», и он указал в сторону леса. «У меня сердце замирает от страха, что они увидят вас и услышат наш разговор, потому что тогда они всех нас убьют».

«Есть у них ружья?» спросил я. Он отвечал: «Только два, и одно из них оставлено в лодке». «Чудесно, — сказал я, — все остальное беру на себя. Кажется, они крепко уснули; нам было бы нетрудно всех их перебить, но не лучше ли взять их в плен?» На это капитан мне оказал, что между этими людьми есть два отпетых негодяя, которых было бы опасно пощадить; но если отделаться от этих двоих, то остальные, он уверен, вернутся к исполнению своих обязанностей. Я попросил его указать мне этих двоих, но он сказал, что не может узнать их на таком большом расстояния, но что он отдает себя в полное мое распоряжение и исполнит все мои приказания. «В таком случае, — продолжал я, — прежде всего отойдем подальше, чтобы не разбудить их, и решим сообща, как нам действовать». Все трое с полной готовностью последовали за мной, и вскоре все мы скрылись от глаз врагов.

«Слушайте, сударь, — сказал я, — я попытаюсь выручить вас, но прежде я вам ставлю два условия...». Он не дал мне договорить. «Я весь в вашей власти, — оказал он поспешно, — распоряжайтесь мною по своему усмотрению, — и мной и моим кораблем, если нам удастся отнять его у разбойников; если же нет, то даю вам слово, что, пока жив, я буду вашим послушным рабом, пойду всюду, куда бы вы меня ни послали, и, если понадобится, умру за вас». Оба его товарища обещали то же самое.

Тогда я сказал: «Если так, господа, то вот мои условия: во первых, пока вы у меня на острове, вы не будете предъявлять никаких притязаний на власть; и, если я дам вам оружие, вы по первому моему требованию возвратите мне его, не станете злоумышлять ни против меня, ни против моих подданных на этом острове и будете подчиняться всем моим распоряжением. Во вторых, если нам удастся овладеть вашим кораблем, вы бесплатно доставите на нем в Англию меня и моего слугу».

Капитан заверил меня всеми клятвами, какие только может придумать человеческая изобретательность, что он исполнит эти в высшей степени разумные требования, и, кроме того, во всякое время и при всех обстоятельствах будет считать себя обязанным мне своей жизнью.

«Так к делу, господа!» сказал я. «Прежде всего вот вам три ружья, вот порох и пули. А теперь говорите, что по вашему следует нам предпринять». Но капитан опять рассыпался в изъявлениях благодарности и объявил, что роль вождя принадлежит по праву мне. Тогда я сказал: «По моему мнению, нам надо действовать решительно. Подкрадемся к ним, пока они спят, и дадим по ним залп, предоставив богу решать, кому быть убитым нашими выстрелами. Если же те, которые останутся живы, сдадутся, их можно будет пощадить».

На это он робко возразил, что ему не хотелось бы проливать столько крови и что, если можно, он предпочел бы этого избежать, но что двое неисправимых негодяев, поднявшие мятеж на корабле, поставят нас в опасное положение, если ускользнут и вернутся на корабль, потому что они приведут сюда весь экипаж и перебьют всех нас. — «Значит, тем более необходимо принять мой совет», сказал я на это; «это единственное средство спастись». Заметив, однако, что он все таки колеблется, я сказал ему, чтоб он с товарищами поступал как знает.

Между тем, пока у нас шли эти переговоры, матросы начали просыпаться, и вскоре я увидел, что двое из них поднялись. Я спросил капитана, не это ли зачинщики бунта. «Нет», отвечал он. — «Так пусть уходят с миром: не будем им мешать», сказал я. «Быть может, это сам бог пробудил их от сна, чтобы дать им возможность спастись. Но если вы дадите ускользнуть остальным, это уж будет ваша вина».

Подстрекаемый этими словами, капитан схватил мушкет, заткнул за пояс пистолет и ринулся вперед в сопровождении своих товарищей, каждый из которых тоже вооружился мушкетом. Один из проснувшихся матросов обернулся на шум их шагов и, увидев в их руках оружие, поднял тревогу. Но было уже поздно: в тот самый момент, как он закричал, грянуло два выстрела капитанского помощника и пассажира; сам же капитан благоразумно воздержался, приберегая свой заряд. Стрелявшие не дали промаха: один человек был убит наповал, другой тяжело ранен. Раненый вскочил, однако, на ноги и стал звать на помощь. Но тут к нему подскочил капитан и сказал: «Поздно, брат, звать на помощь. Попроси лучше бога, чтобы он простил тебе твое предательство». С этими словами капитан прикончил его ударом приклада по голове. Оставалось еще трое, из которых один был легко ранен. Тут подошел я. Поняв, что сопротивление бесполезно, наши противники запросили пощады. Капитал отвечал, что он готов их пощадить, если они поручатся в том, что искренно каются в своем вероломстве, и поклянутся помочь ему овладеть кораблем и отвести его обратно на Ямайку. Они наперерыв стали заверять в своей искренности и обещали беспрекословно повиноваться ему. Капитан удовлетворился их обещаниями и склонен был пощадить их жизнь. Я не противился этому, но только потребовал, чтобы в течение всего пребывания на моем острове они были связаны по рукам и ногам.

Пока все это происходило, я отрядил Пятницу и помощника капитана к баркасу с приказанием унести с него парус и весла. Тем временем три отсутствовавшие к счастью для них матроса, услыхав выстрелы, воротились. Когда они увидели, что капитан их из пленника превратился в победителя, они даже не пытались сопротивляться и беспрекословно дали себя взять. Таким образом, победа наша была полная.

Теперь капитану и мне оставалось только поведать друг другу наши приключения. Я начал первый и рассказал ему всю мою историю, которую он выслушал с жадным вниманием и очень поражался чудесной случайности, давшей мне возможность запастись съестными припасами и оружием. Не было, впрочем, ничего удивительного в том, что мой рассказ так его взволновал: вся жизнь моя на острове была сплошным рядом чудес. Но когда от моей необычайной судьбы, мысль его естественно перенеслась к его собственной и ему показалось, что я был сохранен здесь как бы для спасения его жизни, из глаз его хлынули слезы, и он не мог выговорить больше ни слова.

После этого я пригласил его и обоих его путников к себе в замок, куда мы дошли моим обыкновенным путем, то-есть через крышу дома. Я предложил моим гостям подкрепиться тем, что у меня было, а затем показал им свое домашнее хозяйство со всеми хитроумными приспособлениями, какие были сделаны мною за долгие, долгие годы моей одинокой жизни.

Они изумлялись всему, что я им показывал, всему, что они от меня узнавали. Но капитана больше всего поразили воздвигнутые мной укрепления и то, как искусно было скрыто мое жилье в чаще деревьев. Действительно, благо. даря необыкновенной силе растительности в тропическом климате моя рощица за двадцать лет превратилась в такой густой лес, что сквозь него можно было пробраться только по узенькой извилистой тропинке, которую я оставил нарочно для этого при посадке деревьев. Я объяснил моим новым знакомым, что этот замок — главная моя резиденция, но что, как у всех владетельных особ, у меня есть и другая, — загородный дворец, который я тоже иногда посещаю. Я обещал показать им его в другой раз, теперь же нам следовало подумать, как выручить от разбойников корабль. Капитан вполне согласился со мной, но прибавил, что он решительно недоумевает, как к этому приступить, ибо на корабле осталось еще двадцать шесть человек экипажа. Так как все они замешаны в заговоре, т. е. в таком преступлении, за которое по закону полагается смертная казнь, то они будут упорствовать в своем мятеже до последней крайности. Им хорошо известно, что если они нам сдадутся, то тотчас по возвращении в Англию или в какую нибудь из английских колоний будут повешены. А при таких условиях немыслимо вступить с ними в бой с такими слабыми силами. Слова капитана заставили меня призадуматься. Его соображения казались мне вполне основательными. А между тем надо было на что нибудь решиться: постараться хитростью заманить их в ловушку и напасть на них врасплох или же помешать им высадиться и перебить нас. Но тут я подумал, что вскоре экипаж корабля начнет тревожиться за судьбу товарищей и лодки и, наверно, отправит на берег другую лодку поискать их. На этот раз они должно быть явятся вооруженные, и тогда нам не справиться с ними. Капитан нашел мои предположения вполне основательными.

Тогда я сказал, что, по моему, нам прежде всего следует позаботиться о том, чтобы разбойники не могли увести обратно баркас, на котором приехала первая партия, а для этого надо сделать его непригодным для плавания. Мы тотчас отправились к нему, сняли с него оружие, пороховницу, две бутылки — одну с водой, другую с ромом, мешок с сухарями, большой кусок сахару (фунтов пять или шесть), завернутый в парусину. Я очень обрадовался этой добыче, особенно водке и сахару: ни того, ни другого я не пробовал уж много, много лет.

Вытащив на берег весь этот груз (весла, мачта, парус и руль были убраны раньше, о чем я уже говорил), мы пробили в дне баркаса большую дыру. Таким образом, если бы нам и не удалось одолеть неприятеля, он по крайней мере не мог взять от нас своей лодки. Сказать по правде, я и не надеялся, чтобы нам посчастливилось захватить в свои руки корабль, но что касается баркаса, то починить его ничего не стоило, а на таком судне легко было добраться до подветренных островов, захватив по дороге наших друзей испанцев, о которых я не забыл. Когда мы общими силами оттащили баркас в такое место, куда не достигал прилив, и пробили дыру в дне, которую нельзя было быстро заделать, мы присели отдохнуть и посоветоваться, что нам делать дальше. Но не успели мы приступить к совещанию, как с корабля раздался пушечный выстрел и на нем замахали флагом. Это был, очевидно, призывной сигнал для баркаса. Но баркас не трогался. Немного погодя грянул второй выстрел, потом еще и еще. Сигналить флагом тоже продолжали.

Наконец, когда все эти сигналы и выстрелы остались без ответа и баркас не показывался, с корабля спустили вторую шлюпку (все это было мне отлично видно в подзорную трубу). Шлюпка направилась к берегу, и, когда она подошла ближе, мы увидели, что в ней было не менее десяти человек, и все с ружьями.

От корабля до берега было около шести миль, так что мы имели время рассмотреть сидевших в шлюпке людей. Мы различали даже лица. Так как течением шлюпку относило немного восточнее того места, куда мы вытащили баркас, то матросы гребли вдоль берега, чтобы пристать к тому самому месту, куда пристала первая лодка.

Таким образом, повторяю, мы видели в ней каждого человека. Капитан всех их узнал и тут же охарактеризовал мне каждого из них. По его словам между ними было три хороших парня. Он был уверен, что их вовлекли в заговор против их воли, вероятно, угрозами; но зато боцман, который, по-видимому, командовал ими, и все остальные были отъявленные мерзавцы. «Они слишком скомпрометированы, — прибавил капитан, — и будут защищаться отчаянно. Боюсь, что нам не устоять против них».

Я улыбнулся и сказал, что у людей, поставленных в такие условия, как мы, не может быть страха; что бы ни ожидало нас в будущем, все будет лучше нашего настоящего положения, и, следовательно, всякий выход из этого положения — даже смерть — мы должны считать избавлением. Я спросил его, что он думает об условиях моей жизни. И неужели не находит, что мне стоит рискнуть жизнью ради своего избавления. «И где, сударь, — сказал я, — ваша уверенность, что я сохранен здесь для спасения вашей жизни, — уверенность, которую вы выражали несколько времени тому назад? Что касается меня, то в предстоящей нам задаче меня смущает только одно». «Что такое?» — спросил он. «Да то, что, как вы говорите, в числе этих людей есть три или четыре порядочных человека, которых следует пощадить. Будь они все негодяями, я бы ни на секунду не усомнился, что сам бог, желая их наказать, передает их в наши руки; ибо будьте уверены, что всякий, вступивший на этот остров, будет в нашей власти и, смотря по тому, как он к нам отнесется, — умрет или останется жить».

Я говорил бодрым, решительным тоном, с веселым лицом. Моя уверенность передалась капитану, и мы энергично принялись за дело. Как только с корабля была опущена вторая шлюпка, мы позаботились разлучить наших пленников и хорошенько запрятать их. Двоих, как самых ненадежных (так, по крайней мере, их аттестовал капитан), я отправил под конвоем Пятницы и капитанского помощника в свою пещеру. Это было достаточно укромное место, откуда арестантов не могли услышать и откуда им было бы нелегко убежать, так как они едва ли нашли бы дорогу в лесу. Их посадили связанными, но оставили им еды и сказали, что если они будут вести себя смирно, то через день или два их освободят, но зато при первой попытке бежать — убьют без всякой пощады. Они обещали терпеливо переносить свое заключение и очень благодарили за то, что их не оставили без пищи и позаботились, чтоб они не сидели впотьмах, так как Пятница дал им несколько наших самодельных свечей. Они были уверены, что Пятница остался на часах у входа в пещеру.

С четырьмя остальными пленниками было поступлено мягче. Правда, двоих мы оставили пока связанными, так как капитан за них не ручался, но двое других были приняты мной на службу по рекомендации капитана и после того, как оба они торжественно поклялись мне в верности. Итак, считая этих двоих и капитана с двумя его товарищами, нас было теперь семеро хорошо вооруженных людей, и я не сомневался, что мы управимся с теми десятью, которые должны были приехать, тем более, что в числе их, по словам капитана, было три или четыре честных парня.

Подойдя к острову в том месте, где мы оставили баркас, они причалили, вышли из шлюпки и вытащили ее на берег, чему я был очень рад. Признаться, я боялся, что они из предосторожности станут на якорь, не доходя до берега, и что часть людей останется караулить шлюпку: тогда мы не могли бы ее захватить.

Выйдя на берег, они первым делом бросились к баркасу, и легко представить себе их изумление, когда они увидели, что с него исчезли все снасти и весь груз и что в дне его зияет дыра.

Потолковав между собой по поводу этого неприятного сюрприза, они принялись аукать в надежде, не услышат ли их прибывшие в баркасе. Долго надсаживали они себе глотки, но без всякого результата. Тогда они стали в кружок и по команде дали залп из ружей. По лесу раскатилось гулкое эхо, но и от этого их дело не подвинулось вперед: сидевшие в пещере ничего не могли слышать; те же, которые были при нас, хоть и слышали, но откликнуться не посмели.

Они были так ошеломлены исчезновением своих товарищей, что (как они нам потом рассказали) решили воротиться на корабль с донесением, что баркас продырявлен, а люди, вероятно, все перебиты. Мы видели, как они торопливо спустили на воду шлюпку и как потом сели в нее.

Капитан, который до сих пор еще надеялся, что нам удастся захватить корабль, теперь совсем упал духом Он боялся, что, когда на корабле узнают об исчезновении команды баркаса, то снимутся с якоря, и тогда прощай все его надежды.

Но скоро у него явился новый повод для страха. Шлюпка с людьми не отошла от берега и двадцати сажен, как мы увидели, что она возвращается: должно быть. посоветовавшись между собой, они приняли какое нибудь новое решение. Мы продолжали наблюдать. Причалив к берегу, они оставили в шлюпке трех человек, а остальные семеро вышли и отправились в глубь острова, очевидно, на розыски пропавших.

Дело принимало невыгодный для нас оборот. Даже если бы мы захватили семерых, вышедших на берег, это не принесло бы нам никакой пользы, раз мы упустили бы шлюпку с тремя остальными: вернувшись на корабль, они все равно рассказали бы там о случившемся, а тогда корабль, наверное, снялся бы с якоря и опять таки был бы потерян для нас.

Как бы то ни было, нам не оставалось ничего больше, как терпеливо выжидать, чем все это кончится. Выпустив семерых человек, шлюпка с тремя остальными отошла на порядочное расстояние от берега и стала на якорь, отрезав нам таким образом всякую возможность добраться до нее.

Семеро разведчиков, держась плотной кучкой, стали подыматься на горку, под которой было мое жилье. Нам было отлично их видно, но они не могли видеть нас. Мы все надеялись, не подойдут ли они поближе, чтоб мы могли дать по ним залп, или не уйдут ли, напротив, подальше и позволят нам таким образом выйти из своего убежища.

Но, добравшись до гребня холма, откуда открывался вид на всю северо-восточную часть острова, опускавшуюся к морю отлогими лесистыми долинами, они остановились и снова принялись кричать и аукать, пока не охрипли. Наконец, боясь, должно быть, удаляться от берега и друг от друга, они уселись под деревом и стали совещаться. Оставалось только, чтоб они заснули, как те, что приехали в первой партии; тогда наше дело было бы выиграно. Но страх не располагает ко сну, а эти люди видимо трусили, хотя не знали, какая им грозит опасность и откуда она может прийти.

Тут капитану пришла в голову довольно остроумная мысль, а именно, что в случае, если бы они решили еще раз попытаться подать сигнал выстрелами своим пропавшим товарищам, мы могли бы броситься на них как раз в тот момент, когда они выстрелят и, следовательно, их ружья будут разряжены. Тогда, говорил он, им ничего больше не останется, как сдаться, и дело обойдется без кровопролития.

План был недурен, но его можно было привести в исполнение только при том условии, чтобы мы были на достаточно близком расстоянии от неприятеля в тот момент, когда он сделает залп, и успели бы добежать до него, прежде чем ружья будут снова заряжены. Но неприятель и не думал стрелять. Прошло много времени. Мы все сидели в засаде, не зная, на что решиться. Наконец, я сказал, что, по моему мнению, нам нечего и думать, что либо предпринимать до наступления ночи. Если же к тому времени эти семеро не вернутся на лодку, тогда мы в темноте незаметно проберемся к морю, и может быть нам удастся заманить на берег тех, что остались в лодке.

Время тянулось нестерпимо медленно. Наши враги не трогались с места. Мы думали, что совещанию их не будет конца, но можете себе представить, как мы были разочарованы, когда увидели, что они поднялись и решительным шагом направились прямо к морю. Должно быть, страх неизвестной опасности оказался сильнее товарищеских чувств, и они решили бросить всякие поиски и воротиться на корабль.

Когда я увидел, что они направляются к берегу, то сразу понял, в чем дело. Выслушав мои опасения, капитан пришел в совершенное отчаяние. Но тут у меня внезапно сложился план, как заставить неприятеля воротиться. План этот как нельзя лучше отвечал моим намерениям.

Я приказал Пятнице и помощнику капитана направиться к западу от бухточки, к месту, где высаживались дикари в день освобождения Пятницы; затем, поднявшись на горку в полумиле расстояния, кричать изо всей мочи, пока их не услышат моряки;

когда же те откликнутся, перебежать на другое место и снова аукать и, таким образом, постоянно меняя место, заманивать врагов все дальше и дальше в глубь острова, пока они не заплутаются в лесу, а тогда указанными мной окольными путями вернуться ко мне.

Матросы уже садились в лодку, когда со стороны бухточки раздался крик Пятницы и помощника капитана. Они сейчас же откликнулись и пустились бежать вдоль берега на голос; но, добежав до бухточки, принуждены были остановиться, так как было время прилива и вода в бухточке стояла очень высоко. Посоветовавшись между собой, они, наконец, крикнули оставшимся в шлюпке, чтобы те подъехали и перевезли их на другой берег. На это то я и рассчитывал.

Переправившись через бухточку, они пошли дальше, прихватив с собой еще одного человека. Таким образом, в шлюпке осталось только двое. Я видел, как они отвели ее в самый конец бухточки и привязали там к пеньку.

Все складывалось как нельзя лучше для нас. Предоставив Пятнице и помощнику капитана делать свое дело, я скомандовал остальному отряду следовать за мной. Мы переправились через бухточку вне поля зрения неприятеля и неожиданно выросли перед ним. Один матрос сидел в шлюпке, другой лежал на берегу и дремал. Увидев нас в трех шагах от себя, он сделал было движение, чтобы вскочить, но капитан, бывший впереди, бросился на него и хватил его прикладом. Затем, не давая опомниться другому матросу, он крикнул ему: «Сдавайся, или умрешь!»

Не требуется большого красноречия, чтоб убедить сдаться человека, который видит, что он один против пятерых, и когда вдобавок единственный его союзник только что пал у него на глазах. К тому же этот матрос был как раз одним из троих, про которых капитан говорил, что они примкнули к заговору не по своей охоте, а под давлением большинства. Поэтому он не только беспрекословно положил оружие по первому требованию, но вслед затем сам заявил о своем желании, по-видимому, вполне искреннем, перейти на нашу сторону.

Тем временем Пятница с помощником капитана так чисто обделал свое дело, что лучше нельзя было и желать. Аукая и откликаясь на ответные крики матросов, они водили их по всему острову, от горки к горке, из лесу в лес, пока не завели в такую непроглядную глушь, откуда не было никакой возможности выбраться на берег до наступления ночи. О том, как они измучили неприятеля, можно было судить по тому, что и сами они вернулись домой, еле волоча ноги.

Теперь нам оставалось только подкараулить в темноте, когда моряки будут возвращаться, и, ошеломив их неожиданным нападением расправиться с ними наверняка.

Прошло несколько часов со времени возвращения Пятницы и его товарища, а о тех не было ни слуху, ни духу. Наконец, слышим: идут. Передний кричит задним, чтоб поторопились, а задние отвечают, что скорее не могут идти, что совсем сбили себе ноги и падают от усталости. Нам было очень приятно слышать это.

Но вот они подошли к лодке. Надо заметить, что за эти несколько часов начался отлив и шлюпка, которая, как я уже говорил, была привязана к пню, очутилась на берегу. Невозможно описать, что с ними сделалось, когда они увидели, что шлюпка стоит на мели, а люди исчезли. Мы слышали, как они проклинали свою судьбу, крича, что попали на заколдованный остров, на котором живут или черти, или разбойники, и что они будут или убиты, или унесены нечистой силой. Несколько раз они принимались кликать своих товарищей, называя их по именам, но, разумеется, не получали ответа. При слабом свете догоравшего дня нам было видно, как они то бегали, ломая руки, то, утомившись этой беготней, бросались в лодку в безысходном отчаянии, то опять выскакивали на берег и опять шагали взад и вперед, и так без конца.

Мои люди упрашивали меня позволить им напасть на неприятеля, как только стемнеет. Но я предпочитал не проливать крови, если только будет хоть какая нибудь возможность этого избежать, а главное, зная, как хорошо вооружены наши противники, я не хотел рисковать жизнью наших людей. Я решил подо ждать, не разделятся ли неприятельские силы, и, чтобы действовать наверняка, придвинул засаду ближе к лодке. Пятнице с капитаном я приказал ползти на четверинках, чтобы мятежники не заметили их, и стрелять только в упор.

Недолго пробыли они в этой позе, ибо на них почти наткнулись отделившиеся от остальных два матроса и боцман, который, как уже сказано, был главным зачинщиком бунта, но теперь совсем пал духом. Почувствовав главного виновника своих бедствий в своей власти, капитан едва мог утерпеть и подождать, когда он подойдет еще ближе, чтобы удостовериться, действительно ли это он, так как до сих пор был слышен только его голос. Как только он приблизился, капитан и Пятница вскочили и выстрелили.

Боцман был убит наповал, другой матрос ранен в грудь на вылет. Он тоже свалялся, как сноп, но умер только часа через два. Третий матрос убежал.

Услышав выстрелы, я моментально двинул вперед главные силы своей армии, численность которой, считая с авангардом, достигала теперь восьми человек. Вот ее полный состав: я — генералиссимус; Пятница — генерал-лейтенант, затем капитан с двумя друзьями и трое военнопленных, которых мы удостоили своим доверием, приняв в число рядовых и вооружив ружьями

Мы подошли к неприятелю, когда уже совсем стемнело, чтобы он не мог разобрать, сколько нас. Я приказал матросу, который был оставлен в лодке и незадолго перед тем добровольно присоединился к нам, окликнуть по именам своих бывших товарищей. Прежде чем стрелять, я хотел попытаться вступить с ними в переговоры и, если удастся, покончить дело миром. Мой расчет вполне удался, что, впрочем и понятно. В их положении им оставалось только капитулировать. Итак, мой парламентер заорал во все горло: «Том Смит! Том Смит!» Том Смит сейчас же откликнулся. «Кто это? Ты Робинзон?» Он, очевидно, узнал его по голосу. Робинзон отвечал: «Да, да, это я. Ради бога, Том Смит, бросай оружие и сдавайся, а не то через минуту со всеми вами будет покончено»!

«Да кому же сдаваться? Где они там?» прокричал опять Том Смит. «Здесь!» откликнулся Робинзон. «Здесь наш капитан и с ним пятьдесят человек. Вот уже два часа как они гоняются за вами. Боцман убит, Виль Фрай ранен, а я попал в плен. Если вы не сдадитесь сию же минуту, вы все погибли».

«А нас помилуют, если мы сдадимся?» спросил Том Смит. «Сейчас я спрошу капитана», отвечал Робинзон. Тут вступил в переговоры уже сам капитан. «Эй, Смит, и все вы там!» закричал он. «Вы узнаете мой голос? Если вы немедленно положите оружие и сдадитесь, я обещаю пощаду, — всем, кроме Виля Аткинса».

«Капитан, ради бога, смилуйтесь надо мной!» взмолился Виль Аткинс. «Чем я хуже других? Все мы одинаково виноваты». Кстати сказать, Это была ложь, потому что, когда начался бунт, Виль Аткинс первый бросился на капитана, связал ему руки и обращался с ним крайне грубо, осыпая его оскорбительной бранью. Однако, капитан сказал ему, чтоб он сдавался без всяких условий, а там уж пусть губернатор решает, жить ему или умереть. Губернатором капитан и все они величали меня.

Словом, бунтовщики положили оружие и стали умолять о пощаде. Наш парламентер и еще два человека по моему приказанию связали их всех, после чего моя грозная армия в пятьдесят человек, которая на самом деле, вместе с тремя передовыми состояла всего из восьми, окружила их и завладела их шлюпкой. Сам я и Пятница, однако, не показывались пленным по государственным соображениям.

Первым нашим делом было исправить лодку и подумать о том, как захватить корабль. Капитан, который мог теперь беспрепятственно говорить с бунтовщиками, изобразил им в истинном свете всю низость их поведения по отношению к нему и еще большую гнусность их планов, которые они не успели осуществить. Он дал им понять, что такие дела к добру не приводят и их ожидает, пожалуй, виселица.

Преступники каялись, по-видимому, от чистого сердца и молили только об одном, чтобы у них не отнимали жизни. На это капитан им ответил, что тут он не властен, так как они не его пленники, а правителя острова; они были уверены, будто высадили его на пустынный, необитаемый берег, но богу было угодно направить их к населенному месту, губернатором которого является англичанин, «Он мог бы, — сказал капитан, — если бы хотел, всех вас повесить, но так как он помиловал вас, то, вероятно, отправит в Англию, где с вами будет поступлено по законам. Но Вилю Аткинсу губернатор приказал готовиться к смерти: он» будет повешен завтра поутру».

Все это капитан, разумеется, выдумал, но его выдумка произвела желаемое действие. Аткинс упал на колени, умоляя капитана ходатайствовать за него перед губернатором, остальные тоже стали униженно просить, чтоб их не отправляли в Англию.

Мне показалось, что час моего избавления настал и что теперь не трудно будет убедить этих парней помочь нам овладеть кораблем. И, отойдя подальше под деревья, чтобы они не могли рассмотреть, каков их губернатор, я позвал капитана. Услышав мой голос, один из наших людей подошел к капитану и сказал:

«Капитан, вас зовет губернатор», и капитан ответил: «Передай его превосходительству, что я сейчас явлюсь». Это произвело подавляющий эффект: все остались в полной уверенности, что губернатор где то близко со своей армией в пятьдесят человек.

Когда капитан подошел ко мне, я сообщил ему свой план овладения кораблем. Он пришел в восторг от этого плана и решил привести его в исполнение на другой же день. Но, чтоб выполнить этот план с большим искусством и обеспечить успех нашего предприятия, я посоветовал капитану разделить пленных. Аткинса с двумя другими закоснелыми негодяями, по моему мнению, следовало связать по рукам и ногам и засадить в пещеру, где уже сидели заключенные. Свести их туда было поручено Пятнице и двум спутникам капитана, высаженным с ним на берег.

Они отвели этих троих пленных в мою пещеру, как в тюрьму, да она и в самом деле имела довольно мрачный вид, особенно для людей в их положении. Остальных же я отправил на свою дачу, которая в своем месте уже была подробно описана мной. Высокая ограда делала эту дачу тоже достаточно надежным местом заточения, тем более, что узники были связаны и знали, что от их поведения зависит их участь.

На другой день поутру я послал к ним для переговоров капитана. Он должен был пощупать почву: узнать и сообщить мне, насколько можно доверять этим людям и не рискованно ли будет взять их с собой на корабль. Он сказал им о нанесенном ему оскорблении и о печальных последствиях, к которым оно привело их; сказал, что хотя губернатор и помиловал их в настоящее время, но, что, когда корабль придет в Англию, они, несомненно, будут повешены; но если они помогут в таком справедливом предприятии, как отвоевание от разбойников корабля, то губернатор исхлопочет для них прощение.

Не трудно догадаться, с какой готовностью это предложение было принято людьми, уже почти отчаявшимися в своем спасении. Они бросились к ногам капитана и клятвенно обещали остаться верными ему до последней капли крови, заявив, что, если он исходатайствует им прощение, они будут считать себя всю свою жизнь неоплатными его должниками, будут чтить его как отца и пойдут за ним хоть на край света. «Ладно, — сказал им тогда капитан, — все это я передам губернатору и, с своей стороны, буду ходатайствовать за вас перед ним». Затем он отдал мне отчет в исполненном им поручении, прибавив, что по его искреннему убеждению можно вполне положиться на верность этих людей.

Но для большей надежности я предложил капитану возвратиться к матросам, выбрать из них пятерых и оказать им, что мы не нуждаемся в людях и что, избирая этих пятерых в помощники, он оказывает им одолжение; остальных же двоих вместе с теми тремя, что сидят в замке (то-есть в моей пещере), губернатор оставит у себя в качестве заложников, и если они изменят своей клятве, то все пятеро заложников будут повешены на берегу.

Это строгое решение показало им, что с губернатором шутки плохи. Как бы то ни было, им не оставалось другого выбора, как принять мой ультиматум. Теперь это была уже забота заложников и капитана внушить пятерым, чтоб они не изменили своей клятве.

Итак, мы располагали теперь следующими боевыми силами: 1) капитан, его помощник и пассажир; 2) двое пленных из первой партия, которым, по ручательству капитана, я возвратил свободу и оружие; 3) еще двое пленных, которых я посадил связанных на дачу и теперь освободил опять таки по просьбе капитана; 4) наконец, пятеро освобожденных я последнюю очередь: итого двенадцать человек, кроме тех пятерых, которые остались в пещере заложниками.

Я спросил капитана, находит ли он возможным атаковать корабль с этими силами, ибо что касается меня и Пятницы, то нам было неудобно отлучаться: у нас на руках оставалось семь человек, которых нужно было держать порознь и кормить, так что дела было довольно.

Пятерых заложников, посаженных в пещеру, я решил держать строго. Раза два в день Пятница давал им еду и питье; двое других пленных приносили провизию на определенное расстояние, и оттуда Пятница брал ее.

Этим двум заложникам я показался в сопровождении капитана. Он им сказал, что я — доверенное лицо губернатора, который поручил мне надзор за военнопленными; что поэтому без моего разрешения они не имеют права никуда отлучаться и что при первом же ослушании их закуют в кандалы и посадят в замок. Так как за все это время я нон разу не выдавал себя им за губернатора, то мне не трудно было играть роль другого лица, и я по всякому поводу говорил о губернаторе, гарнизоне, замке и т.д.

Теперь капитан мог без помехи приступить к снаряжению двух лодок, заделке дыры в одной из них и назначению команды для них. Он назначил командиром одной шлюпки своего пассажира и дал в его распоряжение четырех человек; сам же он, его помощник и с ним пятеро матросов сели в другую шлюпку. Они отбыли так удачно, что подошли к кораблю в полночь. Когда с корабля можно было расслышать их, капитан приказал Робинзону окликнуть экипаж и сказать, что они привели людей и шлюпку, но что им пришлось долго искать, а затем стал рассказывать разные небылицы. Пока он болтал таким образом, шлюпка причалила к борту. Капитан с помощником первые вбежали на палубу и сшибли с ног ударами прикладов второго капитанского помощника и корабельного плотника. Поддерживаемые своими матросами, они взяли в плен всех, кто находился на палубе, и на шканцах, а затем стали запирать люки, чтобы задержать внизу остальных. Тем временем подоспела вторая шлюпка, приставшая к носу корабля; ее команда быстро заняла люк, через который был ход в корабельную кухню, и взяла в плен трех человек.

Очистив от неприятеля палубу, капитан приказал своему помощнику взять трех матросов и взломать дверь каюты, которую занимал новый капитан, выбранный бунтовщиками. Подняв тревогу, тот вскочил и приготовился к вооруженному отпору с двумя матросами и юнгой, так что, когда капитанский помощник со своими людьми высадили дверь каюты, новый капитан и его приверженцы смело выпалили в них. Помощнику раздробило пулей руку, два матроса тоже оказались ранеными, но никто не был убит.

Помощник капитана позвал на помощь и, несмотря на свою рану, ворвался в каюту и пистолетом прострелил новому капитану голову; пуля попала в рот и вышла за ухом, уложив мятежника на месте. Тогда весь экипаж сдался, и больше не было пролито ни капли крови.

Когда все было кончено, капитан приказал произвести семь пушечных выстрелов. Это был условный знак, которым он должен был дать мне знать об успешном окончании дела. Я продежурил на берегу до двух часов ночи, поджидая этого сигнала; можете судить, как я обрадовался, услышав его.

Ясно услышав все семь выстрелов, я лег и, утомленный волнениями этого дня, крепко уснул. Меня разбудил гром нового выстрела. Я мгновенно вскочил и услышал, что кто то зовет меня: «Губернатор! Губернатор!» Я сейчас же узнал голос капитана. Он стоял над моей крепостью, на горе. Я живо поднялся к нему, он заключил меня в свои объятия и, указывая на корабль, промолвил: Мой дорогой друг и избавитель, вот ваш корабль. Он ваш со всем, что на нем, и со всеми нами». Взглянув на море, я действительно увидел корабль, стоявший всего в полумиле от берега. Восстановив себя в правах командира, капитан тотчас же приказал сняться с якоря и. пользуясь легоньким попутным ветерком, подошел к той бухточке, где я когда то причаливал со своими плотами; так как вода стояла высоко, то он на своем катере вошел в бухточку, высадился и прибежал ко мне.

Увидев корабль, так сказать, у порога моею дома, я от неожиданной радости чуть не лишился чувств. Пробил, наконец, час моего избавления. Я, если можно так выразиться, уже осязал свою свободу. Все препятствия были устранены; к моим услугам было большое океанское судно, готовое доставить меня, куда я захочу. От волнения я не мог вымолвить ни слова: язык не слушался меня. Если бы капитан не поддерживал меня своими сильными руками, я бы упал.

Заметив мое состояние, он достал из кармана пузырек с каким то крепительным снадобьем, которое он захватил нарочно для меня, и дал мне выпить глоток; затем осторожно посадил меня на землю.

Я пришел немного в себя, но долго еще не в силах был говорить.

Бедняга капитан и сам не мог опомниться от радости, хотя для него она уже не была неожиданной, как для меня. Он успокаивал меня, как малого ребенка, изливался мне в своей признательности и наговорил тысячу самых нежных и ласковых слез. Но я плохо понимал, что он говорит; должно быть, мой ум помутился от наплыва счастья. Наконец, мое душевное смятение разрешилось слезами, после чего способность речи вернулась ко мне.

Тогда я обнял моего друга и освободителя, и мы радовались вместе. Я сказал ему, что смотрю на него как на человека, посланного небом для моего избавления, и все, что здесь случилось с нами, мне кажется цепью чудес. Такие события свидетельствуют о тайном промысле, управляющем миром, и доказывают, что всевидящее око творца отыскивает несчастных в самых заброшенных уголках мира, дабы утешить их.

Не забыл я также вознестись к небу благодарной душой. Да и мог ли я не проникнуться благодарностью к тому, кто столь чудесным образом охранял меня в пустыне и не дал мне погибнуть в безотрадном одиночестве? И кого мог я благодарить за свое избавление, как не того, кто источник всех благ, всякого утешения и отрады?

Когда мы немного успокоились, капитан сказал мне, что привез мне кое чего подкрепиться из корабельных запасов, которых еще не успели расхитить негодяи, так долго хозяйничавшие на корабле. Вслед затем он крякнул матросам, сидевшим в лодке, выгрузить на берег тюки, предназначенные для губернатора. Их было столько, что могло показаться, будто я вовсе не собираюсь уезжать с ним, а остаюсь на острове до конца моих дней.

В тюках оказалось: во первых, целая батарея бутылок с крепкими напитками, в том числе шесть больших (в две кварты каждая) бутылок мадеры, затем: два фунта превосходного табаку, двенадцать огромных кусков говядины, шесть кусков свинины, мешок гороху, около ста фунтов сухарей, ящик сахару, ящик белой мужи, полный мешок лимонов, две бутылки лимонного соку и еще много разных разностей по части яств и питий. Но главное, мой друг позаботился снабдить меня одеждой, которая была еще в тысячу раз нужнее еды. Он мне привез полдюжины новых совершенно чистых рубах, шесть очень хороших шейных платков, две пары перчаток, шляпу, башмаки, чулки и отличный собственный костюм, почти не надеванный, — словом, одел меня с головы до ног.

Легко себе представить, как приятен был для меня этот подарок в моем тогдашнем положении. Но до чего неуклюжий был у меня вид, когда я облекся в новый костюм, и до чего мне было неловко и неудобно в нем первое время.

Как только кончалась церемония осмотра вещей и я велел отнести их в мою крепость, мы стали совещаться, что нам делать с пленными. Вопрос был в том, не будет ли рискованно взять их с собой в плавание, особенно двоих, которых капитан аттестовал как неисправимых негодяев. По его словам, это были такие мерзавцы, что если бы он и решился взять их на корабль, то не иначе, как в качестве арестантов, то-есть закованными в кандалы, с тем, чтобы отдать их в руки правосудия в первой же английской колонии, в которую придется зайти. Словом, капитан был в большом смущении по этому поводу.

Тогда я сказал ему, что, если он желает, я берусь так устроить, что эти два молодца станут сами упрашивать нас оставить их на острове. «Пожалуйста устройте, я буду очень рад», отвечал мне капитан.

«Хорошо», сказал я. «Так я сейчас за ними пошлю и поговорю с ними от вашего имени». Затем, позвав к себе Пятницу и двух заложников (которых мы теперь освободили, так как товарищи их сдержали данное слово), я приказал им перевести пятерых пленников из пещеры, где они сидели, на дачу (но отнюдь не развязывая им рук), и там дожидаться меня.

Спустя некоторое время я отправился туда в своем новом костюме и на этот раз уже в качестве самого губернатора. Когда все собрались и капитан сел подле меня, я велел вывести к себе узников и сказал им, что мне в точности известно их преступное поведение по отношению к капитану и то, как они дезертировали с кораблем и, наверное, занялись бы разбоем, если бы, по воле провидения, не упали в ту самую яму, которую они вырыли другим.

Я сообщил им, что, по моему распоряжению, корабль возвращен законному владельцу и приведен на рейд, капитан же, ими выбранный, получил заслуженное возмездие за свою измену; вскоре они увидят его висящим на рее. Затем я спросил у них, что они могут сказать мне в свое оправдание, так как я намерен казнить их как пиратов, на что имею полное право по занимаемой мной должности.

Один из них ответил за всех, что им нечего сказать в свое оправдание, но что капитан обещал им пощаду и потому они смиренно умоляют меня оказать им милость — оставить их в живых. Но я сказал им: «Право не знаю. какую милость я вам могу оказать. Я решил покинуть этот остров со всеми моими людьми; мы уезжаем в Англию на вашем корабле. Что же касается вас, то капитан говорит, что взять вас с собой он может не иначе, как закованными в кандалы, с тем, чтобы по прибытки в Англию предать вас суду за бунт и измену. А вы сами знаете, что вам за это грозит виселица.

Итак, едва ли мы окажем вам благодеяние, взяв вас с собой. Если вы хотите знать мое мнение, то я посоветовал бы вам остаться на острове; постарайтесь устроиться здесь: только при этом условии, — так как мне дано разрешение уехать отсюда, — я могу помиловать вас».

Они с радостью согласились на мое предложение и очень благодарили меня, говоря, что, конечно, лучше жить в пустыне, чем воротиться в Англию только затем, чтобы попасть на виселицу.

Капитан сделал вид, будто у него есть возражения против моего плана и он не решается оставить их здесь. Тогда я, в свою очередь, сделал вид, что рассердился на него. Я сказал ему: «Они мои пленники, а не ваши. Я обещал помиловать их и сдержу свое слово; если же вы не находите возможным согласиться со мной, так я сейчас же выпущу их на свободу, и тогда ловите их сами, как знаете».

Пленники еще раз горячо поблагодарили меня за заступничество, и таким образом дело было улажено. Я приказал развязать их и сказал им: «Теперь ступайте в лес на то место, где мы вас забрали; я прикажу оставить вам несколько ружей и амуницию и дам необходимые указания на первое время. Вы можете очень недурно прожить здесь, если захотите». Вернувшись домой после этих переговоров, я начал собираться в дорогу. Я, впрочем, предупредил капитана; что не могу быть готов раньше следующего утра, и попросил его ехать на корабль без меня и готовиться к отплытию, а поутру прислать за мной катер. «Да прикажите, — прибавил я, — повесить на рее труп того бездельника, которого они выбрали в капитаны: я хочу, чтоб его видели те пятеро, что остаются здесь».

Когда капитан уехал, я велел позвать ко мне пятерых пленников и завел с ними серьезный разговор об их положении. Повторив, что, по моему мнению, они избирают благую часть, оставаясь на острове, так как, если они вернутся на родину, их непременно повесят, я указал им на корабельную рею, где висело бездыханное тело их капитана, и сказал, что и их ожидала бы такая же участь.

Затем, заставив их еще раз подтвердить, что они охотно остаются, я им сказал, что намерен ознакомить их с историей моей жизни на острове, чтоб облегчить им первые шаги, и приступил к рассказу. Я рассказал им все подробно, как я попал на остров, как собирал виноград, как посеял рис и ячмень, как научился печь хлеб. Я показал им свои укрепления, свои поля и затоны, — словом, сделал все от меня зависящее для того, чтобы они могли устроиться удобно, не забыл и предупредить их и о том, что в скором времени к ним могут приехать шестнадцать испанцев; я дал им письмо для ожидаемых гостей и взял с них слово, что они примут их в свою общину на равных с собою правах.

Я оставил им все свое оружие, а именно пять мушкетов, три охотничьих ружья и три шпаги, а также полтора бочонка пороху, которого у меня сохранилось так много потому, что, за исключением двух первых лет, я почти не стрелял. Я дал им подробное наставление, как ходить за козами, как их доить и откармливать, как делать масло и сыр. Короче говоря, я передал им в немногих словах всю историю своей жизни на острове. В заключение я пообещал им упросить капитана оставить им еще два бочонка пороху и семян огородных овощей, которых мне так недоставало и которым я был бы так рад. Мешок с горохом, который капитан привез мне в подарок, я тоже отдал им на хозяйство — с советом употребить его весь на посев.

Дав им это наставление, я простился с ними на другой день и переехал на корабль. Но как мы ни опешили с отплытием, а все-таки не успели сняться с якоря в ту ночь. На следующий день, на рассвете двое из пяти изгнанников приплыли к кораблю и, горько жалуясь на троих своих товарищей, Христом богом заклинали нас взять их с собой, хотя бы потом их повесили, потому что, по их словам, им все равно грозит смерть, если они останутся на острове.

В ответ на их просьбу, капитан им сказал, что он не может их взять без моего разрешения. Но в конце концов, заставив их дать торжественную клятву в том, что они исправятся и будут вести себя примерно, мы приняли их на корабль. После изрядной головомойки и порки они стали весьма порядочными и смирными парнями.

Дождавшись прилива, капитан отправил на берег шлюпку с вещами, которые были обещаны поселенцам. К этим вещам, по моей просьбе, он присоединил их сундуки с платьем, за что они были очень благодарны. Я тоже ободрил их, обещав, что не забуду о них и, если только по пути мы встретим корабль, я непременно пошлю его за ними.

Простившись с островом, я взял с собой на память сделанную мной собственноручно большую шапку из козьей шкуры, мой зонтик и одного из моих попугаев. Не забыл я взять и деньги, о которых уже упоминал раньше, но они так долго лежали у меня без употребления, что совсем потускнели и заржавели и только после основательной чистки стали опять похожи на серебро; я взял также деньги, найденные мною в обломках испанского корабля.

Так покинул я остров 19 декабря 1686 г. по корабельному календарю, пробывши на нем двадцать восемь лет два месяца и девятнадцать дней; из этого вторичного плена я был освобожден в тот самый день месяца, как и впервые спасся бегством на баркасе от мавров Салеха.

После продолжительного морского путешествия я прибыл в Англию 11 июня 1687 года, пробыв тридцать пять лет в отсутствии.

В Англию я приехал для всех чужим, как будто никогда и не бывал там Моя благодетельница и доверенная, которой я отдал на сохранение свои деньги, была жива, но пережила большие невзгоды, во второй раз овдовела, и дела ее были очень плохи. Я успокоил ее насчет ее долга мне, уверив ее, что ничего не стану с нее требовать и, напротив, в благодарность за ее прежние заботы и преданность мне, помог ей, насколько это позволяли мои обстоятельства, но позволяли они немногое, так как и мой собственный запас денег был в то время весьма невелик. Зато я обещал ей, что никуда не забуду ее прежней доброты ко мне, и, действительно, не забыл ее, когда мои дела поправились, как о том будет рассказано своевременно.

Затем я поехал в Йоркшир, но отец мой умер, мать тоже, и весь род мой угас за исключением двух сестер и двоих детей одного из моих братьев; меня давно считали умершим, и поэтому мне ничего не оставили из отцовского наследства. Одним словом, я не нашел ни денег, ни помощи, а того, что у меня было, оказывалось слишком мало для того, чтобы устроиться.

Встретил я, однако же, проявление благодарности, совершенно для меня неожиданное, со стороны капитана корабля, которого я так удачно выручил из беды, спасши ему и судно и груз. Он так расхвалил меня хозяевам судна, столько наговорил им о том, как я спасал жизнь матросам, что они, вместе с другими купцами, заинтересованными в грузе, позвали меня к себе,наговорили мне много лестного и поднесли двести фунтов стерлингов.

Однако, пораздумав о своем положении и о том как мало для меня надежды устроиться в Англия, я решил съездить в Лиссабон и попытаться узнать что нибудь о моей плантации в Бразилии и о моем компаньоне, который, как я имел основание предполагать, уже несколько лет должен был считать меня мертвым.

С этой целью я отплыл на корабле в Лиссабон и прибыл туда в апреле; во всех этих поездках мой слуга Пятница добросовестно сопровождал меня и много раз доказывал мне свою верность.

По приезде в Лиссабон я навел справки и, к великому моему удовольствию, разыскал моего старого друга, капитана португальского корабля, впервые подобравшего меня в мере у берегов Африки. Он состарился и не ходил больше в море, а судно передал своему сыну, тоже уже немолодому человеку, который и продолжал вести торговлю с Бразилией. Старик не узнал меня, да и я едва его узнал, но все же, всмотревшись, припомнил его черты, и он припомнил меня, когда я сказал ему, кто я.

После жарких дружеских приветствий с обеих сторон я, конечно, не преминул спросить о своей плантации и своем компаньоне. Старик сказал мне, что он не был в Бразилии уже около девяти лет, что, когда он в последний раз уезжал оттуда, мой компаньон был еще жив, но мои доверенные, которым я поручил наблюдать над моей частью, оба умерли. Тем не менее, он полагал, что я могу получить самые точные сведения о своей плантации и про. изведенных на ней улучшениях, ибо, в виду общей уверенности в том, что я пропал без вести и утонул, поставленные мной опекуны ежегодно отдавали отчет о доходах с моей части плантации чиновнику государственного казначейства, который постановил — на случай, если я не вернусь — конфисковать мою собственность и одну треть доходов с нее отчислять в казну, а две трети в монастырь св. Августина на бедных и на обращение индейцев в католичество. Но если я сам явлюсь или пришлю кого либо вместо себя требовать моей части, она будет мне возвращена — конечно, за вычетом ежегодных доходов с нее, истраченных на добрые дела. Зато он уверил меня, что королевский чиновник, ведающий доходы казны, и монастырский эконом все время тщательно следили за тем, чтобы мой компаньон ежегодно доставлял им точный отчет о доходах плантации, так как моя часть поступала им полностью.

Я спросил капитана, известно ли ему, насколько увеличилась доходность плантации, стоит ли заняться ею, и если я приеду туда и предъявлю свои права, могу ли я, по его мнению, беспрепятственно вступить во владение своей долей.

Он ответил, что не может сказать в точности, насколько увеличилась плантация, но только знает, что мой компаньон страшно разбогател, владея лишь одною половиной и, насколько ему известно, треть моих доходов, поступавшая в королевскую казну и, кажется, передаваемая тоже в какой то монастырь или религиозную общину, превышала двести мойдоров в год. Что же касается до беспрепятственного вступления в свои права, об этом, по его мнению, нечего было и спрашивать, так как мой компаньон жив и удостоверит мои правда, да и мое имя числится в списках местных землевладельцев. Сказал он мне еще, что преемники поставленных мною опекунов — хорошие, честные люди, притом очень богатые, и что они не только помогут мне вступить во владение своим имуществом, но, как он полагает, еще и вручат мне значительную сумму денег, составившихся из доходов с плантации за то время, когда ею еще заведовали их отцы и доходы не поступали в казну, — то есть, по его расчету, лет за двенадцать.

Это несколько удивило меня, и я не без тревоги спросил капитана, как нее могло случиться, что опекуны распорядились таким образом моей собственностью, когда он знал, что я составил завещание и назначил его, португальского капитана, своим единственным наследником

— Это правда, — сказал он, — но ведь доказательств вашей смерти не было, и, следовательно, я не мог действовать в качестве вашего душеприказчика, не имея сколько нибудь достоверных сведений о вашей гибели, Да мне и не хотелось брать на себя заведование вашей плантацией — это такая страшная даль! Завещание ваше, впрочем, я предъявил и права свои тоже и, будь у меня возможность доказать, что вы живы или умерли, я бы стал действовать по доверенности и вступил бы во владение *инджснио* (так называют там сахарный завод) или поручил бы это своему сыну — он и теперь в Бразилии. Но, — продолжал старик, — я должен сообщить вам нечто такое, что, может быть, будет вам менее приятно, чем все предыдущее: ваш компаньон и опекуны, думая, что вы погибли, — да и все ведь это думали — решили представить мне отчет в прибылях за первые шесть-семь лет и вручили мне деньги. В то время плантация требовала больших расходов на расширение хозяйства, постройку завода и приобретение невольников, так что доходы были далеко не такие большие, как позже. Тем не менее, я вам дам подробный отчет в том, сколько денег я получил и на что израсходовал.

Несколько дней спустя мой старый друг представил мне отчет о ведении хозяйства на моей плантации в течение первых шести лет моего отсутствия. Отчет был подписан моим компаньоном и двумя моими доверенными; доходы исчислялись везде в товарах, например, в пачках табаку, ящиках сахару, бочонках рому, патоки и т.д., как это принято в сахарном деле. Из отчета я увидел, что доходы с каждым годом росли, по вследствие крупных Затрат сумма прибылей вначале была невелика. Все же, по расчету старика капитана, оказывалось, что он должен мне четыреста семьдесят золотых мойдоров да еще шестьдесят ящиков сахару и пятнадцать двойных пачек табаку, погибших вместе с его кораблем, — он потерпел крушение на обратном пути из Бразилии в Лиссабон лет одиннадцать спустя после моего отъезда.

Добряк жаловался на постигшие его несчастья и говорил, что он вынужден был израсходовать мои деньги на покрытие своих потерь и на покупку пая в новом судне. «Но все же, мой старый друг, — закончил он, — нуждаться вам не придется, а когда возвратится мой сын, вы получите деньги сполна». С этими словами он вытащил старинный кошелек и вручил мне сто шестьдесят португальских мойдоров золотом, а в виде обеспечения остального долга передал свои документы на владение судном, на котором сын его поехал в

Бразилию; он владел четвертью всех паев. а сын его другой четвертью.

Этого я уже не мог допустить; честность и доброта бедного старика глубоко меня растрогала; вспоминая, что он сделал для меня, как он подобрал меня в морс, как великодушно относился ко мне все время и, в особенности, каким искренним другом выказывал себя теперь при свидании, я с трудом удерживался от слез. Поэтому я прежде всего спросил его, — позволяют ли ему его обстоятельства уплатить мне сразу столько денег и не будет ли это для пего стеснительно? Он ответил, что, по правде говоря, это, конечно, будет ему несколько трудновато, но ведь деньги мои, и мне они может быть нужнее, чем ему.

В каждом слове старика было столько приязни ко мне, что, слушая его, я едва не заплакал. Короче говоря, я взял его сто мойдоров и, спросив перо и чернила, написал ему расписку в получении их, а остальные деньги отдал назад, говоря, что, если я получу обратно свою плантацию, я отдам ему и остальные, как я и сделал впоследствии. Что же касается до переуступки мне его прав на владение судном, на это я ни в каком случае не согласен: если мне нужны будут деньги, он и сам отдаст, — я убедился, что он честный человек; а если не будут нужны, если я получу свою плантацию, как он дал мне основание надеяться, я не возьму с него больше ни гроша.

После этого старик предложил научить меня, как предъявить свои права на плантацию. Я сказал, что думаю поехать туда сам. Он возразил, что, конечно, можно и поехать, если мне так угодно, но и помимо этого есть много способов установить мои права и немедленно же вступить в пользование доходами. Зная, что в Тахо стоят суда уже совсем готовые к отплытию в Бразилию, он внес мое имя в официальные книги и удостоверил присягой, что я жив и что я — то самое лицо, которое первоначально приобрело землю для того, чтобы устроить на ней сказанную плантацию. Затем я составил у нотариуса доверенность на имя одного его знакомого купца в

Бразилии. Эту доверенность он отослал в письме, а мне пред. дожил остаться у него до получения ответа.

Невозможно действовать добросовестнее, чем действовал по доверенности этот купец: меньше чем через семь месяцев я получил от наследников моих доверенных, то-есть тех купцов, по просьбе которых я отправился за невольниками в Гвинею, большой пакет со вложением следующих писем и документов:

Во первых, отчет о прибылях, начиная с того года, когда отцы их рассчитались с моим старым другом, португальским капитаном, за шесть лет: на мою долю приходилось тысяча сто семьдесят четыре мойдора.

Во вторых, отчет еще за четыре года, в течение которых они самостоятельно заведовали моими делами, пока правительство не взяло под свою опеку плантации, как имущество лица, пропавшего без вести — это называется в законе гражданской смертью; доходность плантации постепенно росла, и доход за эти четыре года равнялся 38.892 крузад или 3.241 мойдору.

В третьих, отчет настоятеля августинского монастыря, получавшего доходы в течение четырнадцати слишком лет; настоятель не мог, конечно, возвратить мне денег, уже израсходованных на больницы, но честно заявил, что у него осталось 872 мойдора, которые он признает моей собственностью. Только королевская казна не возвратила мне ничего.

В пакете было еще письмо от моего компаньона. Он сердечно поздравлял меня с возвращением, радовался, что я жив, сообщал мне, как разрослось теперь наше имение и сколько оно дает ежегодно, сколько в нем теперь акров, чем засеяна плантация и сколько невольников работает на ней. Затем следовали двадцать два крестика, выражавшие добрые пожелания и сообщение, что он столько же раз прочел «Ave Maria», благодаря св. деву за то, что я жив. Далее мой компаньон горячо упрашивал меня вернуться в Бразилию и вступить во владение своей собственностью, а пока дать ему наказ; как распорядиться ею в случае, если я сам не приеду.

Письмо заканчивалось уверениями в искренней дружбе ко мне его самого и его домашних. Кроме письма он прислал мне в подарок семь прекрасно выделанных леопардовых шкур, по-видимому, привезенных из Африки на другом корабле, посланном им туда и совершившем более удачное путешествие, чем мое судно. Прислал он мне еще пять ящиков разных сластей превосходного качества и сотню монет нечеканенного золота и не таких больших, как мойдоры. С теми же кораблями мои доверенные слали мне доход с плантаций за текущий год: тысячу двести ящиков сахарного песку. восемьсот пачек табаку и остальное золотом.

Могу сказать, для меня, как для Иова, конец был лучше начала. Невозможно описать, как трепетно билось мое сердце, когда я читал эти письма и, в особенности, когда я увидал вокруг себя свое богатство. Бразильские суда идут обыкновенно целой флотилией; и караван, привезший мне письма, привез также и товары, так что, прежде чем письма были вручены мне, товары были уже в гавани в целости и сохранности. Узнав об этом, я побледнел, почувствовал дурноту и, если бы старик капитан не подоспел во время с лекарством, я, пожалуй, не вынес бы этой неожиданной радости и умер бы тут же на месте. Несколько часов я чувствовал себя очень не хорошо, пока, наконец, не послали за доктором и тот, узнав истинную причину моей болезни, не отворил мне кровь. После этого мне стало гораздо лучше; я положительно думаю, что, если бы кровопускание не облегчило меня, мне бы несдобровать.

Итак, я неожиданно оказался обладателем более пяти тысяч фунтов стерлингов и поместья в Бразилии, приносившего свыше тысячи фунтов в год дохода, ничуть не менее верного, чем приносят поместья в Англии: я никак не мог освоиться с своим новым положением и не знал, что начать, как извлечь из него те выгоды и удовольствия, какие оно могло мне дать. Первым делом я вознаградил своего благодетеля, доброго старика капитана, который так много помог мне в годину бедствия, был добр ко мне вначале и верен мне до конца. Я показал ему все присланное мне, говоря, что я обязан всем этим ему, что теперь долг мой отблагодарить его и он будет вознагражден сторицею. Прежде всего я возвратил ему взятые у него сто мойдоров, затем послал за нотариусом и формальным образом уничтожил расписку, по которой он признавал себя должным мне четыреста семьдесят мойдоров. Затем я составил доверенность, давшую ему право ежегодно получать за меня доходы с моей плантации я обязывающую моего компаньона представлять ему отчеты и отправлять на его имя товары и деньги. Приписка в конце предоставляла ему право на получение из доходов ежегодной пенсии в сто мойдоров; а после его смерти эта пенсия, в размере пятидесяти мойдоров, должна была перейти к его сыну. Так Я расквитался со своим старым другом.

Теперь надо было подумать о том, куда направить свой путь и что делать с состоянием, милостью провидения доставшимся мне. Забот у меня было теперь несравненно больше, чем в то время, когда я вел одинокую жизнь на острове и не нуждался ни в чем, кроме того, что у меня было, но и не имел ничего, кроме необходимого, тогда как теперь на мне лежали большие заботы и большая ответственность. Теперь у меня не было пещеры, куда я мог спрятать свои деньги, или места, где бы они могли лежать без замков и ключей и потускнеть и заплесневеть, прежде чем кому нибудь вздумалось бы воспользоваться ими; напротив, теперь я не знал, куда их девать и кому отдать на хранение. Единственным моим прибежищем был мой старый друг, капитан, в честности которого я уже убедился.

Далее, как мне казалось, мои интересы в Бразилии призывали меня туда, но я не мог себе представить, как же я поеду туда, не устроив своих дел и не оставив своего капитала в надежных руках. Вначале мне приходило в голову отдать его на хранение моей старой приятельнице, вдове капитана, о которой я знал, что она честная женщина и отнесется ко мне вполне добросовестно; но она была уже в летах и бедна, и, как мне думалось, у нее могли быть долги. Словом, делать нечего, приходилось самому ехать в Англию и везти деньги с собой.

Прошло, однако же, несколько месяцев, прежде чем я пришел к такому решению; а потому, вознаградив по заслугам старого капитана, моего бывшего благодетеля, я подумал и о бедной вдове, покойный муж которой оказал мне столько услуг, да и сама она, пока это было в ее власти, была моей верной опекуншей и советчицей. Я первым делом попросил одного лиссабонского купца поручить своему агенту в Лондоне не только выплатить ей сто фунтов по чеку, но разыскать ее и лично вручить ей от меня эти деньги, поговорив с ней, утешить ее в ее бедности, оказав, что, пока а жив, я и впредь буду помогать ей. В то же время я послал своим сестрам, жившим в деревне, по сто фунтов каждой; они, правда, не нуждались, но и нельзя сказать, чтобы жили в достатке: одна вышла замуж и овдовела, у другой муж был жив, но относился к ней пе так хорошо, как бы следовало.

Но из всех моих родственников и знакомых я не находил ни одного, кому бы я решился доверить целиком свое состояние, чтобы с спокойной душой уехать в Бразилию, и это сильно смущало меня.

Я было совсем решился ехать в Бразилию и поселиться там — ведь я, так оказать, натурализовался в этой стране; но было одно маленькое препятствие, останавливавшее меня, а именно — религия. Правда, в данный момент не религия удерживала меня от поездки: как раньше, живя среди католиков, я открыто придерживался религии, страны, так и теперь не ставил этого в грех; но дело в том, что за последнее время я больше думал об этом, чем прежде, и теперь, когда я говорил себе, что мне придется жить и умереть среди католиков, я иногда раскаивался, что признал себя папистом, и мне приходило в голову, что католическая вера, быть может, не лучшая, и не хотелось мне умереть в ней.

Но, как я уже говорил, главная причина, удерживавшая меня от поездки в Бразилию, была не в этом, а в том, что я положительно не знал. кому доверить свои товары и деньги, и в конце концов решил, забрав с собой все свое богатство, ехать в Англию. Там, по прибытии, я рассчитывал завести знакомство или же найти родственников, на которых можно было бы положиться. И вот я стал собираться в путь.

Перед возвращением домой я решил привести в порядок все свои дела и прежде всего (узнав, что бразильские корабли готовы к отплытию) ответить на письма, полученные мною из Бразилии, с полными и правдивыми отчетами в моих делах. Я написал настоятелю августинского монастыря, поблагодарил его за добросовестность и просил его принять от меня в дар неизрасходованные им восемьсот семьдесят два мойдора с тем, чтобы пятьсот пошли на монастырь, а триста семьдесят два бедным, по усмотрению настоятеля, затем просил доброго падре молиться обо мне и т.д.

Потом я написал благодарственное письмо двум моим доверенным, воздав должное их справедливости и добросовестности; от посылки им подарка я удержался: для этого они были слишком богаты.

Наконец, я написал своему компаньону, восхищаясь его уменьем вести хозяйство, расширить дело и увеличить доходы; затем дал ему наказ, как поступать с моей частью на будущее время: сообщил, какие полномочия я оставил старому португальскому капитану, и просил впредь до получения от меня вестей отсылать ему все, что будет мне причитаться; при этом я заверил своего компаньона, что имею намерение не только посетить свое имение, но и прожить в нем до конца дней моих. К письму я присоединил подарки: итальянского шелку на платье его жене и дочерям, — о том, что у него есть жена и дочери, я узнал от сына моего приятеля-капитана, — затем два куска тонкого аглицкого сукна, лучшего, какое можно было найти в Лиссабоне, пять кусков черной байки и дорогих фламандских кружев.

Устроив таким образом свои дела, продав товары и обратив деньги в надежные бумаги, я мог спокойно двинуться в путь. Но теперь возникло другое затруднение: как ехать в Англию, сухим путем или морем. К морю я, кажется, достаточно привык, а между тем на этот раз мне до странности не хотелось ехать в Англию морем и, хотя я не мог ничем объяснить, это нежелание до того разрослось во мне, что, уже отправив свой багаж на корабль, я передумал и взял его назад. И так было не раз, а два или три.

Правда, мне очень не везло на море, и это могло быть одной из причин, но все же тут главное дело было в предчувствии, а в таких случаях человеку никогда не следует идти против своих предчувствий. Два корабля, на которых я хотел ехать — я могу сказать: выбранных мною из числа других — на один я даже свез свой багаж, а с капитаном другого условился о цене — оба эти корабля не дошли до места назначения. Один был взят алжирцами, другой потерпел крушение возле Торбея, и все бывшие на нем, за исключением троих, утонули; так что на обоих мне пришлось бы худо, и на котором хуже — сказать трудно.

Видя такое смятение в моих мыслях, мой старый друг капитан, от которого я ничего не скрывал, стал убеждать меня не ехать морем, но или отправиться сухим путем в Корунью и далее через Бискайский залив в Ла Рошель, откуда уже можно легко и безопасно проехать в Париж, а также в Калэ и Дувр; или же ехать на Мадрид и оттуда все время сухим путем через Францию.

Я был тогда настолько предубежден против всякой морской поездки за исключением переезда из Калэ в Дувр, что решил ехать всю дорогу сухим путем, а также как я не торопился и не считался с издержками, то этот путь был и приятнейшим. А чтобы сделать его еще более приятным для меня, старик капитан нашел мне попутчика, англичанина, сына одного лиссабонского купца; кроме того, мы еще прихватили с собой двух английских купцов и двух молодых португальцев, — последние, впрочем ехали только до Парижа; так что нас всех собралось шесть человек да пять слуг, — купцы и португальцы, для сокращения расходов брали с собой только по одному слуге на двоих. Я же взял с собой в качестве слуги одного английского матроса да своего Пятницу, который был слишком непривычен к европейским порядкам, чтобы в дороге заменить мне слугу.

Так я, наконец, выехал из Лиссабона, мы запаслись всем необходимым, были хорошо вооружены и все вместе составляли маленький отряд; мои спутники почтили меня званием капитана как потому, что я был старше всех годами, так и потому, что у меня было двое слуг да я же и затеял все это путешествие.

Я не докучал читателю выписками из своего корабельного журнала, так и теперь не стану приводить выдержек из своего сухопутного дневника, но о некоторых приключениях, случившихся с нами во время этого трудного и утомительного пути, умолчать не могу.

По прибытии в Мадрид мы все, будучи в первый раз в Испании, пожелали остаться там, чтоб увидать испанский двор и посмотреть все, что заслуживало внимания, но так как лето уже близилось к концу, мы поторопились отъездом и выехали из Мадрида около половины октября. Доехав до границы Наварры, мы получили тревожную весть, что на французской стороне гор выпал глубокий снег и многие путешественники принуждены были вернуться в Пампелуну после напрасной и крайне рискованной попытки перебраться через горы.

Добравшись до Пампелуны, мы и сами убедились в этом. Для меня, прожившего почти всю жизнь в жарком климате, в странах, где я мог обходиться почти без платья, холод был нестерпим. Притом же было не только тягостно, но и странно, всего десять дней тому назад выехав из Старой Кастилии, где было не только что тепло, а жарко, тотчас же вслед за этим попасть под такой жестокий ледяной ветер, дувший с Пиренейских гор, что мы не могли выносить его, не говоря уже о том, что рисковали отморозить себе руки и ноги.

Бедный Пятница — тот прямо испугался, увидав горы, сплошь покрытые снегом, ощутив холод, какого ему никогда в жизни не доводилось испытывать.

В довершение всего в Пампелуне и по приезде нашем продолжал идти снег в таком изобилии и так долго, что все удивлялись необыкновенно раннему наступлению зимы.

Дороги, и прежде не очень доступные, теперь стали непроходимыми; в иных местах снег лежал такой глубокий, что ехать было немыслимо; здесь ведь снег не замерзает, как в северных странах, и мы на каждом шагу подвергались бы опасности быть похороненными заживо. В Пампелуне мы пробыли целых двадцать дней, затем, видя, что зима на носу и улучшения погоды ожидать трудно, ибо эта зима во всей Европе выпала такая суровая, какой не запомнят старожилы, я предложил своим спутникам поехать в Фонтарабию, а оттуда отправиться морем в Бордо, что взяло бы очень немного времени.

Но пока мы судили да рядили, в Пампелуну прибыли четверо французов, перебравшихся через горы с той стороны, с помощью проводника, который, следуя по окраине Лангедока, провел их через горы такими дорогами, где снегу было мало и он не особенно затруднял путь, а если и встречался в больших количествах, то был настолько тверд, что по нему могли пройти и люди и лошади.

Мы послали за этим проводником, и он обещал провести нас тою же дорогой, избегая снегов, при условии, что мы настолько хорошо вооружены, чтобы не бояться диких зверей, ибо, по его словам, во время обильных снегов у подножья гор нередко показываются волки, разъяренные отсутствием пищи. Мы сказали ему, что к встрече с этого рода зверями мы подготовлены достаточно, если только он уверен, что нам не грозит опасность со стороны двуногих волков, которых, как нам говорили, здесь больше всего следует опасаться, в особенности на французской стороне гор

Он успокоил нас, говоря, что тот путь, каким мы отправимся, в этом отношении совсем неопасен, и мы охотно согласились следовать за ним, равно как и другие двенадцать путешественников со своими слугами, как я уже сказал, ранее пытавшихся перебраться через горы и принужденных вернуться обратно.

И вот мы все 15-го ноября выехали из Пампелуны. Я был поражен, когда, вместо того, чтобы двинуться дальше к горам, проводник повернул назад и пошел по той самой дороге, по которой мы приехали из Мадрида; так мы следовали миль двадцать, переправились через две репей и очутились в ровной местности, приятной для взора, где было снова тепло и снега нигде не было видно. Но затем, неожиданно свернув налево, проводник повел нас к горам другой дорогой, и, хотя горы и пропасти казались очень страшны, проводник наш делал столько кругов, столько обходов, вел нас такими извилистыми тропинками, что мы незаметно перевалили на ту сторону хребта, не испытав особенных затруднений от снега. И тут перед нами раскинулись веселые плодородные провинции Лангедок и Гасконь, зеленые и цветущие, но они были еще далеки и, чтобы добраться до них, предстояло совершить трудный путь.

Весь этот день и всю ночь шел снег, такой сильный, что ехать было нельзя; нас это несколько смутило, но проводник успокоил нас, говоря, что скоро мы будем вне полосы снегов. Действительно, мы с каждым днем спускались все ниже и подвигались все дальше на север, вполне доверяясь нашему проводнику.

Часа за два до наступления ночи, в то время, как проводник наш был далеко впереди я едва виден нам, из соседней лощины, прилегавшей к густому лесу, выскочили три волка я вслед за ними медведь. Два волка кинулись на проводника и, будь он в полумиле от нас, они растерзали бы его раньше, чем мы бы успели подоспеть к нему на помощь. Один набросился на его лошадь, другой напал на него самого с такой яростью, что бедный малый не имел ни времени, ни присутствия духа вытащить пистолет и только отчаянно призывал нас на помощь. Рядом со мной ехал мой Пятница; я велел ему скакать вперед и узнать, в чем дело. Увидев, что творилось с нашим проводником, Пятница стал кричать еще громче того:

«Господин! Господин!» Он был парень смелый, погнал свою лошадь прямо к месту схватки, выхватил пистолет и прострелил голову волку.

Счастье для бедняка, что к нему подскакал именно Пятница; он у себя на родине привык видеть волков и не боялся их, поэтому он подъехал вплотную к волку и застрелил его, как было описано выше; всякий другой из нас выстрелил бы издали и рисковал бы промахнуться или подстрелить самого проводника.

Это могло бы напугать и более смелого человека, чем я, и действительно, весь наш отряд всполошился, когда, вслед за выстрелом, до нас с двух сторон донесся волчий вой, повторяемый горным эхом, так что, казалось, волков было множество; да может и в самом деле их было не так уж мало, чтобы нам совершенно нечего было бояться.

Как бы там ни было, когда Пятница убил волка, другой волк, насевший на лошадь, тотчас же выпустил ее и убежал; к счастью, он вцепился ей в голову так, что ему попались под зубы бляхи уздечки и он не мог причинить ей особенного вреда. Зато человеку пришлось хуже, чем лошади: разъяренный зверь укусил его дважды, один раз в руку и другой — повыше колена, и наш проводник готов был уже свалиться с лошади, когда подоспел Пятница и застрелил волка.

Понятное дело, услыхав выстрел, мы все прибавили шагу и поскакали так быстро, как только позволяла дорога, — в этом месте спуск был очень крутой, — чтобы поскорее узнать, что случилось. Как только мы выехали из за деревьев, ранее заслонявших нам вид, мы сразу поняли, в чем дело, и видели, как Пятница выручил нашего бедного проводника, хотя и не могли разглядеть, что за животное он убил.

Невозможно себе представить более необычайного и захватывающего зрелища, чем последовавшая затем схватка Пятницы с медведем. Бой между ними распотешил нас всех, хотя сначала мы и удивились и испугались за моего верного слугу. Медведь — тяжелое неуклюжее создание, неспособное мчаться, как волк, проворный и легкий на бегу; зато у него есть своя два специальных качества, которые обыкновенно и управляют его действиями. Во первых, вообще он не нападает на человека, говорю: вообще, потому что нельзя сказать, до чего может довести его голод, как это было в данном случае, когда вся земля была покрыта снегом, — на человека, повторяю, он не нападает, если только человек сам не нападет на него; если вы встретитесь с медведем в лесу и не затронете его, и он не тронет вас, но при этом вы должны быть очень вежливы с ним и уступать ему дорогу, так как он большой барин и не уступит дороги и королю. А если вы испугались, вам самое лучшее не останавливаться и смотреть в другую сторону, потому что, если вы остановитесь и станете пристально смотреть на него, он может принять это за обиду; если же вы чем нибудь бросите в него и попадете, хотя бы даже сучком не толще вашего пальца, он уже непременно обидится и оставит все другие дела, чтоб отомстить вам, ибо в делах чести он крайне щепетилен, — и это его первое качество. А второе то, что, если он почувствовал себя обиженным, он уже не оставит вас в покое, а днем и ночью будет бежать за вами крупной рысью, пока не нагонит и не отомстит за обиду.

Итак, Пятница выручил из беды нашего проводника и в ту минуту, как мы подъехали к ним, помогал ему сойти с лошади, так как бедняк совсем ослабел от испуга и ран — он еще больше напугался, чем пострадал. Вдруг мы увидели выходящего из лесу медведя; это был зверь чудовищной величины; такого огромного я еще никогда не видал. Мы все были поражены его появлением, но на лице Пятницы при виде медведя выразились и радость и отвага. «О! о! о!» вскричал он трижды, указывая на зверя: «О, господин, позволь мне с ним поздороваться; мой тебя будет хорошо смеять!»

Я удивился, не понимая, чему он так радуется. «Глупый ты! Ведь он съест тебя!» — «Ести меня! ести меня! Мой его ести: мой вас будет хорошо смеять! Вы все стойте здесь; мой вам покажет смешно». Он сел на землю, мигом стащил с себя сапоги, надел туфли (плоские башмаки, какие носят индейцы), лежавшие у него в кармане, отдал свою лошадь другому слуге и, наготовив ружье, помчался как ветер.

Медведь шел не спеша и никого не трогал; но Пятница, подбежав к нему совсем близко, окликнул его, как будто медведь мог его понять: «Слушай! слушай! Мой говорит тебе!» Мы следовали за ним поодаль. В это время мы спускались по гасконскому склону и вступили в большой лес, где местность была ровная, а деревьев хотя и много, но они были разбросаны, так что видно было далеко вперед.

Пятница, как мы уже говорили, следовал за медведем по пятам и скоро поровнялся с ним, а поровнявшись, поднял с земли большой камень и запустил им в медведя. Камень угодил зверю в голову; положим, он причинил ему не больше вреда, чем если бы ударился об стену, но все же Пятница добился своего — плут ведь нисколько не боялся и сделал это только для того, чтобы медведь погнался за ним и чтобы показать нам смешное, как он выражался.

Лишь только медведь почувствовал прикосновение камня и увидал врага, как он повернулся и пустился вслед за Пятницей в развалку, но такими огромными шагами, что и лошади пришлось бы удирать от него в галоп. Пятница мчался как ветер и прямо на нас, как будто ища у нас защиты, и мы решили все разом стрелять в медведя, чтоб выручить моего слугу, хотя я искренно рассердился на него, зачем он погнал на нас медведя, когда тот шел себе по своим делам совсем в другую сторону и не обращая на нас внимания; в особенности я рассердился на то, что он медведя то погнал на нас, а сам стал удирать, и кричу ему: «Ах ты, собака! Вот так насмешил! Беги скорее вскакивай на лошадь и дай нам застрелить зверя». Он услышал и кричит мне в ответ:

«Нет стрелять! нет стрелять; стоять тихо, будет очень смешно!» — и бежал дальше, вдвое скорее медведя. Потом вдруг увидал подходящее дерево, кивнул нам подъехать ближе, припустил еще быстрее и мигом вскарабкался на дерево, положил ружье на землю, шагах в шести от ствола.

Медведь скоро добежал до дерева и первым делом остановился возле ружья, понюхал его, до не тронул и полез на дерево, как кошка, несмотря на свою чудовищную величину. Я был поражен безрассудным, как мне казалось, поведением моего слуги и при воем желании не мог найти здесь ничего смешного, пока мы, видя, что медведь влез на дерево, не подъехали ближе.

Подъехав к дереву, мы увидели, что Пятница забрался на тонкий конец большого сука, а медведь дошел до половины сука, до того места, где сук становился тоньше и гибче. «Га!» — крикнул нам Пятница, «теперь вы увидите: мой будет учить медведя танцевать». И он начал подпрыгивать и раскачивать сук; медведь зашатался, но не трогался с места и только оглядывался как бы ему вернуться назад по добру, по здорову; при этом зрелище мы действительно смеялись от души. Но Пятнице было мало этого; увидев, что медведь стоит смирно, он стал звать его, как будто медведь понимал по английски: «Что же ты не идешь дальше? Пожалуйста, иди дальше», и перестал трясти и качать ветку. Медведь словно понял, что ему было сказано, пошел дальше; тут Пятница снова запрыгал, и медведь снова остановился.

Мы думали, что теперь то и следует прикончить его, и крикнули Пятнице, чтоб он стоял смирно, что мы будем стрелять в медведя, но он горячо запротестовал: «О пожалста! пожалста, мой сам будет стрелять сичас!» Словом, Пятница так долго плясал на суку, и медведь так уморительно перебирал ногами, что мы действительно нахохотались вдоволь, но все таки не могли себе представить, чего собственно добивается отважный индеец. Сначала мы думали, что он хочет стряхнуть медведя наземь: он для этого медведь был слишком хитер: он не заходил настолько далеко, чтобы потерять равновесие, и крепко цеплялся за ветку своими крепкими когтями и ногами, так что мы положительно недоумевали, чем кончится эта потеха.

Но Пятница скоро вывел нас из недоумения.

Видя, что медведь крепко уцепился за сук и что его не заставишь идти дальше, он стал говорить: «Ну, ну, твой не идет, мой идет, мой идет; твой не хочет идти ко мне, мой хочет к тебе». С этими словами он передвинулся на тонкий конец сука, который согнулся под его тяжестью, и осторожно по ветке соскользнул на землю и побежал к своему ружью.

«Ну, Пятница, — сказал я ему, — что ты еще затеял? Почему ты не стреляешь в него!» «Не надо стрелять! — оказал Пятница, — теперь еще не надо стрелять; теперь мой стрелять, мой убьет, когда твой будет еще смеяться». И в самом деле, он еще насмешил нас, как вы сейчас увидите. Когда медведь заметил, что его враг исчез, он стал пятиться назад, но осторожно, не спеша и на каждом шагу оглядываясь, пока; не добрался до ствола; затем попрежнему задом наперед полез вниз по дереву, цепляясь когтями и осторожно, одну за другой, передвигая ноги. Тут то, раньше чем зверь успел стать на землю задними ногами, Пятница подошел к нему вплотную, вставил ему в ухо дуло своего ружья и застрелил медведя на месте.

Проказник обернулся посмотреть, смеемся ли мы, и, видя по нашим лицам, что мы довольны, сам захохотал во все горло, говоря: «Так мы убиваем медведь в наша страна!» «Как же вы их убиваете? — спросил я, — ведь у вас нет ружей». — «Нет, ружей нет, зато есть много, много длинные стрелы».

История с медведем нас развлекла, но все же мы были в глухом месте, проводника нашего сильно потрепали волки, и мы не знали, что предпринять; волчий вой все еще отдавался в моих ушах; поистине, после рева, слышанного мною однажды на африканском берегу — о чем я уже рассказывал — я в жизнь свою не слыхал таких ужасающих звуков.

Этот вой и близость ночи заставили нас поспешить, иначе мы сдались бы на просьбы Пятницы и, конечно, сняли бы шкуру с медведя: зверь был такой огромный, что дело стоило того; но нам оставалось пройти еще около десяти миль; и проводник торопив нас; поэтому мы оставили медведя и пошли дальше.

Земля здесь была покрыта снегом, хотя не таким глубоким и опасным, как в горах; как мы узнали потом, хищные звери, гонимые голодом, спустились с гор в лес и в долины в поисках пищи я натворили в деревнях много бед — пугали поселян, задрали множество овец и лошадей и даже несколько человек.

Путь наш лежал через опасное место, о котором наш проводник сообщил, что, если в этих краях есть еще волки, мы непременно встретим их там; то была небольшая лощина, со всех сторон окруженная лесом, и за нею узкое ущелье, которое вело лесом в деревню, где мы решили заночевать.

Оставалось с полчаса до заката солнца, когда мы вошли в первый лесок, а когда вышли из него на равнину, солнце уже село. В этом первом лесу не случилось ничего особенного, если не считать того, что на небольшой прогалине, длиною около ста сажен, мы видели пять больших волков, быстро перебежавших дорогу, один вслед за другим, словно гоняясь за какой то добычей; нас они не заметили и через несколько мгновений окрылись из виду.

Наш проводник, кстати сказать, выказавший себя порядочным трусом, просил нас быть на стороже, полагая, что вслед за этими волками появятся и другие.

Мы насторожились и наготовили ружья, но волков больше не видали, пока не вышли из леса, тянувшегося мили полторы, на равнину. Здесь на равнине, действительно, приходилось ехать с оглядкой; первое, что нам бросилось в глаза, была мертвая лошадь, зарезанная волками, и над нею с дюжину зверей за работой — не могу сказать: за едой, потому что они уже съели все мясо и теперь обгладывали кости.

Мы не сочли удобным мешать их пиршеству, да и они не обратили на нас особенного внимания. Пятнице очень хотелось выпалить в них, но я не допустил этого, находя, что у нас и без того достаточно хлопот, а может оказаться и еще больше. Мы не дошли и до половины равнины, как вдруг слева от нас раздался ужаснейший волчий вой, и сейчас же вслед затем мы увидали целую стаю волков, бегущих прямо на нас, большинство в ряд, словно регулярная армия под командой опытного офицера. Я не знал хорошенько, как встретить их, но подумал, что единственное средство — сомкнуться в тесный ряд: так мы и сделали. А чтобы не было больших промежутков между выстрелами, я велел стрелять через одного, а нестреляющим держать ружья наготове для второго залпа, на случай, если волки не повернут назад после первого; далее, тех, кому приходилось стрелять в первую очередь, я предупредил, чтоб они не вздумали заряжать ружья снова, но приготовили бы пистолеты; у каждого из нас было по ружью и по паре пистолетов, так что при этой системе мы, разделившись надвое и стреляя по очереди, могли дать шесть залпов подряд. Впрочем, сейчас в этом не было надобности, ибо после первого же залпа враг остановился, как вкопанный, испугавшись столько же выстрелов, сколько огня; четыре волка были убиты на месте; другие были ранены, но убежали, оставив за собой на снегу кровавый след. Я уже сказал, что волки остановились, но отступили они не сразу; тогда, вспомнив, что, по рассказам, самые свирепые животные боятся человеческого голоса, я велел всей надпей компании гикнуть разом, как можно громче, и убедился, что в таких рассказах есть доля правды; услыхав наш крик, волка начали отступать и пятиться назад. Тогда я велел дать другой залп, в тыл неприятелю; он пустился в галоп и скрылся из виду за деревьями.

Воспользовавшись передышкой, мы стали заряжать наши ружья, а чтобы не терять времени, продолжали ехать, но едва мы забили заряды и приготовились к новому залпу, как услыхали страшный шум в том же лесу, но спереди, в том самом направлении, куда нам нужно было ехать.

Ночь приближалась, и с каждой минутой становилось темнее, что было для нас крайне невыгодно; но шум усиливался, и мы без труда могли различить в нем завыванья волков; неожиданно мы увидали перед собой целых три стаи — одну слева, одну позади и одну впереди нас, — так что мы были, казалось, окружены волками; но так как они не нападали на нас, мы продолжали свой путь, подгоняя лошадей, насколько это было возможно, но дорога была неудобная, и лошади могли бежать только крупной рысью. Так мы доехали до опушки второго леса, лежавшего на нашем пути, но были крайне удивлены, когда, доехав до просеки, увидали у входа несметное множество волков.

Вдруг на другом конце леса раздался выстрел; из леса выбежала лошадь, оседланная и взнузданная; она неслась вихрем, а за нею мчались во всю прыть штук семнадцать волков; лошадь далеко опередила их, но мы были уверены, что она не выдержит долго такого безумного бега, и волки в конце концов нагонят ее: так оно, вероятно, и вышло.

В ущелье, откуда выбежала лошадь, взорам нашим представилось ужасное зрелище; мы увидали трупы другой лошади и двух человек, растерзанных хищниками. Один из них был, по всей вероятности, тот самый, который стрелял, потому что возле него лежало разряженное ружье, но голова его и верхняя часть туловища были съедены.

Это зрелище наполнило нас ужасом, и мы не знали, что предпринять и куда направить шаги, но волки скоро заставили нас решиться: они окружили нас, в надежде на новую добычу; я уверен, что их было не меньше трехсот. На счастье наше, у опушки леса, немного в стороне от дороги, лежало несколько огромных деревьев, сваленных прошлым летом и, вероятно, оставленных здесь до перевозки. Я повел своей маленький отряд к этим деревьям; по моему предложению, все мы спешились и укрывшись за одним длинным деревом, как за бруствером, образовали треугольник, поместив лошадей в середине.

И хорошо, что мы это сделали, ибо тотчас же волки напали на нас; невозможно представить себе более яростной атаки. Они подбежали, рыча, и вскочили на бревно, служившее нам прикрытием, как будто кидаясь на верную добычу; я думаю, ярость их еще увеличивалась тем обстоятельством, что они видели за нами наших лошадей, на которых собственно и нацеливались. Я велел своим стрелять, как давеча, через одного, и выстрелы их были так метки, что с первого же залпа многие волки были убиты, но этого оказалось недостаточно: необходимо было стрелять непрерывно, ибо волки лезли на нас, как черти; задние подталкивали передних.

После второго залпа нам показалось, что волках приостановились, и я надеялся, что они уйдут, но это продолжалось одно мгновенье, — сейчас же подоспели другие; мы дали по ним два залпа из пистолетов и в общем убили штук семнадцать или восемнадцать, да ранили вдвое столько, но волки продолжали наступать.

Мне не хотелось слишком скоро расстрелять наши заряды, поэтому я кликнул своего слугу — не Пятницу, который был занят другой работой: он с необычайной быстротой и ловкостью успел уже зарядить снова свое и мое ружье — так не Пятницу, говорю я, а моего другого слугу и, дав ему пороховницу, велел посыпать порохом дорожку вдоль бревна, да пошире. Он повиновался и едва успел отойти, как волки опять полезли на нас через пороховую дорожку. Тогда я, щелкнув незаряженным пистолетом возле самого пороха, зажег его[1], и те, которые были на бревне, были обожжены, а с полдюжины их свалились или, вернее, спрыгнули на нас, шарахнувшись в сторону от огня и под влиянием страха; с этими мы живо расправились, а остальные так испугались яркого света, казавшегося еще страшнее от густой тьмы вокруг, что немного отступили. Тут я в последний раз скомандовал стрелять всем вместе, а затем мы все зараз крикнули, и волки показали нам тыл: осталось только около двадцати раненных, корчившихся на земле; мы моментально кинулись на них и принялись рубить их саблями, рассчитывая, что их визг и вой будут понятнее их товарищам, чем наши выстрелы, так оно и вышло: волки все убежали и оставили нас в покое.

Убили мы их штук шестьдесят, и будь в лесу светло, они, наверное, поплатились бы еще дороже. Когда поле битвы было таким образом очищено, мы двинулись дальше, так как нам оставалось пройти еще около трех миль. По пути мы не раз еще слышали в лесу завывания хищников и, как нам казалось, видели, как сами они мелькали между деревьями, но снег слепил нам глаза, и разглядеть хорошенько мы не могли. Через час или около того мы добрались до городка, где решили заночевать, и нашли там всех вооруженными и в страшном переполохе; оказалось, что накануне ночью волки и несколько медведей ворвались в городок и страшно перепугали всех жителей, так что теперь они были вынуждены сторожить день и ночь, и в особенности ночью, оберегая свой скот, да и самих себя.

На следующее утро нашему проводнику стало так худо, рука и нога так распухли от укусов волка, что он был не в состоянии ехать дальше, и нам пришлось взять другого. С этим новым проводником

---

[1] Пистолеты в то время были кремневые, и Робинзон, щелкнув железным курком по кремню, вызвал искры, от которых и загорелся порох.

мы доехали до Тулузы, где климат теплый, местность красивая и плодородная и нет ни снега, ни волков. Когда мы рассказали в Тулузе наши дорожные приключения, нам сказали, что встреча с волками в большом лесу у подножия гор, в особенности в такую пору, когда земля покрыта снегом, дело самое обыкновенное; но все дивились нашему проводнику — как это он решился повести нас такой дорогой в это суровое время года, и считали чудом, что волки не растерзали нас всех. Наш рассказ о том, как мы бились с волками, прикрывая собой лошадей, вызвал общее порицание; все говорили, что при таких условиях было пятьдесят шансов против одного, что мы все будем растерзаны волками, так как их разъярял именно вид лошадей — их лакомой пищи. Обыкновенно, они пугаются первого же выстрела, но тут, будучи страшно голодны и оттого свирепы, и еще видя перед собой так близко лошадей, они забыли об опасности; и если бы мы не укротили их непрерывным ружейным огнем и под конец взрывом пороха, многое говорило за то, что они бы нас разорвали в куски; тогда как, если бы мы не спешились и стреляли, не сходя с лошадей, волки не рассвирепели бы так, ибо когда они видят на лошади человека, они не считают ее до такой степени своей собственностью, как в тех случаях, когда лошадь одна. Кроме того, нам говорили еще, что, если бы мы бросили лошадей на произвол судьбы, волки накинулись бы на них с такой жадностью, что мы успели бы за это время благополучно уйти, тем более, что нас было много и у всех нас было огнестрельное оружие.

Сам я никогда в жизни не испытывал такого страха: видя перед собой три сотни этих дьяволов, мчавшихся на нас с ревом и раскрытыми пастями, готовыми пожрать нас, я уже счел себя безвозвратно погибшим, потому что скрыться было некуда; да и того, что я натерпелся, с меня достаточно: я думаю, мне никогда больше не придет охоты перебираться еще раз через горы; лучше уж проехать тысячу миль морем, хотя бы меня каждую неделю трепали бури.

О своем путешествии по Франции я не могу сообщить ничего особенного, — ничего кроме того, о чем уже рассказывали другие путешественники, и притом гораздо интереснее моего. Из Тулузы я приехал в Париж, потом, не останавливаясь там долго, дальше, в Калэ и благополучно высадился в Дувре 14-го января, совершив свое путешествие в самую суровую и холодную пору года.

Теперь я был у цели и скоро вступил во владение всем своим недавно приобретенным богатством, ибо по переводам, привезенным мною с собой, мне уплатили здесь без всяких промедлений.

Моей главной руководительницей и советчицей здесь была добрая старушка, вдова капитана. Она была страшно благодарна мне за присылку денег и не жалела для меня ни трудов, ни забот; а я ей во всем доверялся и ни разу не имел повода раскаяться в этом: от начала до конца эта добрая и благоразумная женщина вела себя в отношении меня безукоризненно.

Я уже стал подумывать о том, не поручить ли мне ей свои товары и деньги, а самому не отправиться ли обратно в Лиссабон и затем в Бразилию, но меня удержали религиозные соображения. Насчет католицизма у меня были сомнения еще во время моих странствований, особенно во время моего одиночества; а я знал, что мне нечего и думать ехать в Бразилию р тем более поселиться там, если я не решусь перейти в католичество; — или, наоборот, если не поставлю себе задачей пасть жертвой своих убеждений, пострадать за веру и умереть под пытками инквизиции. А потому я решил остаться дома и, если представится возможность, продать свою плантацию.

Я надписал об этом в Лиссабон своему старому другу, и тот ответил мне, что это не трудно устроить и на месте, но, если я дам ему разрешение действовать от моего имени, он находит более выгодным предложить купить мою часть имения двум купцам, заведывавшим ею теперь вместо прежних опекунов, — как мне известно, людям очень богатым, живущим в Бразилии и, следовательно, знающим настоящую цену моей плантации. Капитан не сомневался, что они охотно купят мою часть и дадут за нее на четыре, на пять тысяч больше всякого другого покупателя.

Я признал его доводы вполне убедительными и поручил ему сделать это предложение, а через восемь месяцев вернувшийся из Португалии корабль привез мне письмо, в котором мой старый друг сообщал, что купцы приняли предложение и поручили своему агенту в Лиссабоне уплатить мне тридцать три тысячи золотых. Я, в свою очередь, подписал составленную по всей форме запродажную запись, присланную мне из Лиссабона, и отправил ее назад старику, а тот прислал мне чеки на тридцать три тысячи. Помимо этой единовременно уплаченной суммы, покупатели обязались еще выплачивать капитану по сто мойдоров ежегодно, а после этой смерти по пятидесяти мойдоров его сыну — из доходов с плантации.

Так завершился первый период моей жизни, полной случайностей и приключений, похожей на мозаику, подобранную самим провидением с таким разнообразием материалов, какое редко встречается в этом мире, — жизни, начавшейся безрассудно и кончавшейся гораздо счастливее, чем на то позволяла надеяться какая либо из ее частей.

Читатель подумает, что, достигнув такого благополучия, я уже не стану подвергать себя игре случая; так оно и было бы на самом деле, если бы обстоятельства пришли мне на помощь, но я привык к бродячей жизни, и у меня не было семьи, большого родства и даже, несмотря на мое богатство, не было большого знакомства. А потому, хоть я и продал свое поместье в Бразилии, я никак не мог выкинуть из головы этой страны, и очень меня тянуло опять постранствовать по свету, в особенности побывать на своем островке и посмотреть, живут ли там еще бедные испанцы и как обходятся с ними оставленные мною там негодяи матросы.

Мой истинный друг, вдова капитана, очень меня отговаривала от этого и умела так повлиять на меня, что я почти семь лет прожил безвыездно в Англии. За это время в взял на свое попечение двух племянников, сыновей одного из моих братьев; у старшего были свои небольшие средства; я воспитал его, как дворянина, и в своей духовной завещал ему известную сумму, которая должна была служите прибавкой к ею собственному капиталу. Другого я готовил в моряки; через пять лет, убедившись, что из него вышел разумный, смелый и предприимчивый молодой человек, я снарядил для него хорошее судно и отправил его в море; этот самый юноша впоследствии толкнул меня, уже старика, на дальнейшие приключения.

Тем временем я сам до некоторой степени обжился в Англии, а главное, женился — не безвыгодно и вполне удачно во всех отношениях, и от этого брака у меня было трое детей — два сына и одна дочь.